長相思

卷六

長相守，不分離

桐華 著

長相思

卷六

長相守，不分離

目錄

第四十三章

相去復幾許

他像她的父母一樣，不得不拋棄了她！
未來的日子太漫長，她不想再痛苦地堅持，
既然璟長眠在這片海域中，她願意和他在一起。

小夭對月三拜，起身時，一隻小小的白鳥飛落在窗上。牠沒有鳥兒的呱噪，格外沉靜，默默地看著小夭。

小夭伸出手，白鳥落在掌上，吐出了一枚晶瑩的水晶珠子。她撿起珠子，這並不是真的水晶珠子，而是回音魚怪的魚卵。回音魚怪並無智慧，可牠有一種古怪的本事，能記憶人說過的話，一字不改地重複，世家大族常用牠的魚卵煉製成音珠，用來傳遞消息。

小夭將音珠貼在耳邊，指間用力捏碎，聲音響起的剎那，她身體劇顫，「小夭，立即來東海，不要告訴任何人。」竟然是璟的聲音。

小夭下意識地說：「璟，你再說一遍。」

可一枚音珠，只能記憶一次聲音，不可能重複。

白鳥撲搧著翅膀飛走了，小夭回過神來，一把抓住苗莆，說道：「我要去東海，立即！不能告訴任何人！」

苗莆面色大變，拚命地搖頭，「不行、不行！」

「苗莆，妳究竟幫不幫我？」

苗莆結結巴巴地說：「可是、可是……陛下命瀟瀟守在外面，我打不過她……」苗莆突然閉上了嘴巴，看著門外。

瀟瀟出現在門口，手裡握著剛才飛走的那隻白鳥，但已經是死的。瀟瀟對小夭行禮，「小姐，這隻白鳥剛才交給了妳什麼？」

小夭說：「我為什麼要告訴妳？」

瀟瀟盯向苗莆，苗莆遲疑了一下，低聲說：「一枚音珠。」

瀟瀟問：「說了什麼？」

苗莆說：「我沒聽到。」

瀟瀟彎身對小夭行禮，「請小姐告訴我，音珠說了什麼。」

小夭歪著頭想了想，說道：「妳不問清楚，沒有辦法向顓頊交代！算了，不為難妳了！我告訴妳吧！」小夭走到瀟瀟面前，手搭在瀟瀟的肩膀上，頭湊到她耳畔，壓著聲音說：「瀟瀟，妳是個好姑娘，可有時候太古板。我要去東海，不帶妳去，因為妳肯定不會讓我去。」

瀟瀟眼前發黑，身子發軟，向後倒去。苗莆趕緊抱住瀟瀟，驚惶地瞪著小夭。

「還不幫忙？」小夭讓苗莆把瀟瀟抬放到榻上，蓋好被子，放下紗帳，乍一眼看去，就好似小玟在睡覺。

小玟迅速地穿好衣服，對呆呆站著的苗莆說：「還愣著幹嘛？趕緊準備走啊！」

顓頊並不是只派了瀟瀟來保護小玟，可只有瀟瀟和苗莆近身守護，其餘的四個暗衛是男子，都守在外面。他們一直提防外人潛入，並沒有想到小玟會暗算瀟瀟，此時瀟瀟被小玟放倒，他們都沒有察覺。

小玟打開隱藏的機關，帶著苗莆從密道悄悄溜出了寢殿。當年在紫金頂時，因為顓頊負責修葺神農山的宮殿，她也沒少看各個宮殿的圖卷，每個宮殿都有密道，只是多或少的區別。

苗莆一臉沮喪，邊走邊說：「我一定會被陛下殺了！」

小玟說：「那他一定得先殺了我！」

小玟的話顯然沒有任何寬慰的作用，苗莆依舊哭喪著臉。

密道盡處已經遠離了章莪宮，竟然恰好是一個養天馬的馬廄，小玟說：「不知道章莪殿以前的主人中哪一個貪玩，今夜倒是方便了我們。」

苗莆挑選了兩匹最健壯的天馬，和小玟一起架好雲輦。

小玟縮到車廂裡，把一塊玉牌遞給駕馭天馬的苗莆，「這是外祖父的令牌，有了它可以隨意出入神農山。」

苗莆深吸了口氣，對自己說：「死就死吧！」她揚起馬鞭，一聲「駕」，天馬快跑了幾步，騰空而起。

經過神農山的東天門時，苗莆傲慢地舉起令牌，侍衛仔細看了幾眼，順利讓苗莆通過。

遠離了神農山後，小夭從車廂裡探出個腦袋，對苗莆說：「謝謝！」

苗莆沒好氣地說：「我的大小姐，妳到底為什麼非要深夜趕去東海？就不能讓瀟瀟去請示陛下嗎？陛下一向順著妳，妳要去，肯定會讓妳去，何必非要偷偷摸摸，和做賊一樣呢？」

「我聽到了璟對我說，立即去東海，不要告訴任何人。」

苗莆驚訝地叫：「什麼？音珠裡是塗山族長的聲音？他說了幾句話？」

「兩句話。」一句讓她趕往東海，一句讓她不要告訴任何人。

苗莆默默思量了一會，說道：「既然能說兩句話，為什麼不能再多說幾句？找個精擅口技、又聽過塗山族長聲音的人，絕對可以唯妙唯肖地模仿塗山族長說話，但是，再相似的模仿都只是模仿，越是熟悉的人越容易發現破綻，所以話越少越可信。我覺得這事有古怪，好小姐，我們還是回去吧！」

「也許妳說的對，可也許情況危急，只來得及說兩句話。苗莆，妳明白嗎？就算只有萬分之一的可能，就算是個陷阱，我也必須立即趕去。」

苗莆輕嘆口氣，用力甩了一下天馬鞭，驅策天馬飛得更快。如果這是一個陷阱，只能說設置陷阱的人太毒辣，他抓住了小夭的心理，知道小夭縱然看到各種疑點，依舊會毫不遲疑地趕去東海。

苗莆忍不住祈求，就讓那萬分之一的可能變為現實吧！

兩匹最健壯、最迅疾的天馬，一刻未停地飛馳，小夭為了給牠們補充體力，不惜用玉山的瓊漿餵牠們，第二日中午時分，趕到了東海邊。

苗莆把雲輦停在一個海島上，眺望著無邊無際的大海，茫然地問：「現在怎麼辦？」

兩匹天馬累得口吐白沫，想要駕馭牠們去海上四處尋找，太危險！力竭時尋不到陸地，就得一起掉進海裡去餵魚怪。

小夭指著東方，「那邊、那邊！」蔚藍的大海上，碧藍的天空下，一艘美麗的白桅船在迎風而行，風帆上有一隻美麗的九尾狐。

小夭說：「我先過去看看，妳躲在這裡等我。」

苗莆立即說：「不行！我陪妳一塊去！」

「那誰看著天馬？天馬跑了，萬一要逃命時，難道靠我們的兩條腿？」

苗莆回答不出來，想了想說：「瀟瀟肯定會追過來，他們靈力高，坐騎飛得快，應該再過兩三個時辰就能趕到，不管什麼事，等他們來了再說。」

「我們等得，璟卻不見得能等。」小夭拿起脖子上掛著的魚丹紫晃了晃，循循善誘，「我從海底游過去，悄悄探看一下。如果有危險，我就一直往海底沉，他們拿我沒辦法。妳和我一起去，反倒是個拖累。再說，妳守在這裡，等於我有個策應，進可攻、退可守，真要有個什麼，妳既能告訴瀟瀟他們，也可以去找駐紮在附近的軒轅軍隊求救。」

苗莆不得不承認小夭說的有道理，她臉色難看地說：「那妳快點回來，只是探看一下，不管船裡有什麼，我們商量後再行動。」

「好！」小夭藉著礁石遮擋，慢慢潛進了大海。

實際上，小夭並不需要魚丹，可她一則不想讓別人發現她身體的怪異，二則這是璟送她的東西，所以一直貼身戴著。此時，含著魚丹紫，小夭十分心酸，只能在心裡默默祈求：老天，你可以做任何殘酷的事，不管璟是重傷、還是殘廢，我只求你讓他活著。

小夭悄悄游近了白桅船，正琢磨著是上船，還是在水下悄悄觀察，一個風姿綽約的紫衣女子趴在船舷邊，探頭說道：「想見到塗山璟，就上船。」

小夭浮出水面，吐出口中的魚丹紫，問道：「憑什麼我要相信，妳能讓我見到璟？」

紫衣女子將一塊從裡衣上撕下的白帛扔給小夭，小夭抬手接住，是璟的字跡，寫著：

君若水上風
妾似風中蓮
相見相思
相見相思
君若天上雲
妾似雲中月
相戀相惜
相戀相惜

君若山中樹
妾似樹上藤
相伴相依
相伴相依
緣何世間有悲歡
緣何人生有聚散
唯願與君
長相守、不分離

小夭看完，忍著淚意，一聲不吭地攀住船舷，翻上了船。

紫衣女子把一碗酒推給她，笑道：「聽聞妳精通藥理，不敢在妳面前用毒，這只是一碗玉紅草釀的酒，凡人飲用一碗可睡三百年，神族飲用了不過是頭發暈、四肢乏力，睡上一覺就好。不是毒藥，不是迷藥，自然也沒有解藥。喝下後，我送妳去見塗山璟。」

小夭端起酒碗，湊在鼻端，搖了搖，的確只是玉紅草釀的酒，久喝會上癮，只喝一次，對身體沒有任何危害。

紫衣女子說：「我從不迫人，妳若不願喝，就回去吧！」

小夭仰起頭，咕咚咕咚喝盡酒，說道：「璟呢？帶我去見他。」

「我向來有諾必踐！」紫衣女子開船，向著大海深處行駛去。

風聲呼呼，從小夭耳畔迅疾地掠過。小夭頭發沉、四肢發軟，她靠躺在甲板上，仰望著碧藍的天、潔白的雲。

船停在大海深處，四周再看不到一點陸地的影子。

紫衣女子走過來，抱起小夭，把她放進一個厚實的水晶棺材裡。

小夭有氣無力地問：「妳想做什麼？」

紫衣女子把那片寫了歌謠的裡衣毀了，又從小夭的衣領裡拽出魚丹紫。小夭抬起手，想阻止她，卻使不出勁，被紫衣女子隨手一拍，就推到了一邊。紫衣女子用力一扯，魚丹紫被拽下，她湊在眼前看了看，笑道：「這倒是個好東西，可惜太惹眼，不能據為己有！」她掌間用力，魚丹紫化作了紫色的流光，消散在海風中。

小夭眼中的淚搖搖欲墜，問道：「璟呢？」

紫衣女子趴在棺材上，笑著說：「塗山璟已經死了！我現在就是送妳去見他！這艘船正在進水，沒有多久就會沉到海底，妳也會被棺材帶入海底。我只是個殺手，奉命行事。雇主做了具體要求，不能見血，卻要妳永遠徹底的消失，消失得連一根頭髮都再找不到。我冥思苦想了一夜，想起這片海域下面的可怕，才想到這個法子。」紫衣女子輕佻地拍拍小夭的臉，「妳說雇主得多恨妳，竟然連一根妳的頭髮都不允許存在？不過，也只有這個方法才能真的不留一點痕跡，否則黃帝和黑帝可不好應付。」

小夭望著碧藍的天空，沒有被欺騙的憤怒、沒有將死的恐懼，只有希望破滅後的悲傷。從小到大，她一直活得很辛苦，一顆心一直在漂泊，總覺得自己隨時會被拋棄。和璟訂婚後，一顆心終於安穩，本以為一切都不一樣了，可沒想到璟竟然走了，他像她的父母一樣，也因為不得已的原因，不得不拋棄了她！未來的日子太漫長，她不想再痛苦地堅持，既然璟長眠在這片海域中，她願意和他在一起。

紫衣女子看小夭異樣得平靜，一點不像以前她要殺的那些人，竟然有些惋惜，幫小夭整理好衣服和髮髻，真心讚美道：「妳的嫁衣很好看，髮髻也梳得很好看，妳是個很美麗的新娘子，塗山族長見到妳一定會很歡喜。」

小夭竟然展顏而笑，「謝謝！」

紫衣女子愣了一愣，「妳不想知道是誰要殺妳嗎？」

小夭懶得說話，知道了又能如何？

紫衣女子說：「我也不知道是誰，反正雇主付了天大的價錢，我和我的搭檔就決定幹了，幹完妳這一次買賣，我們就可以找個地方養老了。」

海水漫到她的腳面，船就要沉了。紫衣女子封上水晶棺，看了看天空，嘀咕：「真討厭，又要不得不露出妖身。」說著話，她化作一隻信天翁，向著高空飛去。紫色的衣衫從半空掉落，燃燒起來，還沒等落到甲板上，就化成了灰燼。

水晶棺向著海底沉去。

小夭覺得憋悶，喘不過氣，好似就要憋死，可等海水湧進水晶棺裡，浸沒了她的口鼻，她反而覺得舒服，就像一條已經擱淺的魚兒又回到了大海裡。小夭不禁無奈地苦笑，這是一次計畫周詳的完美謀殺：海天深處，沒有見血，甚至都沒有動手殺死她，連一條穿過的紫色衣衫都被燒成灰燼，沒有留下一點證據，可唯一的不完美就是——他們不知道她淹不死。

因為喝了玉紅草，小夭的頭暈暈沉沉，難以清醒地思索，被沉下海時，竟然也以為自己要死了。她已經決定平靜地迎接死亡，可突然發現死不了，就好像從懸崖上縱身躍下，本來期待的是粉身碎骨、一了百了，可居然發現懸崖下沒有底，只能一直往下墜、往下墜……看不到始處，也看不到盡處，就這麼痛苦地卡在了中間。

小夭躺在水晶棺裡，看著周身的魚群游來游去。一群紅黑相間的小魚圍聚在水晶棺周圍，好奇地探望著，她突然敲了敲水晶棺，問道：「你們見過璟嗎？」

魚群受驚，一瞬間全部散去。

小夭只能繼續躺在水晶棺裡發呆。

夕陽西斜，天漸漸黑了，海水的顏色越來越深，變得如濃墨一般漆黑。

很多魚都能發光，閃電一般游來游去，還有像螢火蟲一樣的蜉蝣，閃爍著藍色、綠色的螢光，飄來蕩去。海底的蒼穹比繁星滿天的夜空更絢爛，像是永遠都下著彩色的流星雨。

不知道瀟瀟趕到沒有，顓頊是否在找她，苗莆現在一定在哭。小夭突然想到，如果顓頊找不到她的話，真會一怒之下殺了苗莆。小夭再不敢躺在海底看「流星雨」了，她用全力去推棺蓋，卻完全推不開。

小夭又踹又推，直到她精疲力竭，棺蓋依舊紋絲不動。也許因為折騰了一通，肚子居然有些餓。小夭無力地看著棺蓋，覺得好諷刺，原來這個謀殺計畫還是很完美的，只不過，她不是被淹死的，而是被餓死的。

小夭記掛著苗莆，休息了一會，又開始用力地踹棺蓋。

正碰碰地踹著，突然，她感覺到了危險，本能在告訴她，快逃！她四處看，發現不知道何時已經一條魚都沒有了，本來五彩繽紛的海底蒼穹變得漆黑一片。小夭感覺整個大海都在顫抖，她想起那隻信天翁妖說這片海域下面很可怕。突然，她腦內閃過一段相柳說過的話，他從奴隸的死鬥場裡逃出來時，差點死於海底的大渦流。雖然那個時候的相柳並不強大，可無論如何他都是海之妖，能殺死他的大渦流一定很可怕。

小夭沒見過大渦流，只能想像大概類似於陸地上的龍捲風，所過之處，一切都被摧毀絞碎。原來，這才是信天翁妖說的「永遠徹底地消失」，還真的是一根頭髮都不會再存在！

小夭拚命地踹棺蓋，想趕在大渦流到之前逃出去，但棺蓋嚴絲合縫，沒有一絲鬆動的跡象。小夭這會才明白為什麼信天翁妖要多此一舉地把她關在棺材裡。

濃墨般的海水在咆哮翻湧，水晶棺被捲了起來。未等小夭反應過來，水晶棺隨著水流急速旋轉，她在棺材裡左翻右倒，被撞得眼冒金星。

她聽到棺材被擠壓變形，發出「喀嚓喀嚓」碎裂的聲音，現在又巴不得棺材可以再結實一點，如果大渦流的力量強大到能把堅固的水晶棺擠成粉碎，那麼當水晶棺裂開的剎那，她一定也會立即變成血肉末。

隨著水流旋轉的速度越來越快，大渦流的力量越來越強大，一聲巨響，水晶棺砰然碎裂。小夭「啊」一聲尖叫，閉上了眼睛，卻沒有感受到剎那間碎裂成肉末的痛苦。

她緩緩睜開了眼睛，在天旋地轉中，看到相柳白衣飄拂，屹立在她身前，飛揚的白髮張開，猶如一雙巨大的鳥兒翅膀，將小夭輕柔地呵護在中間，阻隔住了大渦流撕碎一切的巨大力量。

小夭幾疑似夢，呆呆地看著相柳。

相柳皺了皺眉頭，顯然，身處大渦流中間，他也很不好受，而且他們正被急速地帶向渦流中心，真到了渦流眼，相柳也會粉身碎骨。

他的手撫過小夭的眼，讓她閉上了眼睛，腦海裡響起他的話，「我必須要露出妖身才能離開這裡，不要看！」

小夭點了下頭，感覺到翻山倒海般的震顫，就好像大渦流被什麼東西生生地撕開了一條縫隙。

小夭感覺到他們在遠離，危險在消失。她忽而很好奇，十分想睜開眼睛看看相柳的妖身，猶疑了一下，在心內告訴自己「就一眼」，睜開了眼睛——

層層黑雲，猶如即將傾倒的山巒一般壓在他們頭頂。滔天巨浪中，一隻通體雪白的九頭海妖正在和整個大海搏鬥。大海憤怒地咆哮，想要撕碎他們，九頭海妖卻夷然不懼，從容地迎接著大海的攻擊。一波又一波的海浪砸向九頭海妖的身軀，釋放出強橫至極的力量；浪峰猶如利劍，直沖雲霄，想要把九頭海妖的頭撕下。這是最強者和天地的對抗，沒有絲毫花招，沒有絲毫技巧，有的只是力量和力量的碰撞，令天地失色、日月無光。

風起雲湧、驚濤駭浪中，相柳竟然察覺了小夭的小動作，一隻頭看向她。

小夭立即閉上了眼睛，心撲通撲通直跳，不是害怕，而是震撼，就如從未見過大海的人第一次看到大海翻湧，從未見過高山的人第一次見到火山噴發，無關美醜，只是對力量的敬服和畏懼。

「我讓妳不要睜開眼睛。」相柳的聲音冷冰冰地響起。

小夭睜開了眼睛，發現他們在一個荒島上，相柳衣衫十分凌亂，很是狼狽，臉上和脖子上都有大大小小傷痕。

小夭努力笑了笑，儘量若無其事地說：「我只是太好奇你的九顆頭是怎麼長的了。」

「現在妳知道了！」相柳轉身就走。

「相柳、相柳……」眼看著他就要消失不見，小夭情急下，猛地撲上去，相柳竟然沒能躲開，被她抱了個正著，而且他連站都站不穩，帶著小夭一起摔到了沙灘上。

小夭驚問：「你傷得很重？」

相柳用力推開小夭，想要隨著潮汐離開。

小夭又抓又纏，用盡了全身力氣，就是不讓他走，「是我不對！我答應了閉上眼睛不看，卻言而無信，偷偷睜開了眼睛！我只是、只是……我承認，是卑劣的好奇心！我想知道你究竟長什麼樣，我錯了！我錯了……」

海浪呼嘯著湧上海灘，又嘩啦啦地退下，兩人一會被海浪淹沒，一會又露出來。小夭的聲音時而清楚，時而模糊，也不知道相柳究竟聽到了多少，唯一肯定地就是相柳不接受她的道歉，一次又一次地想推開小夭。

他再次摔開了她，小夭著急了，用力勾了一下他的腿，猛地跳起，如同摔角一樣，把他撲倒，用身體緊緊地壓住他。相柳現在連推開小夭的力量都沒有了，卻如倔強彆扭的孩子一般，蠻橫地掙扎著。

海水裡漂浮起絲絲縷縷的血紅色，肯定是相柳身上的傷口破了，小夭求道：「我錯了！我真的錯了！你要打要罰，怎麼都行！只求你別再亂動了！」

相柳說：「放手！」

「不放！除非你先答應我不走！」

相柳暴怒下，露出了獠牙，「不要逼我吃了妳！」

「你想吃就吃吧！」

相柳猛地把小夭拽向他，一口咬住小夭的脖子，小夭痛得身子顫了幾顫，卻依舊沒有鬆手，反而放軟了身子，溫馴地配合著相柳。

相柳猶如沙漠中瀕死的旅人，大口大口地吸食著鮮血，小夭靠在他的肩頭，閉上了眼睛，只感受到潮汐漫上來，又退下去。

也不知道過了多久，相柳停止吸血，小夭暈沉沉地睜開眼睛，「你可以再吸一點，我沒事。」

相柳望著頭頂的星空，目光迷濛，「妳一點都不怕嗎？妳應該知道妖怪畢竟是妖怪，重傷時，會失去神智，被本能驅使，我很有可能把妳吸成人乾！」

小夭輕輕碰了一下他染血的唇角，溫和地說：「是你在怕！」

相柳不屑地冷笑，「我怕？」

「我看到了你的妖身，並不醜陋！你也並沒有把我吸成人乾！」相柳看向小夭，臉色陰沉，她卻依舊不怕死地說：「你的身軀是比我大了一點……嗯，好吧！不止大了一點，大了很多……腦袋也比我多了一點點，只多了八個而已……但天生萬物，誰規定了我這樣一個腦袋的小身板才算正常？只不過恰好一個腦袋的我們占了絕大多數，如果九顆腦袋的你們多一些，大概我們會自卑自己只有一顆腦袋。」

「妳精神這麼好，我看我的確應該再吸點血！」相柳臉色很臭，可當他咬住小夭的脖子，吸吮鮮血時，小夭只感到一陣酥麻，並沒有覺得痛。

小夭說：「喂！喂！我剛才只是隨便客氣一下，你還真吸啊？妖怪就是妖怪……」小夭暈厥了過去，終於閉嘴了！

相柳停止了吸血，靜靜地凝視著懷裡臉色蒼白的小夭。

小夭是被食物香味勾醒的，她睜開眼睛，看到相柳坐在篝火旁，在烤魚。魚兒已經被烤得金黃，魚油一滴滴落在火焰上，發出滋滋的響聲。她手腳並用地爬了過去，眼巴巴地盯著烤魚，垂涎欲滴地問：「我能吃嗎？」

相柳把烤魚放在一片大貝殼上，遞給她。雪白的貝殼上還有一份海藻做的綠色小菜。

小夭吞了口口水，開始狼吞虎嚥，都顧不上說話，待海貝碟子裡的魚和菜都進了肚子，才嘆道：「好吃，真的好吃！」

「只是妳餓了。」相柳把一個海螺遞給她，裡面是溫熱的海鮮湯，小夭雙手捧著，一小口一小口地喝著。

海鮮湯喝完，小夭說：「謝謝！」

相柳冷冷地說：「不必！這是我買妳血的報酬！」

小夭不滿地嘀咕，「我有那麼廉價嗎？」

「妳想要什麼？」

小夭說：「我說謝謝，是謝你救了我！你該不會忘記自己為什麼受傷了吧？」

相柳蹙眉說：「不是我想救妳，我只是沒興趣拿自己的命去驗證巫王的話。」

哦，對！情人蠱不獨生，她若死了，相柳很可能也會死。小夭苦笑，「不管怎麼說，你總是救了我。」

相柳問：「妳為什麼會被關在那片海域裡？」

「有人要殺我。」

相柳鄙夷地看著小夭，「有人要殺妳，妳就被關住了？」

小夭凝視著篝火，不說話。

相柳問：「為什麼沒有反抗？」

小夭低聲說：「璟……不見了。」她忽而想起什麼，急切地問：「東海就像你家一樣，你、你……你見沒見過璟？」

相柳譏嘲地問：「妳以為我閒得整天守在海上，只等著救人嗎？」

「不是……我只是覺得……清水鎮算是你的地盤，也許你察覺了塗山篌的異動，東海雖大，可你是海妖……也許……」

相柳冷冷地說：「沒有那麼多也許！」

小夭埋下頭，眼淚無聲地落著。

相柳轉過了身子，望向海天盡頭，明明背對著她，可就是清楚地聽到了淚珠墜落的聲音，一滴又一滴，又細又密，傳入耳朵，就好似芒刺一樣，一下下戳著心尖。

相柳說：「有哭的時間，不如想想究竟是誰要殺妳。」

小夭想起苗莆，忙用袖子擦去眼淚，「我得回去了，要不然顓頊非殺了苗莆不可！」

「黑帝想殺苗莆也找不到人。」

小夭想起，信天翁妖說她還有個搭檔，苗莆一直沒有來救她，肯定是遇見了另一個殺手。小夭的臉色變了，「苗莆、苗莆……死了嗎？」

「不知道！我趕來時，看到海島上有兩匹天馬屍體，她應該遇到襲擊了，但沒有發現她的屍體。」小夭剛鬆了口氣，相柳又惡毒地補了句，「也許也被沉到海底了。」

相柳永遠有本事讓她前一刻感激他、後一刻想掐死他，小夭又急又怒，卻拿相柳一點辦法都沒有，「我要去找苗莆，你送我去那個海島。」

相柳說：「我正好有點空，可以陪妳去找苗莆。」

「你幾時變成善人了？」

「當然有條件。」

「我只有一個頭，實在算計不過你的九個頭，這買賣不做也罷。」

相柳乾脆俐落地縱身躍進大海，打算離去，壓根不吃小夭以退為進的討價還價。小夭趕忙也跳進大海，去追他，抓住了相柳的一縷白髮。

相柳回頭，像盯死人一般盯著她，小夭訕笑著放開了，「幫我找到信天翁妖，我答應你的條件。」信天翁妖會利用海底的大渦流讓她徹底消失，可見對這片海域十分熟悉，唯有相柳能最快地找到她。

相柳從海水中緩緩升起，站在海面上，白髮如雲，白衣如雪，纖塵不染，銀色的月光將他映照得高貴聖潔，可他俯瞰著小夭的表情卻透著邪惡，「任何條件都答應？」

小夭也站在了海面上，平視著相柳說：「只要和顓頊無關，任何條件我都答應！」為了苗莆的命，就算真和惡魔做買賣，她也只能做，何況現在，她還有什麼能失去的呢？

相柳說：「活著！就算塗山璟死了，妳也要活著！」

小夭呆呆地看了一瞬相柳，視線越過他，望向大海盡頭的夜色。漫長的生命，沒有盡頭的思念……不放棄地活著，那是什麼感覺？大概就像永遠不會有日出的黑夜。小夭不明白，相柳為什麼要關心她的死活？

相柳冷冷地說：「我只是沒興趣和妳一塊死！妳要想放棄，必須先想出解蠱的方法。」

對了！她的命和相柳相連，還真要先尋出解蠱的方法。小夭說：「我答應你的條件，帶我去找信天翁妖！」

相柳召來坐騎白羽金冠鵰，帶著小夭向海天深處飛去。

他們已經在海深處，可廣闊無垠的大海好似沒有邊際，白羽金冠鵰飛了一夜，大海依舊和之前一模一樣。從空中俯瞰，沒有一塊陸地，只有茫茫大海，小夭說：「大海真的能吞噬一切！」

相柳淡淡說：「到了。」

小夭看到了一艘褐色的帆船，苗莆昏躺在中板上。信天翁妖穿著一襲火紅的衣衫，正在和一個男子吵架。那男子背對著小夭他們，看不見長相，穿著洗得發白的粗布衣裳，身材頎長，有些瘦弱，一點都不像殺手。

「殺了她！不殺了她，黑帝和黃帝遲早會找到我們！你想死嗎？我說，殺了她！」信天翁妖氣得已經失去了理智，大吼大叫，恨不得連著她面前的男子一塊殺了，可她眼裡有深深的忌憚，始終不敢動手。

她面前的男子好像不喜歡說話，對信天翁妖的大吵大叫置若罔聞，只是平靜簡短地回答道：

「不殺！」

相柳驅策白羽金冠鵰向著船飛去，絲毫沒有遮掩身形。

小夭低聲說：「他們是殺手！一對二，你的傷如何了？」

相柳掃了小夭一眼，「二對二。」

小夭翻白眼，真不知道是該高興相柳如此高看她，還是該氣憤相柳如此高看她。

信天翁妖正在氣怒中，一時間沒察覺相柳和小夭的接近，那個瘦弱的男子卻立即察覺到了，猛地回身，像一隻蓄勢待發的野獸，全身都散發出危險的氣息，小夭竟然有一種咽喉被扼住了的窒息感，想要後退。幸虧相柳身上也發出強大的壓迫感，逼得那個男子只能緊緊地盯著相柳，往後退了一步。

相柳和小夭落在船上，信天翁妖指著小夭，驚恐地叫：「妳、妳沒死？」

小夭展開雙手，轉了個圈，笑著說：「沒死，從頭到腳，完好無損。」

信天翁妖看向小夭身旁的相柳，白衣白髮、容顏俊美，她馬上想起了大荒內一個很有名的妖，面色劇變，立即躲到了搭檔的身後，卻又好像不能相信，探出個腦袋，遲疑地問：「相柳，九命相柳？」

相柳顯然沒把信天翁妖放在眼裡，根本懶得掃她一眼，只是饒有興趣地看著她身前的男子，兩人如兩隻對峙的野獸，看似一動不動，實際都在等待對方的破綻。

小夭看信天翁妖被嚇得躲在後面，壓根沒有動手的勇氣，不禁笑問：「是相柳如何？不是相柳又如何？」

信天翁妖道：「不可能是相柳。妳是黃帝的外孫女，相柳不可能救妳。」

原來連不把人情規則放在眼裡的妖族，也是這麼看她和相柳的關係！小夭突然覺得索然無味，不想再逗信天翁女妖，板著臉說：「把我的侍女還給我！」

正在此時，那個蒼白瘦弱的少年發動了攻擊，如猛虎下山，又如靈狐騰挪，向相柳撲去。信天翁妖立即化回妖身，振翅高飛，如閃電一般逃向遠處，竟然拋棄了她的同伴。

小夭的箭術足以讓信天翁妖明白，長著兩隻翅膀可沒什麼大不了！可相柳身有重傷，她擔心相柳，顧不上看信天翁妖，目光一直緊緊地鎖著少年。

相柳和少年快速地過了幾招，不過一瞬，已經分開，又恢復對峙的情形，只不過少年胸膛劇烈地起伏，目光冰冷駭人。相柳卻很閒適，微笑著說：「小夭，妳可還認得這隻小野獸？」

小夭也覺得少年似曾相識，盯著少年打量。少年聽到小夭的名字，似乎有些動容，可此時他就如在一隻猛獸的利爪下，根本不敢擅動，沒有辦法去看小夭。

小夭看到少年少了一隻耳朵，終於想起他是誰，那個堅持了四十年、終於獲得自由的奴隸。她高興地跑向少年，「喂，你怎麼做殺手了？我是小夭啊！你還記得我嗎？」

相柳沒有阻止她，如同縱容幼崽去探索危險的大獸，並不想打擾孩子尋找點樂子，他只是緊盯著少年，但凡少年露出攻擊意圖，他必定會瞬間殺了少年。

少年也感覺出相柳暫時不會殺他，他怕引起相柳的誤會，不敢動，只把目光稍稍轉向小夭，努力擠出一絲微笑，不過顯然因為不常做微笑這個動作，看上去十分僵硬。

少年說：「我是左耳。」

小夭很驚喜，「你用的是我起的名字呢！你還記得我？」

左耳說：「記得。」他永不可能忘記她和另一個被她喚做「邶」的男子。

小夭問：「這些年，你過得如何？」

「妳的錢，花完了。餓肚子，很餓，快死了。殺人，有錢。」

小夭愣了一下，掰著手指頭算了算，對相柳說：「他竟然用十八個字就說完了幾十年的曲折經歷，和我是兩個極端，我至少可以講十八個時辰。」

相柳笑了笑，說：「妳肯定十八個時辰夠用？能把一隻猴子都逼得撞岩自盡，我想十八個時辰應該不太夠！」

小夭悄悄瞪了相柳一眼，指著苗莆，對左耳說：「放了她，好嗎？我給你錢。」

左耳看相柳沒有反對，跑過去，抱起苗莆，「給妳！不要妳的錢！」

小夭檢查一下苗莆，還好，只是受傷昏迷了過去。小夭給苗莆餵了一些藥，把苗莆移進船艙，讓她休息。

相柳質問左耳：「你為什麼沒有殺苗莆？」

小夭走出船艙，「是啊，你為什麼沒有殺她？」以左耳的經歷和性子，既然出手，肯定狠辣致命，可苗莆連傷都很輕。

左耳說：「她身上的味道和妳以前一樣。」

小夭想了想，恍然大悟。那時候，邶帶她去花妖的香料鋪子裡玩，她買過不少稀罕的香露，因為覺得新鮮好玩，自己動手調配了十來種獨特的香，送了馨悅四種，送了阿念四種，她自己常用一種被她命名為「夢」的香，後來看苗莆喜歡，就送給苗莆用，自己反倒玩厭了，不再用香。

小夭有些唏嘘感慨，嘆道：「我都很久不玩香了，沒想到幾十年了，你竟然還記得？」

左耳說：「記得！」那時的他，又髒又臭，人人都嫌棄畏懼地閃避，連靠近他都不敢，小夭的擁抱是他第一次被人擁抱，他一點都不明白小夭想幹什麼，但他永遠記住了她身上獨特的味道，若有若無的幽香，遙遠又親近，猶如仲夏夜的絢爛星空。

小夭不得不感慨，人生際遇，詭秘莫測！緣分兜轉間，誰能想到她幾十年前無意的一個舉動竟然能救苗莆一命？

相柳問左耳：「誰雇傭你殺小夭？」

「不知道，阿翁說她會殺另一個人，讓我去殺她。」左耳指了下船艙裡的苗莆，「事成後，阿翁給我十枚金貝幣，她說我可以去鄉下買間房子和幾畝地，娶媳婦生孩子。」

小夭難以置信，指著自己的鼻子，惱火地說：「什麼？她才給你十枚金貝幣？我怎麼可能才值那麼點錢？你被她騙了！」

左耳低下了頭，盯著腳尖，愧疚不安地說：「我不知道是妳，我不該答應阿翁。」

小夭拍著他的肩膀說：「沒事，沒事！這不是大家都活著嗎？」

一聲清亮的鵰鳴響起，白鵰毛球雙爪上提著一隻信天翁飛來，得意洋洋地在他們頭頂上盤旋幾圈，還特意衝小夭叫了兩聲。小夭這會才理解相柳起先說的「二對二」，是指他和毛球，而不是她，他都不屑把她算作半個。

毛球炫耀夠了，收攏雙翅，落在甲板上，一爪站立，一爪按著信天翁。

信天翁瑟瑟發抖，頭貼著地面，哀求道：「我實不知道西陵小姐是相柳將軍的朋友，求相柳將軍看在大家都是妖族的分上，饒我一命，以後絕不再犯。」

相柳說：「雇主的身分。」

「我不知道。對方肯定明白西陵小姐身分特殊，和我的接觸非常小心，我只能聽到他的聲音，聲音很有可能是假的。」

相柳冷哼一聲，毛球爪上用力，信天翁慘叫，急急地說：「有一幅寫在裡衣上的歌謠，對方說，拿給西陵小姐看，西陵小姐就會聽話。但我和左耳都不識字，不知道寫的是什麼。」識字是貴族才特有的權利，別說信天翁妖這個浪跡天涯的殺手，就是軒轅朝堂內的不少將領，都不識字。

毛球用嘴拔了一撮信天翁頭上的羽毛，信天翁慘叫著說：「別的真都不知道了，什麼都不知道了，將軍饒命、饒命……」

小夭說：「不必迫她。如果我真死了，的確沒有線索可以追尋，但我沒死，其實有很多蛛絲馬跡可查。」

相柳問小夭，「想出是誰了嗎？」

小夭神情黯然，說道：「音珠裡是璟的聲音，裡衣上寫的是我唱給璟的歌謠，就連裡衣的布料也是璟一直喜歡用的韶華布，想殺我的人一定和璟很熟悉。我不能確定，但大致有些推測。」

毛球撲搧著翅膀，對相柳興奮地鳴叫，相柳對毛球點了下頭。小夭還沒反應過來，一聲淒厲的慘叫，毛球的利爪已經插進了信天翁的身體，牠叼起信天翁，背轉過身子，藏到船尾去進食了。

相柳眼睛眨都沒眨一下，左耳也是平靜漠然地看著，就好像毛球真的只是捉了一隻普通的信天翁吃。小夭在深山裡待了二十多年，看慣了獸與獸之間的捕殺，她明白，對妖族而言，這只是正常的弱肉強食，其實想得深刻點，人和妖的分別，只不過一個是弄熟了吃，一個是生吃活吞，可聽著船尾傳來的聲音，小夭還是有點不舒服，她對相柳說：「我知道你又要嘲諷我了，不過，你能不能讓毛球換個地方進食？」

相柳瞥了小夭一眼，說道：「毛球，聽見了嗎？」

毛球不滿地哼哼幾聲，抓著信天翁飛走了。

沒有嚼骨頭的喀嚓喀嚓聲，小夭長長吁了口氣，得寸進尺地對相柳說：「你做個小法術，用海水沖洗一下甲板唄！血腥味你聞著也不舒服啊！」

「我不覺得。」相柳倚在欄杆上，顯然不打算照顧小夭的不舒服。

左耳卻提了水，開始刷洗甲板，小夭看了很是感動，一邊不禁感慨妖和人真是不同，一邊和左耳一起幹活。

幹完活，小夭餓得眼冒金星，「有吃的嗎？」

「有！」左耳跑進船艙，端了一堆食物出來。

小夭揀了塊陰涼處，和左耳一塊吃飯。

待吃飽了，小夭拿了碗酒，邊喝邊問：「我不是告訴你可以去神農山找顓頊嗎？你餓肚子時為什麼不去神農山呢？」

「太遠了，餓得走不動。後來有了錢，有飯吃，就沒去。」

小夭猜想著那時候他已經到了東海，沒有坐騎，想去神農山的確不容易，「原來是這樣。」

左耳問：「顓頊是誰？」

世人都知道黑帝，可知道黑帝名字的人倒真不多，小夭說：「他就是黑帝。」

「以前和妳在一起的那位公子呢？妳叫他『邶』。」左耳在奴隸死鬥場裡見過好幾次邶，可邶都是狗頭人身，他並不知道邶的真正長相。

小夭下意識地看向相柳，相柳也恰巧看向她，兩人目光一觸，她立即迴避了，對左耳說：「他已經死了。」

左耳冷漠的眼中流露出傷感，在他心裡，邶不僅僅是他的同類，還是指引他重生的老師，很多次重傷倒下，覺得再沒有一點希望時，看到邶坐在看台下，靜靜地看著他，雖然什麼都沒說，可邶的存在本身就在傳遞著溫暖和希望，他總能再一次站起。左耳對小夭的感激和親近，不僅僅因為小夭給予他一個擁抱和一袋錢，還因為小夭和邶的關係，小夭接受他的同類，是他的同類朋友。

左耳問：「妳會想念他嗎？」

小夭輕輕嘆了口氣，沒有回答。

左耳非常固執，盯著小夭，又問了一遍，「他不在了，妳會想念他嗎？」

小夭道：「會！」

左耳笑了，對小夭說：「他會很開心！」

小夭盯著相柳說：「你不是他，你怎麼知道他會不會在乎別人的想念？他根本不在乎！」

左耳面容嚴肅，明明不善言辭，卻激動地說：「我知道！我們從來都不怕死，我們什麼都不怕！可我們怕黑！如果我死了，有一個人會想念我。」左耳將手握成拳頭，用力地砸了砸心口，「這裡就不會黑了，很明亮！很開心！」

小夭問相柳：「他說的對嗎？」

相柳似笑非笑地看著小夭，輕佻地問：「難道妳竟然想相信？我完全不介意！」

「我瘋了，才會相信！」小夭哈哈大笑，用誇張的聲音和動作打破了古怪的氣氛，她對左耳說：「你會開船嗎？會開的話，送我們回陸地吧！」

「會開。」左耳扯起風帆，掌著舵，朝陸地的方向行駛去。

小夭走到相柳身旁，說道：「至少要四五天才能看到陸地，海上就我們這一艘船，很安全，你正好可以養傷。」

相柳眺望著大海，沉默不語。

小夭以為他拒絕了時，聽到他說：「也好。」

相柳指了指在認真駕船的左耳，「回到陸地後，妳打算拿他怎麼辦？讓他繼續四處流浪，去做廉價殺手？日子長了，他要麼變成真正的混蛋，要麼被人殺了。」

左耳的耳朵很靈，聽見了相柳的話，不滿地反駁：「我能吃飽飯！」

小夭笑看著左耳，「你能為信天翁妖幹活，也能為我幹活吧？我也能讓你吃飽。」

左耳很爽快地說：「好，我幫妳殺人。」

小夭覺得額頭有冷汗滴落，乾笑道：「我不是請你做殺手！」

「我只會殺人。」左耳的神情很平靜，眼睛中卻流露出悲傷和茫然，從記事起，他就是奴隸，唯一會的技能就是殺人。

小夭收起嘻笑的表情，靜靜想了一會，很認真地說：「我請你作我的侍衛。平時不需要你殺人，但如果有人來殺我，你要幫我殺了他們，可以嗎？」

左耳盯著小夭，似乎在思索小夭到底是真需要人保護，還是在憐憫他。

小夭說：「我不是憐憫施捨，是真的需要。你也親眼看到了，有人想殺我。我沒有自己的侍衛，苗莆是顓頊給我的，她還打不過你。你很厲害，如果你願意保護我，其實是我占大便宜了。」

左耳的眼睛變得亮閃閃的，洋溢著開心。他說：「我願意！我願意，做妳的侍衛！」

小夭道：「那就說定了，以後你保護我，我負責你有飯吃、有衣穿，還會幫你討個媳婦。」

左耳蒼白的臉頰竟然慢慢地變紅了，他緊抿著唇，專心致志地駕船，不好意思看小夭和相柳。

小夭微笑著，溫柔地看著他，心中有著說不清、道不明的滋味。很多很多年前，相柳是不是也是這樣子？看似狡詐凶狠，卻又質樸簡單，如果那個時候，她能遇見相柳，是不是相柳也可以找到一個心愛的女子？他會帶著她一起去花妖的店鋪裡買香露，一起去找藏在深巷裡的食鋪子……小夭下意識地去看相柳，相柳側身而立，望著海天深處，唇畔含著一絲溫和的笑意。因為唇角這個淺淺的弧度，他完美的側臉不再冰冷無情，有了　點煙火氣。

小夭怔怔看了一會，收回目光，也將各種胡思亂想都收好。她進船艙去看苗莆，餵她喝了點水和藥，看她一切正常，才走出船艙。

小夭找了個舒適的角落坐下，望著蔚藍的碧空，聽著海鳥的鳴叫，昏昏沉沉地打起瞌睡。

相柳的聲音突然響起，「根據妳的推測，要殺妳的人是誰？」

小夭迷迷糊糊地睜開眼睛，清醒了一會，說道：「音珠裡的聲音倒罷了，聽過璟說話的人很多，模仿璟說話並不難。可裡衣上那首歌謠聽過的人卻不多，除了璟的侍從、我的侍女，還有豐隆、馨悅，就連顓頊都沒聽我唱過。我的侍女不可能！璟的幾個侍從，我也相信他們！那只有豐隆、馨悅了，他們有這個能力和膽魄，也給得起信天翁妖說的天大價錢。」

「赤水豐隆，神農馨悅？」

「嗯，但我想不通為什麼。我和他們唯一的過節就是當年的悔婚，可這都多少年過去了？看上去，豐隆真的一點都不介意了。至於馨悅，我的確不夠討好她，可除了我和豐隆的事，我也從沒得罪過她，她就算討厭我，也不至於想殺了我。」小夭笑著揮揮手，像是已趕走了討厭的蒼蠅，「算了，不想了！」

小夭這樣子，完全不把一位大將軍族長、一位王后當回事，豐隆和馨悅都不是一般人，不管是誰做的，有第一次，就絕對會有第二次，下一次可不會這麼好運。左耳都不贊成，插嘴說：「應該殺了他們。」

小夭笑起來，對左耳說：「這不是山野叢林，不是覺得他危險，就能打死他。」天下初定，豐隆和馨悅的身分都十分敏感，顓頊正在盡全力讓各族融合、和諧共處，小夭不想因為自己讓顓頊頭痛，更不想因為自己引起氏族間的衝突，甚至戰亂。

船平穩快速地向著西邊行駛，一群群白色的海鳥時而盤旋而上，衝上碧藍的天空，時而飛撲而下，衝進蔚藍的大海。

相柳望著海鳥，慢慢地說：「以前我認識的玟小六有很多缺點，唯獨沒有逆來順受、愚蠢白癡的缺點，妳是不是這些年被塗山璟照顧得太好了？他一死，妳連如何生存都忘記了？」

小夭現在最忌諱人家說璟死了，怒瞪著相柳。

相柳輕蔑地看著她，譏諷地說：「難道我說錯了嗎？妳的確不是置身於山野叢林，妳在比山野叢林更危險的神農山。山野叢林中，再危險的猛獸不過是吃了妳，可在神農山，不是妳一個人的事，這次如果妳死了，會有多少人因妳而死？赤水豐隆已經打破了幾萬年來四世家的均衡格局，現在塗山氏的族長突然亡故，唯一的子嗣還小，妳有沒有想過，如果妳死了，塗山氏也許就會被赤水豐隆和其他氏族瓜分了？在權勢利益的引誘前，都有人甘冒奇險去弒君，殺一個妳算什麼？我現在是真後悔和妳這個愚蠢軟弱的女人命脈相連！算我求妳了，在妳蠢死之前，趕緊想想辦法，把我們的蠱解了！」

小夭走到船舷邊，眺望著海天盡處，海風呼嘯而過，血紅的嫁衣獵獵飛舞。夕陽餘暉將她的身影勾勒得濃墨重彩，她身上的嫁衣紅得就好似要滴下血來。

太陽漸漸落下，月兒從海面升起，剛過滿月之日不久，不仔細看，月亮依舊是圓的。

小夭指著月亮，對相柳說：「你看！」

相柳冷冰冰地看著她，動都沒動。左耳倒是扭過頭，看了看月亮，乾巴巴地說了一句：「很圓的月亮！」

小夭噗哧笑了出來，凝視著月亮，說道：「璟選了滿月之日成婚，我本來想問他為什麼，但有些不好意思，想著成婚後有的是時間，就沒有問。我們最後一次見面，是在三十二天前，孟夏之月的滿月日，他下午來小月頂和我辭行，說是晚飯前走，可用過晚飯後依舊沒走，一直到月亮攀上了山頂，我們依舊在山澗踏著月色散步，那一晚的月亮很美，我拉著他月下踏歌，他不會，我邊唱歌邊笑他笨拙。後來，他騎白鶴離去前，指著月亮，對我說『下個滿月之日後，不管月亮陰晴圓缺、人世悲歡離合，我和妳長相守、不分離。』」

小夭突然對著遼闊的大海唱起了歌：

君若水上風
妾似風中蓮
相見相思
君若天上雲
妾似雲中月
相戀相惜

相戀相惜
君若山中樹
妾似樹上藤
相伴相依
相伴相依
緣何世間有悲歡
緣何人生有聚散
唯願與君
長相守、不分離

銀色的月光哀傷地灑落，波光粼粼的大海溫柔地一起一伏，小夭的手伸向月亮，微笑著說：「沒有見到他的屍體，他在我的記憶裡，永遠都是倚著白鶴笑看著我，指著月亮對我說『下個滿月之日後，不管月亮陰晴圓缺、人世悲歡離合，我和妳長相守、不分離。』我大概真的很愚蠢、很軟弱，我沒有辦法相信他死了，總覺得也許下個滿月之日，他就會回來。」

小夭轉過身，看向相柳，雙眸清亮冷冽，「相柳，我現在沒有辦法解掉你我的蠱。神農山危機重重，清水鎮也不是祥和之地，咱倆究竟誰會拖累誰，還說不定。你與其擔心我拖累你，不如多擔心一下自己吧！」小夭走到相柳面前，挽起袖子，伸出胳膊，「趁著我還能讓你吸血，趕緊養好傷，別拖累了我！」

相柳也沒客氣，托著小夭的手腕，一口咬了下去。

之後的旅途，每日的清晨和傍晚，相柳會吸食一次小夭的血，有時候兩人會說幾句話，有時候誰都不理誰，一個抱膝坐在船頭，悲傷地凝視著大海，像是在等候；一個盤膝坐在船尾，面朝大海，閉目療傷，無喜也無憂。

三日後的夜裡，相柳結束了療傷。他站起，對左耳說：「謝你載我一程。」

左耳說：「你要走了？」

小夭聞聲回頭，想要說什麼，卻又閉上了嘴巴。

相柳說：「明日，你們就會碰到黑帝派出來搜尋小夭的人。」他把一枚龍眼大小的珠子扔給小夭，從船上躍下，落到海上。

「這是什麼？」小夭跑到船尾，舉著珠子問。

「海圖。如果妳沒本事在神農山活下去，可以來海上。這個海圖只是一小部分海域，不過以妳現在的身體，用不了多久，就會像水中的魚兒一般熟悉大海了。」

小夭想起來，相柳曾說過，在無邊無際的大海中有很多島嶼，有的寸草不生，有的美如幻境。

「我用不著這個！」小夭想把珠子還給相柳，可他已經轉身，踩著碧波，向著北邊行去，看似閒適從容，卻不過一會，身影就被夜色吞沒。

左耳看到，小夭一直凝望著相柳消失的方向。

很久後，小夭收回了目光，把海圖珠貼身藏好，對左耳說：「明日清晨，我會喚醒苗莆，不要讓她知道相柳來過，也不要讓任何人知道是相柳殺了那隻信天翁妖。如果有人問起，你就說帶著苗莆回到船上時，發現信天翁妖要殺的人是我，你殺了信天翁妖，救了我。」

左耳點了下頭。

小夭不擔心左耳會露餡，左耳既簡單質樸，又狡詐凶殘，他不是不會撒謊，只是認為沒有那個必要。

清晨，小夭將一直昏睡的苗莆喚醒。

連睡了幾日幾夜，苗莆身上的傷已經好了大半，她看到小夭還活著，喜極而泣。小夭正勸慰，她又看到左耳，怒吼一聲，就衝了出去。

小夭大叫：「自己人、自己人！」

苗莆不是沒聽到，但她太惱恨左耳，並沒有停手，依舊攻向左耳。左耳沒有還手，苗莆的兩掌結結實實地打到了他身上，苗莆居然還想打，小夭嚴厲地說：「苗莆，住手！」

苗莆這才停下，小夭厲聲說：「我說了是自己人，妳幹什麼？就算他打敗了妳，那是妳技不如人，也不能遷怒到想殺了他。」

苗莆又是羞惱又是委屈，含著眼淚生氣地說：「我打他才不是因為他打敗了我，而是……他輕薄我！」

左耳會輕薄姑娘？小夭十分好奇，興致勃勃地問：「他怎麼輕薄妳？」

「我不能動，他在我身上嗅來嗅去。」

小夭明白過來，如果要解釋清楚來龍去脈，勢必會牽扯出邶，她不想提起邶，直接命令道：「左耳不是故意的，他只是好奇納悶，在靠著氣味判斷，絕不是輕薄妳，不許妳再介意此事。左耳以後會跟著我，妳不要欺負他！」

她能有膽子欺負他？苗莆狠狠瞪著左耳，不說話。她是顓頊訓練的暗衛，早見慣了各種殺人的方法，可看到左耳徒手撕裂兩匹天馬時，還是被驚住了，她毫不懷疑，左耳殺人時，也會採用最直接、最血腥的方式。

一個多時辰後，他們碰到了一艘在搜尋小夭的船。

瀟瀟恰在船上，看到小夭完好無損，她腿一軟，跌跪在甲板上。小夭忙上前，扶著她坐下，看她面色憔悴，抱歉地說：「讓妳受累了！」

瀟瀟說：「奴婢受點累沒什麼。陛下晝夜擔憂小姐，不肯吃、不肯睡……小姐趕緊隨奴婢回去見陛下。」

小夭對左耳說：「我先走一步，你隨著船，晚一點就能到。」她又叮囑苗莆，「左耳剛到，人生地不熟，妳照顧一下他。」

苗莆翻白眼，「他一出手，全是最惡毒的招式，誰敢招惹他？」

小夭知道她也就是嘴巴上惡毒，笑拍了拍她的腦袋，對左耳說：「苗莆心軟嘴硬，她說什麼，你別理會，跟牢她就行了！」

瀟瀟驅策坐騎，帶小夭趕去見黑帝。

飛了半日，小夭看到大海中的一個小島，正是那日她和苗莆駕馭天馬逃出來時停落的島嶼。天馬屍體仍在，殘碎的身軀靜臥在荒草中，一地的鮮血已經變成了黑紅色的血汙。一個人也不怕髒，就坐在黑紅的血汙中，呆呆地看著不遠處的大海。他的衣服上都是泥汙和亂草，完全看不出本來的顏色。他頭髮散亂，滿臉鬍子拉碴，幾乎看不出他的本來面貌。

小夭不敢相信地走了過去，不太確信地叫：「顓頊，是你嗎？」

顓頊緩緩扭頭，看到小夭，臉上閃過喜色，可又立即變成了緊張，遲疑地說：「小夭，真的是妳嗎？」

小夭走到他面前蹲下，摸著他蓬亂的頭髮說：「是我！天哪！你怎麼會變成這樣？」

「不是幻象？」顓頊的眼眶深陷，顯然幾日幾夜沒睡。

小夭心酸，猛地抱住了他，「不是！對不起，對不起！我錯了，我錯了……」

顓頊這才相信小夭真活著回到了他身邊，失而復得，有狂喜，更多的卻是懼怕，他緊緊地摟住小夭，就好像要把她牢牢鎖在身邊，再不丟失，「妳回來了！妳終於回來了！我已經幾百年不知道懼怕為何物，可這幾天，我真的很害怕！」

小夭伏在顓頊肩頭，眼淚緩緩滑落，「對不起，我錯了！」

顓頊說：「不怪妳，不是妳的錯，是我大意了。」

小夭默默地流著淚，不敢告訴顓頊，那一刻，她放棄了！她忘記了一切，也忘記了顓頊，沒有盡力逃生，竟然只想結束痛苦。小夭對顓頊許諾：「以後我不會了。」

顓頊以為她是說以後絕不會再輕信別人、上當中計。顓頊拍了拍她的背，說道：「我也不會給妳機會再犯錯。」顓頊的話中有刀光劍影，透出難以承受的沉重。

小夭擦去眼淚，捂住鼻子，故作嫌棄地說：「你好臭！」

顓頊舉起胳膊聞了聞，贊同地說：「是挺臭的，可我是為誰變得這麼臭的？」他說著話，竟然要把又臭又髒的衣袖按到小夭臉上。

小夭邊躲，邊推了一下顓頊，不想靈力不弱的顓頊竟然被幾乎沒有靈力的自己推得摔倒在地上。小夭嚇了一跳，趕緊去拉他，「我扶你回去休息，你得吃點東西好好睡一覺了。」

顓頊聽而不聞，舉著胳膊，依舊想把臭袖子罩到小夭臉上。小夭抓起他的袖子，貼到臉上，用力地吸了吸，「滿意了？可以去休息了嗎？」

顓頊笑起來，終於不再鬧了。

小夭扶著他站起，暗衛想上前幫忙，被顓頊掃了一眼，立即又退回暗處。

小夭和顓頊乘坐雲輦，去了清水鎮外軒轅駐軍的營地。

扶著顓頊走進屋子，小夭探頭探腦地四處看。顓頊說：「出來得匆忙，沒來得及帶服侍的人，瀟瀟他們被我派去尋妳，都累得夠嗆，我命他們去休息了。」

顓頊倒不是非要人服侍的人，可現在他這樣子，小夭還真不放心他一個人，只得自己動手服侍顓頊沐浴換衣。顓頊打了小夭的頭一下，「妳別不樂意！本來就該妳做！」

小夭知道自己這次錯了，點著頭說：「我沒不樂意，能伺候黑帝陛下，小的深感榮幸。」

顓頊沒好氣地在小夭腦門上彈了一下。

顓頊洗完澡後，說沒有胃口，不想吃飯。小夭也不敢讓他驟然大吃大喝，只讓他喝了小半碗稀粥，又兌了一點百花釀的瓊漿服侍顓頊喝下。

小夭讓顓頊休息，顓頊躺在榻上，遲遲不肯閉眼。小夭說：「你不累嗎？」

「雖然幾日幾夜沒合眼，可一直沒覺得累，洗完澡，放鬆下來後才覺得很累，累得好像眼皮子上壓了兩座山，只想合上。」

「那你合上啊！」

顓頊沉默了一會，苦笑著說：「妳別笑話我！平生第一次，我竟然有點害怕，不敢睡覺，怕一覺睡醒，妳又不見了！」

小夭心酸，推了推顓頊，讓他往裡睡。她又拿了一個玉枕放好，脫下鞋子，上榻躺下，「我陪你一塊睡。」

顓頊的手探過去，想握小夭的手，猶疑半晌，終只是握住了小夭的一截衣袖。

小夭瞅著他，笑道：「像是回到了小時候。」

顓頊微笑著，沒有說話。其實，一點也不像小時候，那時兩人親密無間，小夭偎在他懷裡，不會在兩人之間留下半尺的距離，他也不會只敢握一截她的衣袖，他會摟著她，耳鬢廝磨間，聽她哼唱歌謠。

小夭說：「還不閉眼睛？睡了！」

顓頊說：「妳唱首歌。」

小夭嘟囔，「多大的人了？還要哄睡嗎？」說是說，卻依舊哼唱了起來。

熟悉的旋律中，顓頊終於再撐不住，閉上了眼睛，沉沉睡去。小夭卻睜著雙眸，定定地看著帳頂。在告訴顓頊和不告訴顓頊之間猶豫了很久，小夭決定了，不告訴顓頊實情。一是還沒確定究竟是馨悅做的，還是豐隆做的，或者他們二人聯手做的，甚至不是沒有可能，別人探聽出了她和璟的私事，想嫁禍給馨悅和豐隆；二是此事牽涉到相柳和她體內的蠱，真要解釋起來，得把幾十年前的事情重新交代一遍，顓頊從一開始就非常反對她和相柳來往，她也答應過顓頊不和相柳打交道，總是說體內的蠱無足輕重，所以撒謊就是這樣，如同滾雪球，只能越滾越大。

顓頊從傍晚一直睡到第二日中午，迷迷糊糊醒來時，才剛打挺坐起，眼睛還沒全睜開，就揚聲叫：「小夭！」

小夭掀開簾子，探出腦袋，笑咪咪地說：「你醒了？餓了嗎？我已經做好吃的，你洗漱完就可以吃。」不等他回答，小夭就縮回腦袋。

不一會，瀟瀟進來，一邊服侍顓頊洗漱，一邊詳細稟奏了一遍昨日如何尋到小夭的。

顓頊聽到苗莆也在船上時，臉色很是陰沉，瀟瀟小心地說：「可以用飯了，都是小姐親手做的，忙了一早上。」

顓頊的眉目柔和了，穿好外袍，向外行去，剛走了兩步，又回身，在鏡子裡打量一番自己，看沒有差錯，才出了寢室。

食案上擺了六碟小菜，四素兩葷：薑米茼蒿、核仁木耳、酸甜紅萊菔、石渠白靈蘑、炙鵪鶉、銀芽燒鱔絲，綠是綠、黑是黑、紅是紅、白是白，顏色鮮亮，分外討喜。顓頊只看到已是覺得胃口大開。

小夭將一碗肉糜湯餅端給顓頊，笑咪咪地說：「今日可以多吃點，不過也不要太多，七八分飽就好了。」

小夭坐到他對面的食案上，端起碗，靜靜用餐。顓頊一邊吃，一邊禁不住滿臉都是笑意。如果每天都能如現在一般，勞累一日後，和小夭一塊吃飯，那麼不管再多的勞累都會煙消雲散。

用完飯，小夭和瀟瀟一塊把碗碟收了。

顓頊打算晚上出發，趕回神農山，臨走前，還有很多事要處理。

小夭想做些東西晚上吃，帶著苗莆在廚房忙碌。左耳坐在樹下，閉著眼睛打盹。

瀟瀟剛悄無聲息地出現，左耳就睜開了眼睛。瀟瀟盯了左耳一眼，走到窗前，對苗莆說：「陛下召見妳。」

苗莆的臉色剎那慘白，小夭說：「妳先去，我會立即過去的，放心，絕不會有事。」

苗莆隨著瀟瀟走進花廳，一看到顓頊，立即跪下。

顓頊淡淡說：「從頭說起。」

苗莆將小夭如何得到音珠，如何迷倒瀟瀟，如何打開暗道，偷了兩匹天馬，如何用黃帝的令牌溜出神農山，如何到了東海，看到一艘船，一一交代清楚。

苗莆說：「小姐下海後，好一會沒回來，我決定去找小姐，剛要走，左耳——就是跟著小姐回來的那個男人，出現了，一言不發就徒手撕裂了兩匹天馬，我和他打了起來，他出手非常狠毒，我打不過他，本以為要被他殺死了，沒想到一陣風過，他嗅了嗅，竟然放棄殺我，只是封了我的穴道，在我身上嗅來嗅去，我掙扎反抗，他把我敲暈了。等我再醒來時，在一艘船上，就是瀟瀟看到的那艘船，不是我和小姐最早看到的那艘，小姐和左耳都在船上。我問過小姐究竟怎麼回事，小姐說她和左耳以前就認識，左耳殺了信天翁妖，救了她，還說左耳以後跟著她了，我覺得左耳對小姐很忠心。」

顓頊說：「妳認為該怎麼處罰妳？」

苗莆磕頭，「我沒有勸阻小姐，及時奏報陛下，反而擅自幫助小姐逃出神農山，差點鑄成大錯，萬死難辭其咎，不敢求陛下寬恕，只求陛下賜我速死。」

顓頊對瀟瀟頷首，瀟瀟剛準備動手，小夭走了進來，說道：「陛下不能處死苗莆。」

顓頊寒著臉，冷冷說：「功不賞，何以立信？罪不罰、何以立威？賞罰不嚴明，何以治國？這事不是妳能插手的。小夭，出去！」

小夭說：「兼聽才明，請陛下聽我說幾句話。」

「妳說！」

「苗莆以前是陛下的暗衛，可陛下已經把她給了我，她現在是我的侍女。也就是說陛下是她的舊主人，我才是她的新主人了？」

「對。」

「那她究竟是該忠於陛下這位舊主，還是該忠於我這位新主？」

顓頊沉默了一瞬，說道：「該忠於新主。」

小夭說：「苗莆的所作所為都是我下的命令，她只是忠實地執行，我認為她對我非常忠心，我很滿意。」

顓頊看著小夭，嘆了口氣，神色緩和了，「盡會胡攪蠻纏！」

小夭笑起來，「哪裡是胡攪蠻纏了？難道我說的沒有道理嗎？難道陛下送我侍女，不想侍女對我真正忠心嗎？賞罰是要嚴明，可賞罰也要有道理啊！」

顓頊說：「苗莆不再是合格的暗衛，倒是勉強能做妳的侍女，罷了，妳領她回去吧！不過，我說清楚了，妳若有半分差池，我就扒了她的皮！」

苗莆打了個寒顫，瑟縮地說：「奴婢一定會保護好小姐。」

小夭對顓頊說：「說起保護，倒是有件事要和你說一聲。我收了個侍衛，叫左耳。」

「根據收到的調查，他是個殺手。」

「以前是，以後是我的侍衛。」

顓頊說：「妳先告訴我，在妳失蹤的幾天裡究竟發生了什麼事？」

「有人雇傭左耳和另一個殺手信天翁妖殺我，但左耳和我是故交，之前他不知道要殺的人是我，等發現後，自然不願意殺我，信天翁妖還想殺我，就被左耳殺了。我問過信天翁妖是誰雇傭他們殺我，她壓根沒見過雇主，完全不知道。」

「妳叫左耳進來，我要單獨問問他。」

「左耳以前是地下死鬥場裡的奴隸，常年被鎖在籠子裡，不善言辭，也不喜說話，對人情事務完全不懂，反正你見過就知道了。」

小夭領著苗莆出去，讓等在門外的左耳進去見顓頊。

以左耳的性子，在他眼裡，顓頊和別人沒什麼不同，肯定不要指望他恭敬有禮，但小夭並不擔心顓頊會為難左耳，顓頊不是一直生長在神山上的貴族公子，他見過各種各樣的苦難、也經歷過各種各樣的苦難，他會理解左耳的怪誕，也會尊重左耳的怪誕。

小夭完全可以想像，顓頊問左耳時，左耳肯定面無表情，惜言如金，一問三不知。不過，他的確什麼都不知道，在刺殺小夭這件事中，他唯一知道的就是——殺了苗莆，他能賺十個金貝幣，希望顓頊不要被左耳眼中的「天價」給氣著了。顓頊壓根想不到相柳牽扯了進來，所以他不會問。他只會追問信天翁妖的事，左耳只需按照小夭教他的，不管顓頊問了什麼，簡單地說「她要殺小夭，我殺了她」就可以了。不需要任何解釋，他也做不出任何解釋。

大半晌後，左耳出來，小夭問：「怎麼樣？」

左耳想了想，說：「他很好，不當我是怪物。」

小夭笑著拍拍左耳的肩膀，「早和你說了，我哥哥很好的，沒有說錯吧？」

瀟瀟走出來，對小夭恭敬地說：「陛下讓小姐進去。」

小夭跑了進去，問道：「如何，你覺得左耳如何？」

顓頊說：「左耳是頭無法駕馭的猛獸，但他會對自己認定的人奉上全部的忠心。小夭，妳真的相信他嗎？」

小夭很嚴肅地說：「我相信他！」

「那讓他跟著妳吧！在我沒有查出是誰雇傭殺手殺妳前，妳身邊的確需要一個這樣的人。」

小夭忽而想，相柳該不會也是怕她再次遇刺，才提醒她為左耳安排條出路吧？

顓頊看小夭突然發起呆來，站起身，走到小夭面前，問道：「在想什麼？是不是發現什麼線索？」

「啊？沒有！想殺我的人那麼多，像沐斐那樣明著來的都不敢了，現在都只能躲在暗處雇傭殺手了。」

顓頊說：「我不相信查不出來。別害怕，像左耳這麼愣的殺手很少，一般的殺手不敢接，不管錢再多，他們也怕沒命花。」

小夭點點頭，「我知道。」她很清楚，如果不是顓頊，世間會有太多的人想要她的命，因為顓頊，他們中的絕大部分才只能想想，永遠不敢付諸行動。

顓頊走回案前坐下，拿起一疊文書，一邊翻看，一邊說：「妳去和苗莆他們玩一會，我還有事情要處理，等全部處理完了，我們就回神農山。」

小夭看著顓頊，一時沒有動，他前幾日熬得太狠了，即使休息了一整夜，眼眶下仍有青影，看著很憔悴，可從睜眼到現在，他一直沒有閒過。

顓頊抬頭，「怎麼了？」

「哥哥，我……」小夭的聲音有點哽咽，她轉過了身，背對著顓頊，說道：「我現在只有你了，你一定要好好的！」

顓頊說：「我會的！」

小夭匆匆向外行去，顓頊的叫聲傳來，「小夭！」

小夭停住了步子，因為眼中都是淚，她沒有回頭。

顓頊凝視著她的背影說：「我一直都守在妳身後，不管什麼時候，只要妳願意回頭，就一定會看到我。」

小夭擦去眼角的淚，微微點了下頭，掀開簾子，出了門。

用過晚飯後，顓頊又接見了幾位當地駐軍的將領，和他們談了半個時辰左右。直到天色黑透，顓頊才帶著小夭乘雲輦返回神農山。小夭知道他這次為她耽誤了不少事，所以只能趁著晚上睡覺的時間趕路。

顓頊的雲輦是特別訂做的，為了速度，並不大，平日裡就他一人乘坐，即使晚上趕路時，躺倒睡覺也還寬裕，可現在加上小夭，兩個人都睡，就有些擠了。顓頊讓小夭休息，「妳睡吧，我恰好要看點東西，睏了時，靠著車厢瞇一會就好了。」

小夭劈手奪過他手裡的文卷，「你躺下睡覺，我坐著就能睡。」

顓頊伸手要文卷，「給我！妳怎麼老是和我扭著幹呢？聽話，乖乖睡覺。」

「你明日回到神農山，還有一堆事情要忙，我回去躺倒就能睡，所以你該聽我的話。」

顓頊把臉板了起來，一本正經地說：「我真有事要做，妳可別鬧了，我讓妳睡妳就睡，別的事少瞎操心。」

小夭問：「這次我私自溜出神農山，你就不給我點懲罰？」

顓頊失笑，「妳想我懲罰妳？妳倒是提醒我了，的確要罰妳！妳想怎麼罰呢？」剛聽聞她偷偷溜走時，不是沒氣得想要好好收拾她一頓，可真發現她消失不見時，他唯一的祈求就是她平安歸來。等她回來了，他只有高興、後怕和自責，哪裡還捨得罰她？

小夭用手指比了個一點點的手勢，「一點點懲罰，可不可以？」

顓頊故作為難地想了一想，說：「好，就罰一點點。」

小夭說：「君無戲言！」

顓頊皺著眉頭，說道：「我怎麼覺得又被妳給帶進了溝裡呢？」

「懲罰就是——罰我今晚坐著睡覺。好了，誰都不許再反悔！」小夭手腳俐落地把文卷塞到抽屜裡，迅速地把掛在車頂的明珠燈拿下合上，車厢內陷入了黑暗。

雖然他又被小夭給騙了，可顓頊心裡沒有惱、只有甜，他把一條薄毯子搭在小夭身上，自己躺下休息。

「小夭，唱首歌吧！」

小夭哼唱起了那些伴隨著她和顓頊長大的古老歌謠，在低沉舒緩的哼唱聲中，顓頊漸漸沉睡了過去。

小夭閉著眼睛，仍舊隨意地哼唱。也不知道什麼時候，旋律變成了那首踏歌：緣何世間有悲歡，緣何人生有聚散，唯願與君，長相守、不分離……她的眼角，一顆顆淚珠，緩緩滑落。

清晨，顓頊和小夭回到神農山。

顓頊把小夭放在小月頂，都來不及和黃帝問安，就匆匆趕去了紫金頂。

黃帝坐在廊下，靜看著青山白雲，面色憔悴。小夭跪在他面前，「讓外公擔心了。」

黃帝沒有說話，似乎在凝神考慮著什麼。小夭一直跪著，跪得腿都痠麻時，黃帝悠悠嘆了一口長氣，好似終於有了決定。他說道：「自妳失蹤，顓頊一直守在東海，誰勸都不聽。下次涉險前，先想想顓頊。」

「不會再有下一次。」小夭不僅和相柳做了交易，也對顓頊許諾過，絕不會再放棄。

黃帝說：「妳起來，去休息吧！」

小夭磕了個頭，起身要走，黃帝又說道：「我很喜歡璟那孩子，但不管怎麼樣，妳和他沒有緣分，他已經死了，妳忘記他吧！從今往後，妳安心留在神農山，顓頊會給妳一世安穩。」

小夭沒有吭聲，低著頭回了自己的屋子。連著兩夜沒有睡好，她很疲憊，卻睡不著，配了點藥喝下，才有了睡意。迷迷糊糊中，她悲傷地想，本以為再也用不著這些藥，沒有想到，又要開始依靠藥物才能入眠了。

第四十四章

落花弄孤影

衣衫襤褸、滿身血汙的左耳不停地往火焰裡扔枯枝，
一片木槿花開得如火如荼，
小夭躺在一棵木槿樹下，手上裙邊全是木槿花。

章莪殿裡所有婚慶的飾物，已經全部摘去，就好像什麼事都沒有發生過，沒有人提璟，也沒有人提小夭失蹤的事。小夭的生活變得和以前一樣，不管是黃帝，還是顓頊，都表現得沒有什麼不一樣，可小夭知道不一樣了——當她眺望天際時，即使看上一整天，也不會再看到一隻白鶴馱著璟翩翩而來。

小月頂上的侍衛更多了，顓頊肯定和左耳說了什麼，不管小夭去哪裡，左耳都會跟著。他安靜到像是不存在，剛開始，小夭常常以為他離開了，可等她揚聲叫：「左耳！」也許頭頂的樹蔭裡會探出一個腦袋，也許路邊的荒草中會傳出應答聲，也許身側的廊柱陰影中會冒出一截衣袖，左耳就像山林裡的野獸一般，總有辦法把自己隱匿在周圍的環境中。

小夭問起塗山氏的事，顓頊說：「有些混亂。塗山瑱是名正言順的繼承人，可那些長老也知道

塗山瑱並不是璟的孩子，都在各懷私心地耍花招。在各大氏族眼裡，塗山氏是塊大肥肉，所有人都想吃一口，巴不得塗山氏越亂越好，都拚了命地在亂上加亂。」

在和璟有關的事情上，顓頊從不主動提起，但小夭提起時，他也從不迴避。他的態度大概就像醫師對待病人的傷口，既不再去刺激，也不會藏著捂著，必要時，甚至明知道小夭會痛，他也會像割去腐肉一般該怎麼做就怎麼做。比如，他明知小夭很忌諱人家在她面前說璟死了，可顓頊該講時，從不刻意避諱。

小夭問顓頊：「你方便插手塗山氏的事情嗎？」

「當然不方便！但那些氏族就方便了嗎？大家不都在暗地裡插手摻和嗎？」

小夭說：「只要我還活著一日，我不想看到塗山氏垮掉。」

顓頊問：「妳想怎麼做？」

小夭說：「塗山瑱雖不是璟的孩子，卻也是血脈純正的塗山氏，我想塗山太夫人不會反對讓他繼位族長。」

顓頊問：「他的父母害死了璟，妳不恨他嗎？」

小夭被顓頊的話刺得沉默了一會，才說道：「如果篌還活著，我會千刀萬剮了他，可塗山瑱只是個孩子，他並沒有做錯什麼。你和我都是從小沒有父母的人，知道孤兒的艱難，他又是那樣不光彩的出身，活著對他而言很不容易。如果他不能被確立為未來的族長，只怕有人會動手除掉他，畢竟他才是名正言順的繼位者。我可不想璟哪一天回來了，再見不到他。」

顓頊被小夭的話刺得沉默了一陣，微笑道：「那好，讓塗山瑱做塗山族長。」

小夭說：「謝謝。」

顓頊在小夭的額頭上敲了一記，「妳和我客氣？是不是想討打？」

小夭揉著額頭說：「別仗著你現在有靈力就欺負人，我不是沒有辦法收拾你。」

「那妳來啊！」顓頊十分囂張。

小夭頹然，她最近根本提不起精神折騰那些迷藥、毒藥。

顓頊揉了揉小夭的頭，「妳整日這麼待在小月頂上會待出毛病的。」上一次因為璟而痛苦時，小夭還知道給自己找事做，分散心神，可這一次她好像什麼都無所謂。

「你派了那麼多侍衛，難道我帶著一群侍衛滿大街跑嗎？再說了，神農山附近哪裡我沒去過呢？」小夭苦笑，「這就是活得太長的弊端，活到後來，什麼都是見過的。」

顓頊說：「不如這樣，妳去軹邑開個醫館，省得整天胡思亂想。」

「你放心讓我跑來跑去？我可不想醫館不是因為我的醫術出名，而是因為醫館裡有一堆侍衛而出名。」

「我不放心讓妳跑來跑去，可我更不放心妳這樣子下去，侍衛的事我會想辦法，不用妳操心。小夭，反正妳閒著，不如用自己的醫術幫別人解除點痛苦。當年是誰慷慨激昂地說什麼用醫者之心在學習醫術？」

小夭想起，璟曾和她商量，在青丘城開個醫館。她微微笑起來，對顓頊說：「好啊，我去軹邑城開個醫館。」正好可以查查究竟誰要殺她，這樣整天待在小月頂上，被保護得嚴嚴實實，別人完全接觸不到她，她也沒有辦法接觸別人。

小夭用自己的私房錢在軹邑城開了個醫館。

為了出入方便，她穿了男裝，打扮成個男子。醫館裡除了苗莆和左耳，只有兩個小夭雇傭的少年。小夭特意試探過他們，真的就是普通人，絕不會是顓頊派來的高手冒充。

醫館的生意不同於別的營生，顧客很認醫師，因為小夭沒有名氣，生意很不好，她也不著急，教教兩個少年辨認藥草，還開始教左耳和苗莆認字。

苗莆跟在她身邊多年，已經七零八落地認識了一些，有時候小夭忙著收拾藥草，就讓苗莆去教左耳識字，總能聽見苗莆嘰嘰呱呱訓斥左耳的聲音。苗莆很清楚，看上去蒼白瘦弱的左耳有多麼厲害，每次小夭讓她照顧左耳，她總喜歡翻著白眼說：「誰敢欺負他啊？」卻不知道她自己一直在欺負左耳。

因為小夭的醫術是真好，但凡偶然來過一次的人就知道這個每日都笑咪咪的少年真的堪稱藥到病除，她的診金不便宜，可用的藥材都很常見，很少會用到那些貴重的藥材，畢竟診金是一次性，抓藥的費用才是大頭，折算下來，並不算貴。漸漸地，附近的人有個頭疼腦熱都會來找小夭，小夭的醫館開始有了進帳。

小夭對左耳和苗莆說：「我終於能養得起你們了。」

苗莆完全無法理解小夭為什麼那麼執著於自己賺的錢，左耳卻放心地笑了笑，不再擔憂自己會餓肚子，在他眼裡，只有小夭的錢才可靠，別人的都不可靠。

除了擔憂餓肚子的事，左耳更大的擔憂是小夭的安全，在他眼裡，顓頊派的侍衛不算是自己的，都不可靠。左耳問小夭：「為什麼妳不追查誰想殺妳？」

小夭說：「已經在追查了啊！」

左耳困惑地看著小夭，小夭笑起來，也不知道是不是因為左耳整日和面部表情格外豐富的苗莆在一起，現在左耳的表情也多了一點，開始越來越像一個人了。

小夭說：「那人想殺我，如果不是為了利益，就是很憎惡我。如果有一個人很憎惡你，恨不得你立即消失，結果你不但沒有消失，反而整天在他眼前晃來晃去，日子過得滋潤得不得了，你說那個人會怎麼辦？」

左耳很痛快地說：「我會殺了他。」

小夭無語地拍拍左耳的肩膀，安慰自己，沒有關係，繼續努力，遲早左耳會改掉這個口頭禪。

苗莆不屑地說道：「那個人害小姐沒有害成功，看到小姐回來了，肯定會寢食不安，密切注意小姐，小姐的日子過得越滋潤，他越難受，恐懼加上憎恨，說不定他就會再次想辦法害小姐。只要他行動，我們就能知道他是誰了。」苗莆抬起下巴，高傲地看著左耳，「這就是陛下說的以靜制動，你這樣的蠻人，是不會懂的。」

左耳像以往一樣，沉默不語、面無表情。但小夭相信，左耳明白，在看過他出手後，苗莆還敢在他面前這麼囂張，也從來沒把他看成怪物。小夭微微咳嗽一聲，壓低了聲音，對苗莆說：「這事我還不想告訴陛下。」

苗莆沉默了一瞬，堅定地說：「奴婢明白。」上一次小夭和陛下爭論她的生死時，她就明白了，舊主和新主之間她只能忠於一個。

小夭拍了下手，笑道：「好了，我要去幹活了，咱們就等著看那個人能熬多久。」

一日下午，小夭診治病人時，豐隆走了進來。小夭對他笑了一笑，繼續和病人說話。苗莆迎上前，招呼豐隆坐下。左耳看似木然，卻是將身體調整到了能瞬間發動進攻的姿勢。

待豐隆喝完一碗茶，小夭才看完病人。病人離開時，邊走邊抱怨診金有點貴，小夭一副生意人的態度，陪笑聽著，不反駁，也絕不降價。

豐隆道：「這些看病的人如果知道，為他們看病的醫師是修撰《黃帝外經》和《黃帝內經》的大醫師，肯定不會嫌診金高。」自從醫書修成，全天下醫師都交口稱讚，雖然大部分人壓根不知道這套醫書講的是什麼，卻都知道是比《神農本草經》更好、更全面的醫書，能救很多人的性命。修纂醫書的大醫師被傳得醫術高超無比，一副藥方價值千金，還很少人能請到。

小夭說：「他的病不是疑難雜症，一般的醫師就能看好，我的診金的確有點高。他嫌貴，下次別找我就好了。」

豐隆好奇地問：「如果不是做善事，何必隱姓埋名開醫館？如果是做善事，又何必把診金定得偏高？」

小夭理直氣壯地說：「我的醫術那麼好，如果診金便宜了，不管誰都來找我看病，我能受得了？再說了，我是不用靠著醫術去養家糊口，可別的醫師需要，我不能為了自己做善事，而斷了別的醫師的生路。還是該怎麼來就怎麼來，老老實實地做生意，大家都有錢賺，大家都老老實實地過好自己的日子。」

豐隆笑起來，小夭的想法永遠和別人不同，他永遠抓不住她的思路，也許真正能理解小夭的人只有璟，可是……豐隆的笑苦澀了起來，他說：「塗山氏的長老同意了讓塗山瑱繼任族長，九位長老會一起教導、輔助他，在他能獨立掌事前，塗山氏的事務會由所有長老商議決定。我想，有陛下的暗中幫助，塗山氏可以熬到塗山瑱長大。」

這些事顓頊已經都告訴她了，小夭可不相信豐隆突然出現是單純為了告訴她這些事，她默默地看著豐隆。

豐隆說：「今日，我和曋氏、姜氏的一些老朋友相聚，以前他們就對我唯唯諾諾，現在更是我說什麼，他們就順著我說什麼，我覺得特沒意思，找了個藉口就中途離席。我只是隨便轉轉，並沒打算進來，也不知道為什麼竟然就拐了進來。璟的事，我很難過。」

小夭垂下了眼眸。

豐隆說：「小時候總是盼著長大，覺得長大後可以自由自在、做很多事，現在卻總會想起小時候。那時候，璟和篌好得讓我嫉妒，我和篌都好動，卻玩不到一起。每次我被師父責罵後，都會鑽到璟房間裡，對他憤憤不平地談我的宏偉抱負，還有昶那個狗頭軍師，老是和我針鋒相對，每次出去玩，只要璟不在，我們總會打架……我們一群臭小子打著鬧著，不知不覺就變成了現在這樣。昶如今和我說話，總是笑容親切、有禮有節，就好像我是他的主顧。篌死了，璟也不在了。突然之間，我發現竟然再找不到一個一塊胡吃海喝、胡說八道的朋友了。」

豐隆苦笑了起來，「我也不知道為什麼和妳說這些，大概因為我以前總是一有煩惱就會去找璟，和他胡說八道，今日竟然對著妳也胡說了，妳別嫌煩。」

小夭溫和地說：「只是借出一副耳朵，不會嫌煩。」

豐隆站起身，說道：「我走了。妳……妳不要太難過，日子還很長，璟肯定希望妳過得好。」

豐隆覺得很荒謬，小夭曾是他的新娘，她扔下他逃婚後，他以為自己絕不會原諒她，恨不得她一生淒慘孤苦，可沒想到，現如今真看到她如此，他竟然也不好受。

小夭送著豐隆到了門口，不經意地問：「你怎麼知道我在這裡開了一家醫館？」

「王后隨口提了一句。」其實馨悅不是隨口提了一句，而是厭惡地提了很多句。

這也是豐隆不明白的地方，自從小夭逃婚後，馨悅就對小夭十分憎惡，張口閉口妖女，到現在他都已經完全不介意了，馨悅卻只要提到小夭，總是厭憎無比，有一次竟然說小夭像她母親一樣是淫娃蕩婦，咒罵小夭遲早會像她母親一樣不得好死。豐隆厲聲訓斥了馨悅兩句，馨悅卻甩袖離去。豐隆無可奈何，馨悅現在是王后，他已經不可能再像以往一樣管束她。兩人雖然是雙胞兄妹，可一個是赤水氏，一個是神農氏，一個在赤水長大，一個在軒轅城長大，他和馨悅從沒有像篌和璟那樣親密過。所幸，馨悅表面上依舊舉止得體，並未流露出對小夭的憎惡。

小夭回到醫館，靜靜地坐著，問自己，是馨悅嗎？為什麼呢？豐隆剛才說，不明白為什麼舊日朋友死的死、散的散，縱然見面也言不及義、客套敷衍。小夭也不明白為什麼，當年她和馨悅曾同榻而眠，曾一起為哥哥們打掩護，曾一同為顓頊擔憂……為什麼到了今日，非要置她於死地？

左耳問：「苗莆說他是赤水豐隆，是他嗎？」

小夭說：「如果不是他太會演戲，我想……應該不是他。」

「是神農馨悅？我去殺了她。」

「站住！」小夭拉住左耳，嚴厲地說：「沒有我的吩咐，你什麼都不能做，明白嗎？要不然，我就不要你做侍衛了！」

左耳木然冷漠的臉上，好似閃過委屈不解，悶悶地說：「明白了。」

小夭也不知道為什麼會想起相柳受委屈的樣子，又是好笑，又是心軟，放柔了聲音，「我會處理好這件事，你不要老是惦記著殺人，侍衛和殺手不同。」

左耳倔強地說：「殺了她，保護妳。」

小夭頭疼，揚聲叫：「苗莆，妳給左耳好好講解一下殺手和侍衛的區別。」

苗莆笑嘻嘻地跑到左耳面前，開始了她的嘰嘰喳喳。

在顓頊迎娶馨悅之前，小夭就離開了紫金頂。從那之後，小夭再未去過紫金頂。

當小夭再次站在紫金宮前，宮人都不認識她。小夭拿出了黃帝的令牌，在宮人震驚的眼神中，苗莆對宮人說：「是小月頂章莪宮的西陵小姐。」

宮人都聽說過這位身世奇怪、命運多舛的西陵小姐，更聽聞過黃帝和黑帝兩位陛下都十分寵愛她。如今看到如同黃帝親臨的令牌，確信傳聞無誤，他們打開了宮門，恭敬地請小夭進去。

小夭離開時，紫金宮還有幾分荒涼，現如今已是煥然一新，一廊一柱都紋彩鮮明，一草一木都精心打理過。來往宮人絡繹不絕，卻井然有序、鴉雀無聲，讓行在其中的人感受到一種沉默的威壓，不知不覺就放輕腳步、屏住呼吸、收斂眼神，唯恐一個不小心冒犯天顏。

小夭微微而笑，原來這就是馨悅想要的一切。

今日是三月三，中原的上巳節。白日人們會去河濱沐浴、祭祀祈福，晚上則會相約於春光爛漫處，插柳賞花。上巳節對中原人非常重要，相當於高辛的五月五，放燈節。

顓頊對各族一視同仁，既保留了軒轅的重大節日，也保留了中原和高辛的重大節日，每一個節日，顓頊都要求官員要依照各族的風俗去慶祝，至於百姓們過與不過，則聽憑自願。

紫金宮內的妃嬪來自大荒各族，每個節日都會慶祝，可王后是中原人，上巳節這一天宮裡會格外熱鬧。顓頊為了晚上的宴會，下午早早去看過黃帝和小夭，就回了紫金頂。

在宮人的引領下，小夭走進了百花園。

園內，清流掩映，林木蔥蘢，芳草萋萋，百花綻放，有小徑四通八達，與錯落有致的亭閣、拱橋相連，步步皆是美景。溪水畔、亭榭間，零零落落地坐著不少妃嬪，還有數位女子坐於花蔭下，居中放著一張高尺許的龍鳳坐榻，顓頊和馨悅坐在上面，只不過顓頊歪靠著，很是隨意，馨悅卻端坐著，很是恭謹。眾人正在聽幾個宮娥演奏曲子，絲竹管弦，彩袖翩飛，看上去，一派花團錦簇，美不勝收。

待曲子奏完，掌聲響起，一個小夭不認識的妃嬪道：「好雖好，但比起王后可就差遠了。」姜嬪笑道：「聽聞陛下和王后是在赤水湖上初相遇，那夜正好起了大霧，十步之外已不可見，陛下聽到王后的琴曲，吹簫相合，人未見面，卻已琴簫合奏了一曲。不如陛下和王后今夜再琴簫合奏一曲吧！當年合奏時，還未相識，如今合奏時，卻已是夫妻，可真是姻緣天註定。」

有妃嬪跟著起鬨，央求顓頊和馨悅答應；有妃嬪只是面帶微笑、冷眼看著；還有兩三個不屑地撇撇嘴。小夭讓苗莆拉住宮人，先不要去奏報，她站在花蔭下，悄悄旁觀了起來。

馨悅眉梢眼角似嗔還喜，三分惱、三分羞、四分喜，顯然已是願意撫琴，顓頊卻一直微笑著不說話。起鬨的妃嬪摸不準顓頊的心思，聲音漸漸小了下去，冷眼旁觀的妃嬪心中暗笑，唇畔的笑意漸漸深了起來。

馨悅視線輕掃一圈，臉朝著顓頊，羞澀地嚷道：「陛下，快讓她們別鬧了，竟然一個二個拿我當琴女取笑！」

顓頊含笑說：「今日過節，既然她們要妳做琴女，妳就做一回，我陪妳一起，看看有誰敢取笑妳？」

妃嬪們的神情變幻甚是精彩，馨悅眉目間都是笑意，機靈的宮娥已經將琴擺好，把簫奉到顓頊面前。

馨悅輕移蓮步，坐到琴前，顓頊拿過簫，走到了溪水邊。馨悅先撥動琴弦，奏的是當日她和顓頊在赤水湖上相遇時合奏的曲子，顓頊吹簫相合。四周寂靜無聲，只聞琴簫合鳴。一個瀟灑飛揚，一個溫柔纏綿；一個大開大闔，一個小心謹慎；一個隨意縱橫，一個步步追隨，倒也很和諧。

小夭卻想起了赤水湖上那自傲自矜、隨性飛揚的琴聲，敢和簫聲比鬥較勁，敢急急催逼，也敢怒而裂弦。馨悅竟然放棄那樣的琴音，選擇了這樣的琴音，小夭不禁嘆息一聲。

嘆息聲不大，可黑帝和王后在合奏曲子，人人都屏息靜氣，唯恐聽得不夠專心，唯恐顯得不夠恭敬。在寂靜肅穆中，小夭的嘆息聲顯得很不專心、很不恭敬。顓頊和馨悅都微微蹙眉，眼含不悅，視線掃向了花蔭下。

小夭也知道自己失禮了，心裡感嘆自己果然是沒有教養、上不得大場面。她上前幾步，面朝顓頊和馨悅彎身行禮，本是表示請罪的恭敬動作，可抬起頭時，小夭想到只有顓頊和馨悅能看到她的臉，心念一轉，卻是對顓頊和馨悅做了個鬼臉，無一絲恭敬、更無一絲請罪的意思。馨悅的手一抖，琴弦斷了，琴聲驟止。恰好顓頊看到小夭，驚愕下也忘記了吹簫，倒好像兩人同時停止，誰都沒顯得突兀。

顓頊定了定神，問道：「妳怎麼來了？」

小夭低下頭，很是恭敬地說：「外祖父種的櫻桃提前成熟了，知道陛下和眾位娘娘在過節，特命我送一些過來。」

苗莆上前，把一籃子櫻桃奉上，內侍接了過去，躬身聽命。顓頊說：「既然是祖父的心意，都嘗嘗吧！」

內侍忙給每位娘娘都分了一小碟櫻桃。

黃帝自從避居小月頂，從未來過紫金頂，也從未召見過任何一個他的孫媳婦，只有王后偶而能去拜見。眾位妃嬪得了這份意外的賞賜，都十分驚喜，一個個妙語連珠，又要讚美好吃，又要感謝黃帝，還要謝謝送了櫻桃來的小夭。當然，最最要緊的是做這一切時都是為了讓顓頊留意到自己，一時間，滿園內鶯鶯嚦嚦、燕燕喁喁，真是櫻唇軟、粉面嬌、目如水、腰似柳，一派婉轉旖旎。

小夭微瞇著眼，笑看著各位美人。顓頊臉上掛著和煦的微笑，心裡卻不自在起來，就好像做了什麼不該做的事，正好被小夭逮住。他看了眼身邊的內侍，內侍說道：「時辰不早了，各位娘娘也該歇息了。」

所有妃嬪都沒有意外，黑帝看似隨和，實際很清冷，對宴飲歡聚並無興趣。每次宴會，要麼來得早、提前離開，要麼來得晚，讓宴席早點散，從沒有耐性從頭玩到尾。

眾位妃嬪行禮告退，顓頊把剛才用過的簫遞給馨悅，微笑著說：「麻煩王后收好。」所有妃嬪深深盯了馨悅一眼，低下眼眸，將各種不應該流露的情緒都藏了起來。

馨悅笑意盈盈，雙手接過了簫，只覺得一口氣堵在心口，苦澀難言。她幾乎想大叫：難道妳們瞎了嗎？都看不見嗎？他根本不是寵愛我！他只是利用我讓妳們忽略，小夭一來，他就解散宴會，讓妳們日後一想起這場宴會，忘記了其他，只會想起他和我在宴上琴簫合奏，還宴後贈簫。妳們這幫瞎子！他保護的是被他一直藏起來的人啊！妳們要嫉妒、要仇恨，也該衝著她！可馨悅什麼都不敢說，她只能屈身行禮，謝過陛下後，禮儀完美地退下。

馨悅明知道不該再去看，卻又無法克制，她刻意落在所有人後面，兜了個圈子，藉口尋找掉落的香袋，往回走去。待走近花蔭畔，馨悅不敢再靠近，聽不到顓頊和小夭說什麼，只能看到，溪水邊，兩人並肩而行。

馨悅仔細地回憶過往，自從她嫁到紫金頂，竟然從沒有和顓頊並肩而行過。不管任何時候，她都會微微落後顓頊一步，她想不起來究竟是顓頊的威嚴，還是她的不敢僭越，讓她如此做，反正不知不覺中已經成了習慣。連王后都不敢真和顓頊並肩而行，其他妃嬪更不敢。大概正因為整個紫金頂上都沒有女人真能站在顓頊身旁，馨悅從沒覺得自己「微微落後的一步」有什麼問題。

可今夜，她突然發現，原來，顓頊是可以與人並肩而行的。

顓頊走得沉穩從容，小夭卻時而走在草地上，時而在石塊上一蹦一跳，但不管小夭是快，還是慢，顓頊總是隨在她身旁。小夭踩在一塊長滿青苔的石頭上，腳一滑，身子搖搖晃晃，就要跌進溪水裡，顓頊忙伸手拽住她，人是沒跌進溪裡，一隻腳卻踩在了溪水裡，裙裾都濕了。顓頊自然而然地蹲下，撩起小夭的裙裾，幫小夭把濕掉的裙子擰乾。

小夭彎下腰，一手扶著顓頊的肩膀，一手脫掉濕鞋，顓頊起身時，順手拿了過去，幫小夭拎著。小夭指著溪水，不知道在說什麼，顓頊搖頭表示不同意。他的坐騎飛來，顓頊拽著小夭躍到坐騎上，向著小月頂的方向飛去。

藏在暗處偷窺的馨悅想要離開，可全身卻沒有一點力氣，她勉強行了兩步，腳下一個踉蹌，狼狽地跪在了地上。馨悅覺得這一刻的感覺，就好像小時候突然得知她並不是風光無限的尊貴小姐，而只是一個質子，隨時都有可能被殺掉，她又冷又怕，看似擁有一切，其實一個不小心，剎那間所擁有的都會消失。

曾經，她以為顓頊風流多情，擔心自己不得不一輩子忍受他常把新人換舊人，可真嫁到紫金頂後，才發現顓頊對女人其實很冷淡，一心全在國事上，待她並不溫存，可待別的女人也不溫存。只要她不觸犯他，他一直很給她面子，一直在所有妃嬪面前給予她王后的尊重。她以為顓頊就是這樣的無情，反倒放下心來，可是當她心裡藏了那個猜測後，一日比一日害怕，她害怕顓頊既不是多情，也不是無情，他只是把所有都給了一個人。

顓頊把小夭保護得太嚴實，她觀察了幾十年也所見不多，可數十年來，顓頊風雨無阻地日日去看小夭；他允許小夭砸傷他的臉，不但沒有生氣，反而摸著傷痕時，眼內都是痛楚思念；他能心甘情願地為小夭擰裙拎鞋……

紫金頂上的女人鬥來鬥去，但她們不知道顓頊陪伴時間最長的女人不是紫金頂上的任何一個，而是小夭。她身為王后，也最多一個月見一次顓頊，可只有小夭，日日都能見到。

當年，嫁給顓頊時，馨悅認為自己獨一無二。她的自信並不是來自自己，而是她背後的神農氏、赤水氏和整個中原，可後來有了阿念，她所有的，阿念都有，甚至比她更多。阿念以整個帝國做嫁妝，嫁給了顓頊，所有人都勸她接受，甚至是哥哥去五神山向白帝提親，幫顓頊求娶阿念為王后。她不得不接受了，因為她無法抗爭。

對阿念，馨悅有怒有嫉，卻無怕，阿念會永居五神山，只有王后之名，並無王后的實權，對她並無威脅。有時候，馨悅心裡會不屑地想，就阿念那樣子，即使給了她王后的實權，她哪裡會做呢？白帝也算對自己的女兒有先見之明，不讓她丟人現眼。

但現在，馨悅真的害怕了。隨著大荒的統一，隨著顓頊帝位的穩固，隨著顓頊刻意地扶植中原其他氏族，神農氏對顓頊而言，重要性已經越來越淡……顓頊能允許小夭砸傷他的臉，能為小夭擰裙拎鞋，但凡小夭所要，顓頊會不給嗎？到時不要說什麼寵幸，只怕王后的位置也岌岌可危。

馨悅悲哀地想，甚至不用小夭主動要，就如今夜，只要小夭出現，顓頊就會讓所有妃嬪都離開，他想要給小夭的是他的全部！馨悅很清楚，自己想除掉小夭的念頭很可怕，如果被顓頊發現，後果難以想像，可如果不除掉小夭，後果會不可怕嗎？真到了那一日，會比現在更可怕！

自上巳節去過紫金頂，小夭就一直等著馨悅的反應，可馨悅竟然一直沒有反應。小夭糊塗了，難道不是馨悅？她那次去紫金頂還被顓頊狠狠訓斥一頓，難道她白挨罵了？

四月末，顓頊去高辛巡視，離開前叮囑小夭暫時不要去醫館，等他回來再說，如果悶的話，就在神農山裡轉轉。

小夭答應他一定會小心，保證絕不會離開神農山，顓頊才放心離去。

小夭接到了離戎妃的請帖，邀請她五月初五去神農山裡放燈。請帖裡夾了一張圖紙，解說花燈該如何製作，不像高辛的花燈，燈口開在上面，離戎妃注明，燈口一定要開在下方。請帖裡還特意寫明是很好玩、很特別的放燈，請小夭一定要來看看。

離戎妃在紫金頂上是中立的勢力，既不反對王后，也不支持王后，肯定不會幫馨悅做什麼，反而因為離戎昶和璟的親密關係，小夭和離戎妃對彼此很友善，可並無深交，她搞不懂為什麼會突然接到這張帖子。

小夭想了想，決定去看看，正好她也很多年沒有過放燈節了。

傍晚時分，小夭帶著左耳和苗莆出發了。

左耳還沒學會駕馭天馬，又被苗莆狠狠嘲笑了一番，但嘲笑歸嘲笑，苗莆教起他來卻格外認真仔細。

小夭坐在雲輦裡，看著他們倆肩並肩坐著。左耳嘗試地握住了韁繩，卻力度過大，勒得天馬不滿地嘶鳴，弄得雲輦猛地顛了幾下。苗莆一邊嘲笑，一邊握住了左耳的手，教他如何控制。隨著天馬的奔馳，苗莆的身子無意中半傾在左耳懷裡。

小夭在他們身後，清晰地看到左耳肩膀緊繃，僅剩下的那隻耳朵變得通紅。小夭不禁偷偷地笑，誰能想到出手那麼冷酷狠毒的左耳竟然會羞澀緊張？

小夭心中漸漸瀰漫起了苦澀，她的璟也曾這樣羞澀拘謹，也曾這樣笨拙木訥。當年，小夭常被他氣得以為他不夠喜歡、不夠在意，甚至想過斬斷那絲牽念。可當一切都經歷過，回首再看，才明白那份羞澀拘謹、笨拙木訥是多麼可貴，那是最初、也是最真的心。

在左耳緊張笨拙的駕馭中，雲輦飛到了離戎妃約定的地點。

倒真是很別致的景致，一塊巨大的四方石塊猶如從天外飛來，落在一座小山峰的峰頂，看上去顫顫巍巍，好似風大一點就會被吹落下去，實際卻一直沒有掉下去。此時，雲霧掩映的四方石塊上已經有不少人，三三兩兩、說說笑笑，很是熱鬧。

小夭的雲輦落下，另一輛雲輦也緩緩落下，小夭和馨悅一前一後從雲輦上下來，離戎妃迎了上來，三人客客氣氣地彼此見過禮。

馨悅看看四處，笑道：「這麼古怪的地方，妳是怎麼發現的？」

離戎妃哈哈大笑起來，「神農山綿延千里，就算住在此山，很多地方一生都不見得會去，我閒著沒事就在山裡瞎轉悠，無意中發現的。可惜王后沒空，否則還有很多古怪有趣的地方。」

離戎妃的話看似灑脫，實際卻透著寂寥。馨悅矜持地一笑，沒有接腔，問道：「妳帖子上說放燈，我可是準備了好幾個花燈，可水呢？沒有水，如何放燈？」

高辛人靠水而生，愛水敬水，放燈節就是把花燈放入河中，讓水流把美好的祈願帶走，人們相信只要花燈不沉，飄得越遠，就代表著遍布高辛的河流湖泊越有可能聽到他們的祈願，讓願望實現。每年放燈節時，千萬盞花燈遍布湖泊河流，猶如漫天星辰落入了人間，蔚為奇觀。傳說這一日祈禱姻緣格外靈驗，大荒內的貴族女子都喜歡去祈禱姻緣。馨悅、離戎妃她們在未出嫁前，也曾和女伴相約去過高辛，放過花燈。

離戎妃笑說：「神農山畢竟不同於五神山，只我們一群人到河邊放燈，一會兒燈就全跑了，沒得看也沒得玩，所以我就想了個很別致的放燈。」

「怎麼個別致法？」

離戎妃對不遠處的侍女點了下頭，侍女躬身行禮後離去。離戎妃對馨悅和小夭指了指四周，「請看！」

她們身處山峰頂端的四方巨石上，周身是白茫茫的雲海，隨著風勢變幻，雲海翻湧不停。一群侍女騎著鴻雁飛入雲海，點燃了手中的花燈，將花燈小心翼翼地放入雲海，一盞盞花燈飄浮在雲海上，隨著雲霧的翻湧，搖曳飄搖，有幾分像是飄蕩在水波上，可又截然不同，水上的花燈都浮在水面，可現在是在空中，有的花燈飄得高，有的花燈飄得低，高低錯落，燈光閃爍，更添一重瑰麗。

馨悅點頭讚道：「的確別致！」

離戎妃笑問小夭，「妳覺得如何？」

小夭說：「很好看！」

離戎妃說：「待會放的燈多了，會更好看。」離戎妃做了個請的姿勢，「請王后先放吧！」

侍女已牽著鴻雁恭立在一旁，馨悅道：「那我就不客氣了。」馨悅的侍女拿出準備好的花燈，馨悅提起一盞，駕馭著鴻雁飛了出去，閉著眼睛許了個願後，將花燈放入雲海。

眾人看王后放了花燈，也都陸陸續續駕著鴻雁去放花燈。有幾個懶惰的，就站在巨石邊，將花燈扔進雲海，有人扔得好，花燈飄了起來，有人扔得糟糕，花燈翻了幾個跟斗，燃燒起來，惹來眾人的哄笑。雖然沒幾人會把傳說中的祈願當真，可觸了霉頭，畢竟心裡不舒服，靈力不高的人再不敢偷懶，老老實實地駕著鴻雁去放燈。

每個人的花燈樣子不同，顏色也不同，隨著一盞盞亮起，雲海裡的花燈高低錯落、五光十色，紅得、藍的、紫的、黃的……猶如把各種顏色的寶石撒入了雲海，璀璨耀眼，光華奪目。

離戎妃問小夭：「好看嗎？」

小夭凝望著周身閃爍的花燈，「好看！」

離戎妃說：「袓讓我告訴妳，不管璟是生還是死，他的心願永遠都相同，希望妳幸福，縱然這個幸福不是璟給妳的，他也只會祝福。」

小夭眼眶發酸，原來這就是離戎妃盛情邀請她的原因，她是在幫袓傳話。

離戎妃望著漫天璀璨的花燈，眼中滿是苦澀，「逝者已去，生者還要繼續活著，悲天蹌地並不能讓逝者回來，與其沉溺於痛苦，不如敞開胸懷，給自己一條生路。」

小夭默默不語，離戎妃微笑道：「小夭，妳也許覺得我說這話很容易，勸慰的話誰不會說呢？痛苦卻只是妳自己的。妳的痛苦，我也曾經歷過，我很清楚什麼叫痛不欲生，但我知道自己每一次的歡笑，都會讓他欣慰，所以我一直在很努力地笑。」

小夭驚訝地扭頭，看著離戎妃，她一直愛玩愛笑，所有人都以為她沒心沒肺。離戎妃說：「小夭，不妨學著把逝者珍藏到心裡，不管妳日後是否會接受其他人，都記得璟喜歡看的是妳的歡笑，不是眼淚。讓自己幸福，並不是遺忘和背叛，逝者不會責怪，只會欣慰。」

小夭說：「我知道。」

離戎妃輕輕嘆息了一聲，「去許個心願，把花燈放了吧！」

離戎妃的侍女對小夭說：「這隻鴻雁很溫馴，只要小姐抓牢韁繩，絕不會有問題。」

「謝謝。」小夭翻身坐到了鴻雁背上，苗莆駕馭另一隻跟隨著。

小夭將韁繩繞在手腕上，把一盞木犀花燈放進了雲海，一陣風過，隨著翻湧的雲海，花燈飄向了遠處。

連放了三盞木犀花燈，燈油用的是木犀花油，此時已能聞到濃郁的木犀花香，小夭不自禁地駕馭鴻雁，追隨著花燈。放花燈時，小夭沒有許願。從小到大，她許的願全都被以最殘忍的方式撕碎，她已經不敢奢求，更不敢許願。小夭總覺得老天聽到她的願望，就會故意地毀滅一切。這會，她遙望著花燈，默默地說：璟，我在小月頂上種了木犀，等到木犀花開時，我唱歌給你聽。

馱著小夭的鴻雁突然尖鳴幾聲，發瘋一般疾馳起來，一邊疾馳，一邊發出淒厲地鳴叫。猝不及防間，小夭差點被甩了下去，忙緊緊地抓住韁繩。

苗莆驚恐地叫：「小姐，小姐！」她試圖去追趕小夭，想攔截住發瘋的鴻雁，可那隻鴻雁的速度太快，她根本追趕不上。

鴻雁左衝右突，一會急速拔高、一會急劇俯衝，一會痛苦地翻滾，小夭差點被甩出去。她緊緊地抓住韁繩，隨著鴻雁的飛翔翻滾，就好似一片葉子，在天空中飄來蕩去。

驚叫聲此起彼落，不停地有人大叫：「來人、快來人！」

離戎妃尖叫：「小夭，抓住，無論如何都不要放手！」她等不及侍衛趕來，直接召喚坐騎，向著小夭飛去，企圖救小夭。可是鴻雁完全發了瘋，全部力量都凝聚在最後的飛翔中，速度快若閃電，又完全沒有章法，離戎妃根本追趕不及。

小夭勉力睜開眼睛，看到血從鴻雁的嘴角滴落，她明白這隻鴻雁並不是突然發瘋，而是中了劇毒。那個要殺她的人再次動手了！

這一次竟好像是真正的絕境，離戎妃選的地方遠離各個主峰，附近的山峰沒有侍衛，等侍衛趕來，已來不及。小夭體質特異，即使被沉入大海也不會死，可若從高空摔下，無論如何都會摔成粉身碎骨。

小夭眼前浮現出顓頊蓬頭垢面的樣子，心裡默念，不能放棄、絕不能死！她咬破了舌尖，用疼痛緩解在空中翻來滾去的噁心暈沉，她必須要清醒地思考！

小夭趕緊觀察下方的地形，不知道鴻雁飛到了哪裡，四周都是懸崖峭壁，突然，一片茂密的蒼綠映入眼簾。

小夭咬緊牙關，抓住韁繩，一寸寸地向著鴻雁背上爬去。雖然韁繩都是用最柔軟的皮革製成，可也禁不住這種勒壓，小夭的手掌被劃裂。她每靠近鴻雁一寸，傷口就深一分，血汩汩流下。

鴻雁痛苦地翻滾幾圈，小夭也被甩了幾圈。她怕自己會因為發暈而失去力氣，她用力地咬著唇，努力地維持清醒。

待鴻雁不再翻滾，小夭又順著轡繩，向鴻雁背上挪去。不長的轡繩，可是每挪動一寸，都鮮血淋漓。終於，小夭艱難地挪到鴻雁身下，她咬了咬牙，一手鬆開轡繩，勾住鴻雁的脖子，乘著鴻雁還沒反應過來，另一隻手也迅速鬆開轡繩，雙手合力抱住了鴻雁的脖子，雙腳勾在鴻雁身側，整個人倒掛在鴻雁身上。

鴻雁已經是強弩之末，隨時會從高空直接墜落。

左邊山上一片濃郁的蒼綠掠入眼簾，小夭顧不上多想，決定就選擇那片樹林為降落地。騰不出手，她就像野獸一般用嘴去咬鴻雁右面的脖子，鴻雁的頭避向左面，飛翔的方向也自然地朝左面調整了。

鴻雁似乎也知道自己的生命即將結束，伸長脖子哀哀鳴叫，小夭再不敢遲疑，猛地胳膊用力，互相一扭，鴻雁的咽喉折斷。小夭雙手緊緊摟著鴻雁的脖子，雙腿勾住鴻雁的身子，翻了個身，讓鴻雁在下，她在上，向下墜去。看到綠色越來越近、越來越近，就在要碰到綠色的一瞬，小夭盡力把自己的身子蜷縮在鴻雁柔軟的肚子上。

砰！砰！砰……震耳欲聾的聲音一聲又一聲傳來。

昏天黑地中，小夭覺得全身上下都痛，不知道自己究竟斷了多少根骨頭，也不知道當碰撞聲結束時，她是否還能活著感受到身體的痛苦，她只能努力地蜷縮身子，將傷害減到最低。

在砰砰的碰撞聲音中，小夭痛得暈厥了過去。

一會後，小夭被瀰漫的血腥氣給熏醒了，她掙扎著從一灘血肉中爬了出來，從頭到腳都是血。她也不知道究竟是自己的血，還是鴻雁的血。

不管那人是不是馨悅，敢在神農山下手，必定還有後手，小夭不敢停留，撿起一根被砸斷的樹枝當作拐杖，努力掙扎著遠離此處。幸虧她曾獨自在山林中生活了二十多年，對山野的判斷是本能，她朝著有水源的地方行去。

多年的習慣，不管什麼時候，小夭都會帶上一些救命的藥，可這一次被甩來甩去，又從高空摔進樹林，所有藥都丟失了，只能看看待會能不能碰到對症的草藥。

越靠近水源，植被越密，小夭發現了兩三種療傷的藥草。待找到水源，她癱軟在地上，喘息了一會，咬牙坐起，走進河水中。正一邊清洗身上的血腥，一邊檢查身體時，聽到身後的山林間有飛鳥驚起，小夭展開手，銀色的弓箭出現在手中。

從半空摔下時，她都痛得昏厥了過去，相柳肯定能感受到，不知道他是不是又要後悔和她種了這倒楣的連命蠱，小夭苦笑著，輕輕摸了下弓，「這次要全靠你了！」

拉弓時，小夭雙手直哆嗦，可當弓弦拉滿時，多年的刻苦訓練終於展現出價值了，她的雙手驟然變得平穩，趁著那一瞬的穩，小夭放開了弓弦，銀色的箭嗖一下飛出。

一聲慘呼傳來，有人罵罵咧咧地說：「還好，沒射到要害。」

她的箭都淬有劇毒，小夭可不擔心這個，她擔心的是，她只有三次機會，已經用掉一次。

幾個蒙面人走出了山林，一共六個人。

他們看到衣衫襤褸、重傷到坐直都困難的小夭時，明顯輕鬆了幾分。應是都知道小夭靈力低微，看到她哆哆嗦嗦地挽弓，竟然哄笑了起來。

銀色的箭射出，從低往高，擦破了一個人的大腿，歪歪扭扭射中了另一個人的胳膊。沒等他們看清，又一支箭飛出，依舊箭勢怪異，從兩人的耳畔擦過，留下一道淺淺的血痕，正中第三個人的眼睛。

二箭，五人！小夭已經盡了全力！

弓消失在她的掌中，小夭疲憊地笑了笑，在心中輕聲說：「謝謝！」

這時，林中才傳來一個人的驚呼聲，「有毒！小心！」一個蒙面人從林中奔了出來，「箭上有劇毒，七號已經死了。」

隨著他的話音，一、二、三……五個人陸續倒下，只剩了未被射中的一個人和剛從林內出來的一個。

兩個蒙面人驚駭地看著小夭，他們靈力高強、訓練有素，執行任務前，被清楚地告知小夭靈力低微。他們知道此行很危險，但這個危險絕不該來自靈力低微的小夭。

小夭剛射完三箭，全身力竭，整個身體都在打顫，她卻盯著兩個蒙面人，拿起了剛才做拐杖的木棍，當作武器，橫在胸前。兩個蒙面人再不敢輕視小夭，運足靈力，謹慎地向著小夭走過去。小夭知道，以自己現在的身體狀況和一根木棍武器，反抗他們很可笑，但她告訴自己，就算要死，也要殺一個是一個。

兩個蒙面人沒有任何廢話，抽出劍，迅速地出手，　左一右配合，竟然把連站都站不起來的小夭當作了大敵，全力搏殺，不給小夭任何生機。小夭的木棍在他們的靈氣侵襲下，立刻碎裂成了一截截。

就在小夭要被劍氣刺穿時，一個身影迅疾如電，撲入兩個蒙面人中間，他沒有用任何兵器，徒手對付兩個手握利器的人，身形卻沒有絲毫遲滯。

一個蒙面人用利劍刺向他的手，以為他會躲，沒想到他的手迎著劍鋒去，就在要碰到時，他的胳膊變得柔弱無骨，生生地逆轉了個方向，抓住蒙面人的胳膊，慘叫聲中，鮮血飛濺，他的手如利爪，竟然生生把蒙面人的整隻胳膊撕扯下來。

三人搏鬥時，動作迅疾飄忽，小夭一直沒看清是誰，這會看到這麼血腥的手段，喃喃說：「左耳！」她鬆了口氣，再支援不住，直挺挺地倒在了地上。

兩個蒙面人不見得不如左耳厲害，但左耳出手的凶殘狠辣他們見所未見，撕裂的血肉濺到左耳臉上，他眼睛眨都不眨，居然還伸出舌頭輕輕舔一下，好似品嘗著鮮血的味道。他們心驚膽顫，左耳卻心如止水，就如在死鬥場裡，唯一的念頭不過是殺死面前的人，不論何種方式，只有殺死他們，才能活下去。

一會後，搏鬥結束，地上又多了兩具屍體。

左耳走到小夭身邊蹲下，小夭說：「我的一條腿斷了，肋骨應該斷了三四根。你呢？」

「胳膊受傷了。」

小夭扔了一株藥草給左耳，既能止血，又能掩蓋血腥味。她給自己也上好藥後，對左耳說：「我們找個地方藏起來。」

左耳背起小夭，逆著溪流而上。左耳說：「妳的箭術很高明，換成我，也很難躲避。」

小夭微笑，嘆道：「我有個很好的師父。」

也許是小夭聲音中流露的情緒，讓敏銳的左耳猜到了什麼，遂問：「是邶？」

「嗯。」

左耳說：「我會幫他保護妳！」

左耳和相柳一樣，恩怨分明，在左耳心中，邶有恩於他，他肯定想著一旦有了機會就要報恩，可邶死了，他就把欠邶的都算到她身上，小夭笑著嘆息，「你們還真的是同類！不過，我和他……並不像你以為的那麼要好！」

左耳疾馳了一個時辰後，說：「附近有狼洞。」

小夭說：「去和牠們打個商量，借住一晚。」

狼洞很隱秘，可小夭獨自一人在山林裡生活過二十多年，很會查看地形，左耳又嗅覺靈敏，不過一會，兩人就尋到了洞口。左耳先鑽進去，小夭用手慢慢爬進去。狼洞不高，但面積不小，七八隻小狼盯著他們，還有一群大狼環伺著。小夭正納悶牠們為什麼不攻擊時，看到左耳屁股下坐著一隻強壯的雄狼，應是這群狼的首領。

小夭失笑，左耳不懂兵法，卻深諳擒賊先擒王。

左耳拽著雄狼出去，應該是要把他們進來的痕跡掩蓋，消泯氣味的最好方法自然是請狼首領撒幾泡尿。一會後，左耳進來了，沒再拽著狼首領。狼首領躥進狼群中，二十來隻狼呈半圓形，圍著左耳和小夭，想要撲殺，卻又不敢。

小夭知道這也算打好商量了，問左耳：「你身上有藥嗎？」

左耳拿出一個玉瓶和一個小玉筒，「苗莆給我的。」左耳做奴隸做久了，習慣於身無一物，就這兩樣東西還是苗莆強塞給他的。

玉瓶裡是千年玉髓，小拇指般大小的玉筒裡是一小截細細的扶桑木。小夭笑道：「苗莆可真大手筆，知道你懶得帶什麼火石火絨的，竟然把這寶貝都給你了。」

小夭把玉筒收起來，玉瓶還給左耳，「收好了，關鍵時刻能續命。」這點玉髓對她的傷用處不大，與其她喝了，不如留給左耳，只有左耳活著，她才能活著。

左耳說：「我來時，看到很多侍衛四處搜救妳，要和他們會合嗎？」

「先看看再說。外祖父雖然厲害，但這些年他為了避嫌，刻意地不插手神農山的防衛，除了小月頂的侍衛，神農山的侍衛沒有一個是外祖父的人。顓頊不在，我不知道哪些侍衛能相信，哪些不能相信，萬一人家明為搜救，實際是想殺了我們，我們送上門去，不是受死嗎？」

左耳不再多想，閉上眼睛，蓄養精力，常年生死邊緣的掙扎，讓他心境永遠平靜，能休息時，絕不浪費。

雖然身體痛得厲害，小夭依舊迷糊了過去。

左耳突然睜開眼睛，輕輕推了下小夭，指指外面。

有人來了！只是不知道是想救她的人，還是想殺她的人。小夭凝神傾聽，腳步聲紛雜而來，不一會，又去了，漸漸寂靜。小夭剛鬆了口氣，突然聽到熟悉的聲音，是豐隆和馨悅。他們大概正站在狼洞的某個通風口上說話，豐隆肯定設了禁制，沒刻意壓低聲音。可因為左耳之前動的手腳，豐隆的禁制有了破綻，不過，傳出的聲音非常小，即使小夭很熟悉他們的聲音，極力去聽，也只能隱約辨出他們說的是什麼。

是馨悅的聲音，嗡嗡嚶嚶，完全聽不到說什麼，只能感覺她說了很多。

「妳瘋了嗎？」豐隆的聲音，因為帶著怒火和震驚，格外宏亮，很是清楚。

「我已經做了……開弓沒有回頭箭……現在只能趁著陛下趕回來前殺了小夭，我已經想好退路，將一切推到……」馨悅的聲音越來越低，漸漸地什麼都聽不清了。

「……」

不知道豐隆說了什麼，馨悅的聲音突然拔高，帶著激憤和悲傷，「你在赤水快樂無憂地長大時，想過我在軒轅城過的是什麼日子嗎？我在小心翼翼地討好那些公子小姐！你玩累了睡得死沉時，我每晚擔驚受怕，從噩夢中驚醒！你纏著爺爺要新年禮物時，我唯一的渴望不過是爹爹千萬不要造反，祈求黃帝不要殺了我！從小到大，我當質子，讓你過得好，你幾時幫過我？陛下要封阿念為王后時，你竟然就因為赤水氏多了幾塊封地，就反過來勸我接受！這是我第一次求你，你不幫，就滾吧！反正從小到大，我也沒靠過你！」

「我勸妳接受阿念為王后，不僅僅是為了封地，也是為妳好！」

「你走吧！我不想聽！我死、我活，都和你無關！」馨悅的聲音漸漸遠去，想來她正在急速地離開。

「馨悅，妳聽我說……」豐隆的聲音充滿了痛苦無奈，追著馨悅的聲音消失了。

小夭沒有聽到豐隆最終對馨悅的回答，但她知道，豐隆會答應！不僅僅是因為他們血脈相連，還因為豐隆的確欠了馨悅，正因為馨悅在軒轅城做質子，他才能在赤水自由自在地長大。

豐隆並不想傷害小夭，但這世上總會有一些不得不做的選擇，即使做了之後，要承受心靈的痛苦鞭笞，也不得不做，小夭完全能理解，但她依舊悲傷，當年一起在木犀林內、月下踏歌、喝酒嬉戲，到底為了什麼，馨悅非要她死不可？

左耳總結說：「他們要聯手殺了妳。」

小夭說：「我聽到了。」

左耳說：「他們會回來。」

小夭說：「我知道。」

殺手擔心被小夭逃掉，所以趕著往前搜，但當他們發現前面找不到小夭時，肯定還會回來，到那時，即使左耳布置過這個狼洞，也會被發現。

左耳目光炯炯地盯著小夭，小夭搖頭，「別再老想著殺人了，豐隆靈力高強，馨悅身邊有死衛，你殺不了他們。我們還是乖乖逃命吧！」

左耳在苗莆的教導下，已經明白侍衛的唯一目的是保護，殺人只是保護的手段，對殺人不再那麼執著，他靜聽著小夭的下文。

小夭想了一會說：「逃出神農山不可能，而且逃出去了，更不安全。」

神農氏和赤水氏，小夭絕不敢低估馨悅和豐隆聯手的力量，在神農山他們好歹還有顧忌，出了神農山，只怕就無所顧忌了，小夭說：「唯一安全的地方就是小月頂。我們要麼想辦法回小月頂，要麼堅持到顓頊趕回來。」

天已快亮，她出事的消息應該送出去了，兩日兩夜後，顓頊應該能趕回，生與死的距離是——兩日兩夜。

小夭說：「此地不宜久留，我們離開！」

左耳背起小夭時，小夭痛苦地呻吟了一聲。左耳擔憂地問：「妳能堅持嗎？」

小夭從高空墜落，雖然還活著，但真的傷得非常重，連受慣了傷的左耳也擔憂她能不能活下去。小夭說：「我可以！別擔心，我的身體比常人特異。」

左耳鑽出狼洞，朝小月頂的方向疾馳而去。

一路上，小夭一直四處查看，時不時讓左耳採摘點藥草，還讓左耳摘了一把酸酸的果子，兩人分著吃了。後來太過疲憊，小天支撐不住，在左耳背上昏死過去。

小天醒來時，發現自己靠著樹，坐在地上。左耳和六個人在纏鬥，地上已經有四具屍體。左耳終於真正理解了侍衛和殺手的不同，殺手只有不惜一切代價殺死的目標，侍衛卻有了心甘情願守護的對象；殺手要死亡，侍衛卻要生存。左耳必須保證使出每一個招式的同時，不會有人趁機來殺小天，他不能再肆意地攻擊，就如同被鍊子束縛住的野獸，威力大打折扣，身上已經到處都是傷。

小天看了看風向，一邊咳嗽，一邊抓了點枯葉，覆蓋在扶桑木上，把早上讓左耳摘的藥草一點點小心地放了進去。

煙霧升起，被風一吹，飄散開，瀰漫在四周。

「小心，風裡有毒！」

待那幾個殺手發現時已經晚了，他們腳步虛浮，攻擊有了偏差，左耳趕緊抓住機會，將他們一一殺死。

左耳好奇地問：「這些是毒藥？」

小天笑道：「不是毒藥，好的毒藥必須經過煉製，這些藥草只會讓人產生非常短暫的眩暈感，我們早上吃的那個又酸又苦的果子恰好能解它的藥性。」

左耳想把火滅了，小天對左耳吩咐，「揀點濕枝丟到火上。」

左耳毫不猶豫地執行，濃黑的煙霧升起，隔著老遠都能看到。

左耳背起小夭，重新開始逃跑。小夭解釋道：「反正已經暴露了，索性暴露得徹底點。濃煙肯定會引來真正想救我們的侍衛，有了他們在，豐隆和馨悅的人必定要顧忌收斂一點。而且，我不想讓他們推測出我們怎麼殺的那些人，秘密武器如果被猜出來，就不靈了。」

左耳看小夭臉色慘白，精神萎靡，說道：「妳再睡一會。」

小夭說：「好。」卻強打起精神，眼睛一直在四處搜尋，尋找著能幫左耳療傷的藥草，或者能救他們的毒草。

也許因為小夭的計策起了作用，想殺他們的人有了顧忌，不敢追得太急；也許因為左耳擅長藏匿，邊逃邊將行蹤掩藏得很好，一直到天黑，左耳和小夭都沒有再碰到截殺他們的人。

雖然小夭一直沒有表現出很痛苦的樣子，只在左耳偶爾躥跳得太急促時，會微微呻吟一聲，但左耳感覺得到她很痛苦。

天色將黑時，他選擇了一個隱秘的地方，讓小夭平躺下休息一會。小夭指點他把藥草敷到自己的傷口上。左耳問：「沒有找到治療妳的藥嗎？」

小夭苦笑，「我的體質很特異，小時候吃了無數好東西，受傷後比常人的康復速度快。但是凡事有好必有壞，我的身體很抗藥，一般的靈草、靈藥對我沒用，一旦重傷，必須用最好的靈藥。」

左耳獵殺了一頭小鹿，他可以生吃活吞，卻不知道該怎麼對小夭，如果不補充一點食物，她恐怕會撐不住。左耳問：「周圍無人，要不生火烤一下？」

小夭無力地說：「現在生火太危險，把鹿給我，肉我吃不下，血可以喝一些。」

左耳咬破了柔軟的鹿脖子，將傷口湊到小夭唇邊。溫熱的新鮮鹿血湧出，小夭用力地喝著，待喝了一大碗時，她搖了搖手，表示夠了。

左耳蹲到一旁，背對著小夭，沒有發出一點聲音地進食，他還記得當日在船上時，小夭請相柳讓白鵰去別處進食。

左耳吃飽後，把所有蹤跡掩蓋好，洗乾淨手，去背小夭。

小夭說：「現在，我們朝遠離小月頂的方向逃，寧可慢一點，也不要留下任何蹤跡。」

左耳張望一下四周，躍上了樹，打算從樹上走。

小夭對他解釋：「豐隆和馨悅也知道只有小月頂能給我庇護，我們之前又一直在朝小月頂逃，他們肯定會將人往小月頂的方向調集，竭盡全力截殺我。我們不以卵擊石，往人少的地方逃，只要拖到顓頊回來，就算顓頊想不到是馨悅和豐隆，但他一貫謹慎多疑，誰都不會相信，肯定會把其他人都調出神農山，只用自己的心腹。」

左耳聽她氣息紊亂，說道：「妳多休息一下，不用事事和我解釋，我相信妳的判斷。」

小夭昏昏沉沉中，眼前浮現過相柳，她道：「遲早一日，你會變得很精明厲害，再不需要我，我只是不甘心你的變化中，沒有我的參與，所以趁著還能教導你時，多囉嗦幾句吧！」

左耳果然非常聰慧，立即說：「我會變得像相柳？」

小夭迷迷糊糊地說：「我希望是邛，不過……都一樣了！反正不管你什麼樣，我都會陪你走完一程……」

小夭又昏死了過去。

天快亮時，左耳停下休息，看到小夭的臉色由白轉紅，額頭滾燙。

左耳叫：「小夭、小夭……」

小夭沒有任何反應，從來不知道什麼叫害怕的左耳竟然心裡有了恐慌，他拿出小夭讓他好好收著的玉髓，全部餵給小夭。

左耳不敢停留，背起小夭繼續跑。一路之上，他碰到兩撥搜尋他們的侍衛，左耳靠著靈敏的嗅覺和聽覺，小心地躲開了。

附近沒有人時，左耳不停地叫：「小夭、小夭……」

背上的小夭沒有絲毫反應。

夕陽西斜時，精疲力竭的左耳停下了。

他將小夭放在最柔軟的草上，她的額頭依舊滾燙，左耳不知道該怎麼辦，只能摘一片碩大的芋艿葉，用力地為小夭搧風；把木槿樹葉捲成杯子，盛了水給小夭餵下。

終於，小夭迷迷糊糊地睜開眼睛。

左耳說：「妳再堅持一下，熬過今夜，天一亮，我們就安全了，妳堅持住。」

小夭目光迷離，好似壓根沒看到左耳，含著笑喃喃說：「木槿花。」

不遠處有一叢灌木，開滿了粉色的花，想來就是小夭說的木槿花。左耳看小夭喜歡，忙去摘了一大兜拿給她。

小夭的手根本抬不起來，左耳撿了一朵最好看的花，放在她的掌心。小夭說：「明日如果陽光好，我給你洗頭，你也幫我洗頭……璟，別忘了清晨摘葉子。」

左耳明白小夭已經神智糊塗了，他不知道該怎麼辦，只能一遍遍說：「熬過今夜，天一亮陛下就要來了，妳堅持住。」

小夭看著木槿花，一直在微笑。

夕陽的餘暉漸漸消失，天色漸漸黑沉。

小夭的眼淚突然滾了下來，「木槿花不見了！璟，我看不見你了！」她的眼睛就要慢慢合上，左耳也不知道為什麼，反正覺得絕不能讓小夭合上眼睛，否則她就會永遠也睜不開了。

左耳急急忙忙拽了幾根枯木樁，把扶桑木扔進去，火光燃起。左耳說：「妳看，木槿花！很多木槿花！」

小夭勉力睜開眼睛，笑看著木槿花。

左耳再顧不上隱藏行蹤，不停地往火裡扔柴，讓火光照出木槿花給小夭看，至於火光會不會引來殺手，精疲力竭的他能否應付，他都沒有去想，就如在死鬥場上，他唯一的目的是殺死對手，現在他唯一的目的就是讓小夭看到木槿花，不會閉上眼睛。

所幸，因為相柳暗中動了點手腳，顓頊提前得到消息，比小夭預計的時間早趕了回來，左耳點燃的篝火誤打誤撞，反倒幫了顓頊。

當顓頊循著火光趕到，看見的一幕是——

熊熊燃燒的火焰旁，衣衫襤褸、滿身血汙的左耳不停地往火焰裡扔枯枝，一片木槿花開得如火如荼，小夭躺在一棵木槿樹下，手上、裙邊全是木槿花。

顓頊跑過木槿花，大叫道：「小夭！」

小夭凝視著木槿花的視線轉向顓頊，她的目光迷離，臉頰緋紅，唇畔含著甜蜜的笑。

自璟去後，顓頊第一次看到小夭笑得這麼甜蜜，一瞬間，顓頊覺得自己好像變成了第一次和情人幽會的少年郎，竟然臉頰發燙，心不爭氣地撲通撲通急跳著。

他快步走到小夭身旁，屈膝跪下，「對不起，我回來遲了！」

小夭的目光迷離，唇邊綻放出最美的笑，「璟，你終於回來了！」

顓頊愣了一下，臉上的笑容僵住，動作卻毫不遲疑，依舊堅定地把小夭輕輕抱起，摟進了懷裡，「我們回去。」

顓頊抱著小夭，上了雲輦。小夭的身子動不了，臉卻一直往他胸前貼，「璟，我很想你，很想你……你不要離開、不要離開……」

顓頊的手貼在小夭背心，護住她已經很微弱的心脈。

因為晝夜趕路而憔悴疲憊的面孔沒有一絲表情，漆黑的雙眸內流露著濃濃的哀傷，聲音卻是溫柔堅定的，「我不離開，小夭，我不離開！我永遠都在！」

小夭聽著顓頊堅實的心跳，終於安心了，璟在！璟就在她的身畔！

第四十五章 總是多情苦

小夭的眼淚又滾了下來，
她和顓頊一直是彼此的依靠和慰藉，
誰能想到有一日，他們會讓彼此傷心？

小夭醒來時，發現自己躺在水玉榻上，腿上裹著接骨木，身上也綁著接骨木，一動不能動，隔著一道珠簾，隱約看到顓頊坐在案前，批閱公文。

小夭略微動了下，顓頊立即扔下公文，衝了進來，「妳醒了？」

小夭問：「左耳呢？」

顓頊說：「受了些傷，沒有大礙。」

「我昏睡了多久？」

「一夜一日。」

小夭看他神情憔悴，苦笑著說：「又讓你擔心了。」

顓頊說：「我沒事，睡一覺就好了！我已經下令，把離戎妃幽禁了起來。」

小夭問：「你覺得會是她嗎？」

「自從離戎妃進宮，她除了喜歡在神農山四處遊玩，好像對任何事都沒有興趣，對我也是清清淡淡的，這事不太像是她的性子。昨天夜裡鄞確認妳沒有生命危險後，我親自審問過她，她說請帖是她親手寫的，放燈活動是她計畫的，鴻雁也是她命人挑選的，兩個侍女畏罪自盡了，所有證據都指向她，她無法自辯，聽憑我處置。」

「那你懷疑會是誰呢？」

顓頊蹙眉說：「正因為是離戎妃，反倒連懷疑的人都不好確定。她在宮裡沒有敵人，可也沒有朋友，誰都有可能陷害她。敢在神農山做這事的人肯定頗有點勢力，但能被大氏族選中送進宮的女人有幾個沒有手段？不過——」顓頊的臉色陰沉了下來，冷冷地說：「現在範圍已經縮小了。上一次她雇傭殺手殺妳，我曾考慮是因為蚩尤，花了很大精力追查，現在看來和蚩尤無關，而是這宮裡有人想殺妳。雖然還不能確定是誰，可有能力做這事的人左右不過七八個，我倒是要看看她還能躲多久。」顓頊的手握成了拳頭，心中十分氣惱自責，他一再提防，卻沒想到紫金頂上竟然有人敢對小夭下手。

小夭喃喃問：「你說她為什麼想殺我呢？」

這個問題，在顓頊剛知道小夭出事時，就問過自己，查清楚了為什麼有人想殺小夭，自然就能查出凶手。可他很清楚，從某個角度而言，紫金頂上的所有女人都可以恨小夭，但那是他心底的秘密，藏得太深，也藏得太久，以至於他覺得已經變成了生命的一部分，他會永遠背負，永不會有人知道。所有人都知道黑帝非常護短，所有人都知道是黑帝一手促成了豐隆和小夭的婚事，所有人都知道是黑帝命西陵氏同意璟的提親……在一次又一次由他親手促成、親口同意的婚事面前，不要說別人，就連顓頊自己都覺得荒謬到不可相信。

顓頊冷笑著，譏嘲地說：「不知道，也許她發現了什麼秘密。」

小夭疲憊地閉上了眼睛，馨悅和豐隆要殺她！一個是顓頊的王后，一個是顓頊的第一重臣、璟的好兄弟，小夭不知道該怎麼辦，縱然顓頊是帝王，但怎麼可能去殺了王后和一個大將軍，而且王后是神農氏小祝融的女兒，大將軍是四世家之首赤水氏的族長。

一個多月後，小夭已經可以拄著拐杖、在苗莆的攙扶下慢慢行走。

小夭給苗莆開了藥單子，讓她吩咐人依照單子去準備藥材，還讓苗莆去製作箭靶，她打算等身體再好一些，就重新開始煉製毒藥、練習箭術。

小夭走累了，躺在樹蔭下的竹榻上，一邊納涼，一邊教左耳識字。左耳很聰明，每個字教一遍就記住了，可他對字和字連在一起後的意思卻常常難以理解，比如他就完全沒辦法理解「敢怒不敢言」，他的理解是「怒就殺之」，小夭解釋得口乾舌燥時，想到相柳也曾讓共工如此頭疼過，又覺得好笑。

一個頭疼地教，一個頭疼地學，侍者來稟奏，王后和赤水族長、還有離戎族長來看望小夭。

小夭想了一會，說道：「請他們進來。」

左耳看著小夭，顯然不明白小夭為什麼要見敵人。

小夭拍拍他緊繃的肩膀，微笑著說：「剛才你問我什麼叫『若無其事、不動聲色』，我們馬上就會演給你看，你也學學若無其事、不動聲色。學會了，我可有獎勵哦！」

馨悅、豐隆、䊵走了進來，小夭靠在竹榻上沒有動，微笑著說：「行動不便，不能給王后行禮，請王后見諒。」

馨悅和顏悅色地笑道：「我們是來探病的，可不是讓妳行禮的，妳好好靠著吧！」

苗莆已經擺好坐榻，請馨悅、豐隆、䊵坐。

豐隆低著頭品茶，一直不說話。

馨悅和䊵倒是談笑如常，問小夭身體養得如何，最近都吃了什麼，叮囑小夭仔細休養。小夭笑意盈盈，一一回答，時不時看一眼站在她身側的左耳。左耳面無表情，像冰雕一樣立著。小夭想，也算是左耳式的若無其事吧！

馨悅笑道：「今日來看妳，除了探病，還是來求妳一件事。」

小夭說：「求字可太重了，王后有話儘管說。」

䊵的笑容淡去，說道：「是我求王后帶我來見妳。我想妳已經猜到原因，自妳出事後，姐姐一直被幽禁，一點消息都得不到，家裡人放心不下、日夜焦慮。我知道口說無憑，很難說服妳相信不是姐姐做的，但姐姐真不是那樣的人。以姐姐的性子，怕牽扯不清，把我和家族都扯進來，肯定會獨自承擔，不會和陛下說實話，實際上，是我特意拜託姐姐邀請妳在放燈節一起玩玩，我讓她幫忙給妳帶幾句話，還拜託她有機會多找妳出去散心。我不知道出事前，姐姐有沒有來得及和妳說這些。小夭，求妳看在妳我也算相識一場的份上，幫姐姐在陛下面前求個情，好歹讓家裡人見姐姐一面。」昶站起，向小夭行禮。

小夭忙說：「你別這樣，坐下說話。」

昶不肯起身，馨悅說：「我雖然和離戎妃交往不多，但昶和哥哥卻是自小就認識，昶說的話，我相信。我已經在陛下面前為離戎妃求過情，但陛下盛怒下，完全聽不進去。小夭，這事恐怕也只有妳的話，陛下能聽進去一點。」

昶對馨悅深深地作揖行禮，感激地說：「謝王后。」

平日裡，昶這個地下黑市賭場的老闆，也是個儻風流、狂放不羈的人物，如今卻透著疲憊憔悴。小夭看看馨悅情真意切的樣子，再看看一直沉默不語的豐隆，忽而覺得，再沒有辦法若無其事了，她對昶說：「出事前，離戎妃已經把你的話帶到。你不要擔憂，我相信不是離戎妃做的。」

昶驚喜地問：「真的？」

小夭說：「真的。陛下可不會被人隨意愚弄，只是需要一點時間去查清楚一切。」

昶終於放心了幾分，「謝謝。」

小夭說：「我要謝謝你和離戎妃，你們把璟當好朋友，才會還惦記著我。」

提起璟，昶的神色更加黯然，「離戎一族因為和蚩尤牽扯到一起，曾經很落魄，璟幫了我太多，可以說，對我離戎族都有大恩，我能回饋的不過一點心意而已。」

豐隆忽然站了起來，硬邦邦地說：「事情說完了，我們回去吧！」

昶以為豐隆還介意小夭逃婚的事，忙和小夭告辭，「不打擾妳養病了，等妳病好後，再找機會相聚。」

小夭對馨悅笑了笑，說道：「我想和王后再聊一會，不如讓他們先走？」

馨悅笑道：「好啊！反正也不順路，他們是回軹邑城，我待會直接回紫金頂。」

待豐隆和昶走了，小夭對苗莆說：「這裡有左耳就好了，妳去幫我準備點消暑的果汁。」

苗莆知道小夭不想讓她聽到談話內容，也是不想她為難，應了聲是，退下。

小夭盯著馨悅。

馨悅本來還笑著說話，可在小夭的目光下，她的笑容漸漸僵硬，強笑著問：「妳這麼看著我幹什麼？」

小夭說：「妳為什麼想殺我？」

馨悅急促地笑了兩聲，故作鎮靜地說：「妳說什麼？我聽不懂。」

小夭慢慢地說：「我問妳，為什麼想殺我？」

馨悅慌慌張張地站起，匆匆要走。

小夭大聲說：「站住！神農馨悅，既然妳膽子這麼小，為什麼還要做？做了一次不夠，還要做第二次。」

馨悅停住了腳步，徐徐回身，面上神情已經十分鎮靜。她憎惡地看著小夭，冷冷說：「妳既然已經知道了，為什麼不告訴陛下？」

小夭問：「我想知道，妳為什麼要殺我？」

馨悅搖著頭大笑起來，小夭竟然不知道，她竟然什麼都不知道！馨悅忽而為顓頊感到可悲，堂堂帝王，擁有整個天下，卻連對一個女人的渴望都不敢表露！

小夭問：「妳笑什麼？」

馨悅說：「我在笑我自己，也在笑顓頊！妳問我為什麼要殺妳，我早就告訴過妳。」

小夭凝神回想，卻怎麼都想不起來，「妳告訴過我什麼？」

馨悅說：「在妳和璟的婚禮前，我來小月頂，親口告訴妳，只要有人想搶我擁有的東西，我一定不會饒了她！」

小夭更糊塗了，「我搶了妳的什麼？」

「妳搶了我的什麼？整個紫金頂上的女人有誰能日日見到陛下？」

「那麼多妃嬪，不可能有人能日日見到顓頊。」

馨悅譏嘲地笑，「原來，妳也知道沒有人能日日見到陛下！但是，只要陛下在神農山，一定有一個女人能日日見到他。小夭，她是誰呢？」

小夭愣住，紫金頂上有女人能日日見到顓頊？難道顓頊已經尋到了心愛的人？

馨悅朝著小夭走了兩步，「整個紫金頂上，哪個女人敢違逆陛下？我們連句重話都不敢說，可有人敢砸傷陛下的臉，讓陛下帶著傷去見朝臣。小夭，她是誰呢？」

小夭滿面震驚，張了張嘴，什麼都沒有說出。

馨悅又朝小夭走了兩步，冷笑著問：「整個紫金頂上，所有妃嬪，誰敢直呼陛下的名字？誰敢和陛下並肩而行？誰敢讓陛下擰裙拎鞋？」

小夭心慌意亂，急急說道：「就算全是我又如何？妳又不是第一天認識我和顓頊，在妳剛認識我們時，我和顓頊就這樣相處的。」

馨悅盯著小夭，滿是憎恨地說：「小夭，妳還敢說妳沒有搶我的東西？所有我們得不到的，妳都得到了！現在是這些，有朝一日，妳想要當王后呢？」

小夭憤怒地說：「妳瘋了！我、我……我怎麼可能想當王后？」

馨悅哈哈大笑，「我瘋了？我看我最清醒！陛下把妳視若生命，也能為妳不惜性命！如今璟死了，遲早有一日，妳會發現陛下和妳……」

「閉嘴！閉嘴！」

「閉嘴！」

前面兩聲閉嘴是小夭叫的，後面一聲閉嘴卻是顓頊說的。他冷冷地看著馨悅，不疾不徐地走了過來。

馨悅不自禁地打了個寒顫，習慣成自然，立即就彎身行禮，「陛下。」

顓頊說：「我想著十之八九是妳做的，就是沒證據，沒想到，妳倒自己認了。」

馨悅沒有跪下討饒，反而慢慢地直起了身子，昂然看著顓頊，豁出去的夷然不懼。

顓頊對瀟瀟說：「送王后回紫金宮，最近宮裡不太平，多派幾個侍衛保護王后。」

「是！」瀟瀟和兩個暗衛護送，或者該說押送馨悅登上雲輦，離開了小月頂。

顓頊對左耳說：「你下去。」

小夭忙說：「不要！」她竟然害怕和顓頊獨處。

顓頊也未勉強，坐在榻邊，靜靜地看著小夭。小夭看看東、看看西，好像有太多東西吸引她的注意，反正就是不看顓頊，顓頊卻恰恰相反，一直凝視著小夭，就好像整個世界只剩下她。

顓頊一直不說話，似乎能就這樣默默相對到地老天荒，小夭舔了舔發乾的嘴唇，乾笑幾聲，說道：「馨悅誤會了，我、我……你……不可能！一定是她誤會了！」

「既然妳認定她是瘋言瘋語，何必煩惱呢？」顓頊的聲音很平靜，沒有一絲波瀾。

小夭如釋重負，笑看向顓頊，顓頊目不轉睛地凝視著她，漆黑的眼眸裡，除了兩個小小的她，只剩下壓抑得如黑夜一般的悲傷。小夭害怕了，她想逃、想躲，卻被那黑夜一般無邊無際的悲傷捲在其中，無處可逃、無處可躲。她努力地想笑，努力想讓一切回到以前。

小夭慌亂地說：「馨悅說我是神農山上唯一能日日見到你的女人，她誤會了，你是為了看望外祖父才日日都來小月頂的；她說你陪伴我的時間最多，她說錯了，瀟瀟和你在一起的時間才最多；她說只有我敢直呼你的名字，也說錯了，還有阿念，阿念不也總是叫你顓頊哥哥嗎？還有，馨悅說我敢打你，可那也不能怪我啊！是你突然發兵攻打高辛，我好歹做過幾年高辛王姬，總不能叫我一點反應都沒有吧？至於什麼擰裙子、拎鞋子的，其實沒什麼的，小時候你幫我做的事更多，只不過現在你是陛下了，人人都盯著！我下次會注意，我不讓你做了……」

小夭的聲音在顫抖，人也在不自禁地打顫，臉上的笑容變得可憐兮兮，就好像在哀求顓頊，哀求他同意她的話，哀求他說，馨悅誤會了。

顓頊沒有回應小夭的哀求，他垂下了眼眸，終於不再盯著小夭。小夭急急拿起靠在榻頭的若木拐杖，想要逃離。

顓頊的聲音，沉沉地響起，「聽聞馨悅、豐隆、䢵三人一起來小月頂找妳，我儘快趕了過來。我到時，正好聽到妳質問馨悅為什麼要殺妳。我很清楚答案是什麼，明明可以阻止她回答，但我什麼都沒做，任由她說出了答案。」

顓頊痛苦地嘆息，「馨悅想殺妳，我本來很憤怒，但當我聽到馨悅一句句質問妳的話，我竟然對她生了感激。秘密藏在心底太久，做了太多無情的事，妳不會相信，全天下的人不會相信，就連我自己都覺得荒謬，可竟然有一個人看出來了！原來，在別人眼裡，我對妳還是很好的，黑帝顓頊並不是那麼無情！」

顓頊說：「小夭，我本來以為我可以一直等，一直等到妳回頭，但我越等越絕望，我真怕妳永遠不會回頭，或者就算妳回頭了，看到的卻不是我！妳能看到璟對妳好，能看到豐隆想娶妳，能看到防風邶風流有趣，但在妳眼裡，妳只能看到，我讓妳和別的男人幽會，我同意妳嫁給別的男人，不但笑著同意，還會親手奉上嫁妝，不僅同意了一次，還同意了兩次……」

小夭再站不穩，無力地軟坐在榻頭，手中的拐杖滑落，摔在地上，發出一道清脆的聲音。

顓頊蹲下，撿起拐杖，卻沒有給小夭，而是放到一邊，「每一次娶親，我都不許妳說『恭喜』，更不許妳送賀禮。我是軒轅顓頊，從娘自盡的那天起，我就選擇了這條路，我沒有辦法拒絕婚事，沒有辦法告訴別人我不願意、不高興！唯一的慰藉就是妳的不恭賀，我天真地認定，只要妳沒有恭賀我，所有的婚禮都沒有得到妳的同意，沒有妳的同意就不算數！」

顓頊笑起來，眼中儘是自嘲和悲傷，「是不是很可笑？全天下都看到了，我卻至今覺得都不算數！因為沒有妳的同意！」

小夭眼中淚光閃爍，每一次迎親前，顓頊的反應都一一浮現在心頭。

顓頊說：「在軒轅城時，妳曾取笑我和爹娘截然不同，說他們一生一世都只一人，我卻一個女人又一個女人。當時，我也以為我會是和他們完全不一樣的人，並不是因為我有很多女人，而是因為我明知道我唯一想要的就是妳，卻可以捨棄！我甚至笑看著妳和璟，心裡想，只要我們都能好好地活著，只要妳不會像奶奶、姑姑、娘親一樣痛苦哭泣，別的都不重要！不管是我有了女人，還是妳有了男人，都不重要！

但後來，我明白了，我終究是他們的兒子，我想要的不只是活著，我還想和妳一起活著！我想每日清晨，和妳一起迎接朝陽；想辛勞一天後，和妳一起吃晚飯；想為妳搭秋千架，想推妳盪秋千；我想為妳栽種鳳凰樹，想和妳一起看鳳凰花開，想和妳一起吮吸鳳凰花蜜；我想聽妳說話，想看妳笑，想聽妳唱歌……」

「別說了！」小夭痛苦地閉上了眼睛，淚珠滾落。

顓頊蹲在小夭面前，雙手扶在榻沿，仰頭看著小夭，「妳曾誠心誠意地祝福我尋到那個讓我心甘情願娶的女子，我已經尋到了。小夭，我知道妳還沒有忘記璟，但我能等，我願意等到妳心裡的傷平復，等到妳願意嫁給我。我不求妳忘記璟，我只是希望妳能把妳的心分一些給我，我只要一點點，讓我和妳一起渡過我們餘下的人生。」

顓頊的姿態十分卑微，他的話語更是卑微。這一生，縱然最落魄時，他也只是堅強地去爭取，從不曾這樣卑微地祈求過。小夭的眼淚一顆又一顆滾落，她不知道自己在哭什麼，究竟是在哭自己的愛而不得，還是在哭顓頊這麼多年的愛而不得。

「小夭，妳別哭！」顓頊想安撫小夭，卻不知道自己該以什麼身分去說話，他只能猜度著小夭的心思，盡力去寬慰，「小夭，妳別哭，別哭……其實一切都沒有變，只不過妳知道了我想娶妳而已，我沒有逼妳答應，我說了我能等，就算等到死，都沒有關係……」

小夭撲倒在榻上，竟是越哭越傷心。

顓頊沉默了，其實一切都會改變，因為本就是他想要更多。顓頊痛苦地說：「小夭，不要恨我！我喜歡妳，並不是錯！」

小夭的臉伏在榻上，沒有看顓頊，哭聲卻漸漸小了，她說：「我沒有恨你。我只是不知道……不知道該怎麼辦……你先回去，今天我想一個人。」

顓頊的手伸出，想像以往一樣輕撫一下小夭的頭，可就在要碰到小夭時，他又縮了回去，默默地站起身，拖著沉重的步子離開小月頂。

小夭聽到他足音裡從未有過的沉重，知道現在痛苦傷心的不只是她一個人，顓頊比她更痛苦、更傷心。小夭的眼淚又滾了下來，她和顓頊一直是彼此的依靠和慰藉，誰能想到有一日，他們會讓彼此傷心？

小夭並不想躲顓頊，的確如顓頊所說，他喜歡她，並沒有做錯什麼！可是，一時間她也真不知道該如何面對他，只能儘量避免兩人獨處，每次顓頊來時，小夭都會賴在黃帝身邊。

顓頊似知道她所想，並沒有逼她，絕口不提那日的事，但也絕不放棄，依舊像以前一樣，每日都來小月頂，或長或短地待一會，陪黃帝喝碗茶、說會話。

漸漸地，小夭不再那麼緊張和不自在，只要兩人別提起那個話題，很多事的確仍和以前一樣。

一天晚上，顓頊陪著黃帝說了一陣閒話後，準備離開。他已經走出門，看到月色正好，轉身對小夭說：「好久沒去鳳凰林了，陪我去走走。」

「我要休息了。」天剛黑不久，這個藉口連小夭自己都覺得實在有些爛。

顓頊什麼都沒說，靜靜看一瞬小夭，默默地出了院子，一個人踏著夜色向鳳凰林走去，背影顯得很瘦削孤單。

小夭看著顓頊的身影漸漸被夜色吞沒，就好像自己也一點點被夜色吞沒，是如此的徬徨茫然，無所憑依。

小夭呆呆地站著。

良久後，她突然衝出了屋子，撩著裙裾，跑向鳳凰林。

浮雲遮蔽著月亮，暗淡的星光下，鳳凰林隨著晚風輕輕舞動，鳳凰花簌簌而落，秋千架上鋪了厚厚一層落花。

小夭站在鳳凰樹下，一邊彎著身喘息，一邊四處張望，「顓頊！顓頊……」沒有聲音應答，也沒有看到人，顓頊已經走了。

小夭慢慢地坐在草地上，雙手抱住膝，額頭抵在膝蓋，有點難過，也有點釋然，顓頊要的東西她終究是給不了的。

一陣急風過，浮雲散開，月亮露出，銀色的月光如水一般傾落。小夭感覺周圍好像突然亮了許多，她抬起頭——

月光映照下，成千上萬朵白色薔薇花在靜靜綻放，一朵朵花像寶石般晶瑩剔透。顓頊長身玉立在白色薔薇花海中，笑咪咪地看著小夭。隨著他的靈力蔓延，白色的薔薇花如湧起的浪潮般，繽紛地盛開，一直開到小夭腳前，鋪滿了她周身。

小夭愣愣地看了顓頊一會，隨手抓起一叢薔薇花，全部向顓頊丟去，氣惱地問：「你沒走為什麼不吭聲？」

顓頊接住了花，走到小夭面前，笑道：「靈力低微，還一生氣就喜歡動手，妳這毛病可不好！」

小夭說：「我問你為什麼不吭聲？」

顓頊聳了聳肩，在小夭身畔坐下，「想嚇妳唄！沒想到月亮突然出來了，沒嚇成！好看嗎？」

看顓頊這樣，小夭反倒輕鬆起來，在他胳膊上捶了一拳，凶巴巴地問：「你叫我出來幹什麼？

就看你變戲法嗎？」

「我想知道，害妳的人除了馨悅，還有誰。」

小夭說：「你想知道，難道不該去盤問馨悅嗎？」

「她說沒有同夥，是她一人所為。」其實，馨悅是滿面譏諷地說，我倒也希望還有人能看破陛下的秘密，可惜只有我！陛下不覺得自己很可悲嗎？

小夭想，馨悅沒有招出豐隆，是打算自己一人承擔一切了。

顓頊問：「小夭，這事豐隆參與了嗎？」

小夭說：「沒有！至少我覺得沒有，豐隆和馨悅雖然是兄妹，但豐隆的性子和馨悅截然不同，而且他們一個是赤水氏，一個是神農氏，豐隆不會那麼糊塗。」

顓頊輕吁了口氣，「那就好！只是馨悅，這事就好處理多了。」

小夭暗嘆口氣，神農氏王后加赤水氏大將軍，縱然顓頊，也有點吃不消。

顓頊說：「馨悅第一次雇傭殺手暗害妳的事，幾乎沒有人知道，這不是什麼光彩的事，我也不想抖出來了。但第二次想殺妳的事，發生在眾目睽睽下，我必須給所有人一個交代，不過，馨悅是王后，還是小祝融的女兒，我不想公開做什麼，省得中原的氏族以為我針對他們。」

小夭聽顓頊這話自相矛盾，疑惑地看著顓頊。

顓頊說：「我和離戎妃談了一次，謀害妳的這個罪名就讓離戎妃擔了。」

「什麼？」

顓頊笑道：「妳別著急，我慢慢解釋給妳聽。離戎妃並不喜歡紫金頂，只要她擔了這個罪名，就可以搬出紫金頂。神農山除了二十八座主峰，還有九十多座山峰，她可以挑選一個喜歡的住。看似是被打入冷宮幽禁，實際上沒有了紫金頂的勾心鬥角，也沒有了各種繁文縟節、規矩束縛，她盡可以隨著心意過自己的日子。」

「離戎妃願意？她的家族願意？」

「她是個聰明人，擔這個罪名看似吃了大虧，卻得到了她想要的，也照顧了家族。我清楚不是她做的，不但不會打壓離戎氏，反而會補償離戎氏，我看她現在不知道多感激陷害她的人！」

小夭嘲笑顓頊，「沒想到還有人這麼嫌棄你呢！寧可跑去冷宮幽禁，也不樂意待在紫金頂。」

顓頊笑嘻嘻地說：「誰在乎她嫌不嫌棄？我巴不得她們都嫌棄！只要……」

小夭打斷了顓頊的話，「罪名都讓離戎妃擔了，你打算如何處置馨悅呢？雖然馨悅害了我兩次，但我又沒有死，你懲罰她一下也就好了，動靜不要鬧得太大。」

顓頊說：「這麼大的事，妳這麼笨，就不要操心了，反正我會處理好！一切會風平浪靜，悄無聲息，就好像什麼事都沒有發生過，畢竟我的目的是想化解矛盾，而不是製造矛盾，讓更多的人來恨妳。」

小夭忽然想到，顓頊這樣處理，神農氏壓根不知道，自然不會遷怒於她，離戎氏得了好處，也不會恨她。

顓頊說：「我今晚和妳說這些，只是想讓妳明白，一切都過去了。小夭，以後絕不會再有人能傷害妳！」

小夭摘下一朵薔薇花，湊在鼻端嗅了嗅，微笑著說：「顓頊，沒必要把我想得像這朵花一般嬌弱。我們曾討論過什麼是磨難，只要沒有被磨難打敗，所有磨難其實都是生命的財富。馨悅的事至少讓我重拾舊業，又開始練習箭術和毒技了。」

月光下，小夭的笑容就像帶露的白色薔薇花，清妍秀麗。顓頊禁不住想，如果承受了磨難就會有所獲得，那麼只要未來的日子能像今夜一般，兩人並肩而坐、喁喁細語，他願意承受任何磨難。

第四十六章

舊事似天遠

隨著鮮血的噴出，相柳好似累了，直挺挺地躺倒在水面上，
黑雲遮蔽住了圓月，他雙眸內映出的是——
沒有一顆星辰的蒼穹，無邊的黑暗、無邊的寂寥。

自高辛王姬嫁給軒轅黑帝，高辛和軒轅兩國合併，共尊黑帝為君，整個大荒幾乎都在黑帝的統治下。除了那些散落在大海內的一些島國以外，還有一個地方不在黑帝的統治下——神農義軍共工占據的群山和清水鎮。

高辛和軒轅合併之初，時不時有矛盾爆發，甚至有過局部的戰爭，但經過黑帝二十多年的治理，大荒內文化交融、物產流通、百姓安居樂業，一切都安定興盛。即使還有零星的反對聲音，也絲毫不能影響天下統一的大勢。

孟春之月，黑帝派小祝融去招安共工，被共工拒絕。三個月內，黑帝又派小祝融去見了三次共工，條件一次比一次優厚，甚至承諾封共工為諸侯王，擁有兵權，清水鎮一帶歸他管轄，但都被共工拒絕。

孟夏之月，黑帝發布了討伐共工的檄文，正式派兵圍剿共工。

因為顧慮到共工是神農王族，顓頊既不想派應龍、離怨這些軒轅的老將軍出戰，將正在淡化的軒轅老氏族和中原氏族的矛盾又加深，也不想派豐隆、獻這些中原的新將領出戰，讓豐隆他們承受太多不必要的壓力。所以，顓頊決定派蓐收出任大將軍，禺疆為左副將軍，句芒為右副將軍，雖然共工和相柳是硬骨頭，但有了這三人，最重要的是有整個帝國源源不竭的物資和兵力，顓頊相信共工必敗。

就在顓頊宣布諭旨前，豐隆來跪求出征，甚至願意屈居蓐收麾下，只求能出征。

顓頊對豐隆一直與眾不同，親手扶起豐隆，說道：「豐隆，不是我認為蓐收比你強，才選他而棄你。實際上，用你更讓我立於不敗之地。你應該明白，你的身分很特殊，雖然你是赤水氏，可你依舊是神農王族的血脈。如果派你出征去攻打共工，就代表神農王族都不認可共工的所作所為！這場戰爭，我們肯定會勝利。但，成就的是我的天下，背負罵名的卻會是你！我是想保護你，才不讓你出征！」

豐隆知道顓頊的這番話句句發自肺腑。顓頊讓他敬服，不僅僅因為顓頊的帝王胸襟和能力，更因為顓頊在帝王之外，還是一個普通的男人，他會生氣發怒、記仇報復，也會心存感激、報恩還情。帝王之路，一步步走來，站得越來越高，很容易迷失，可顓頊一直記得對他好的人，在實現自己的目的時，不忘記給予那些人尊重和保護，甚至友誼。

豐隆說：「我明白陛下的苦心，但當年我們在軒轅城中密談時，我們的約定就不僅僅是神農山或者軒轅山，而是整個天下！那時我就知道會有這一日！一百多年了，我們的雄懷壯志一點點實現，現在，只差最後一步。陛下，哪個男人沒有過年少雄懷，凌雲壯志呢？但這世間有幾人真能實現？不是每個有才華的男人都有機會率領千軍萬馬，更不是每個有壯志的將軍都有機會指揮締造一個帝國的戰役。罵名又如何？我知道自己在做什麼，更知道我這樣做是對的！我不想在最後一戰退出！求陛下准許我出征！」

當年，軒轅城中，豐隆星夜來訪的一幕回到了顓頊眼前。很多人認為，黃帝禪位是黑帝的帝王路上最重要的事件；還有不少人認為，白帝退位、高辛和軒轅兩國合併，是黑帝的帝王路上最重要的事件。

但顓頊知道，那些都不重要！那些只是他艱難跋涉後的結果！在顓頊心中，影響他帝王路的最重大事件，發生在軒轅城的一個普通房間裡，沒有刀光劍影，沒有歌舞酒宴，沒有史官會記載，甚至沒有幾個人知道，只是他和豐隆的一番暢談，一次交心，一個連盟誓都沒有的約定。那時，他是看不到任何繼位希望的王子，豐隆是族內所有長老都反對的離經叛道者，豐隆匆匆來、匆匆去，連酒都沒有喝，兩人只是飲了一杯清水，但兩杯清水對碰的一瞬，兩個男子都毅然做了自己的選擇。從那一日到現在，他從沒有遲疑，豐隆也從沒有遲疑！

顓頊下令說：「重新擬旨，赤水豐隆為大將軍、羲和禺疆為左副將軍，赤水獻為右副將軍。」

豐隆笑著磕頭，「謝陛下！」

顓頊說：「這次戰爭不同於當年和高辛的戰爭，相柳不好應付，一切小心！」

豐隆豪邁地笑起來，「好打了我還不稀罕去打呢！」

自顓頊派小祝融去招安共工，每一個動向、每一個決定，顓頊都會告訴黃帝。黃帝從不發表任何意見，好像一點不關心，但是，以前顓頊稟告政事時，黃帝會說「你自己看著辦，不必告訴我」，這一次，黃帝從沒說過這樣的話，大概對他而言，這是他未完成的事，他沒有辦法不關心。

小夭常伴黃帝左右，顓頊議事時，又從不迴避她，所以她也清清楚楚地知道發生了什麼。當顓頊告訴黃帝，他任命豐隆為大將軍，正式出兵圍剿共工，正在煮茶的小夭突然失手，將沸水倒在了手腕上。

顓頊驚得立即衝了過來，趕忙用冷水沖洗小夭的手腕，又把苗莆拿來的藥給她敷上。顓頊不滿地說：「妳怎麼這麼不小心？心裡想什麼呢？」

小夭強笑道：「什麼都沒想。」她想繼續煮茶，顓頊把她趕到黃帝身邊坐著去，自己動手煮好茶，為黃帝和小夭都分了一碗。

小夭問：「任命宣布，豐隆是不是就要出發了？」

「是啊，就這幾天。」

小夭安靜地坐著，耳邊傳來黃帝和顓頊的聲音，心卻飛了出去——

小小的回春堂，從後門出去，是一片藥田，藥田下是西河，順著西河能進入清水，奔湧的清水會匯入東海。在西河邊，她救了璟；為了捉腓腓，遇見了白鵰毛球，被相柳抽了四十鞭子；她想毒倒相柳的毒藥，毒倒的是璟；為了幫顓頊解蠱，和相柳做了交易，不想卻是心意相通、命脈相連的情人蠱……

「小夭！」不知何時，黃帝已經離開了，顓頊盯著小夭，「妳在想什麼？」

「我想起了清水鎮。」

顓頊道：「我也在那裡生活過，妳放心，我已經命官員去妥善安置清水鎮的居民。」

小夭點點頭。

顓頊說：「妳是想起了相柳嗎？」

小夭沒有吭聲。

顓頊說：「我知道妳和他有點交情，我也很欣賞他，我甚至非常敬佩共工和他的剛毅忠貞，但神農國早已經過去……我必須討伐他們！」

「我明白。」小夭很清楚，顓頊已經盡力，某種意義上，這場戰爭對軒轅而言，是必須，對神農義軍而言，是一種解脫。這事顓頊沒有做錯，作為帝王，這是他必須做的，可共工和相柳似乎也沒有錯。

顓頊嘆道：「不管我多欣賞相柳，大家立場不同，我實不希望妳和他有任何牽扯。」

小夭道：「你放心吧！我知道。」正因為從一開始就知道，所以她一直都清醒地警告著自己，她和相柳，永不可能是朋友。

豐隆出征前，來小月頂見小夭。

上一次兩人見面，還是四年前，他、馨悅、䄂三人來小月頂看小夭。自那之後，小夭從沒有見過豐隆，也從沒有去探聽過他的消息，可以說，對小夭而言，這個人近乎消失了四年。

黃帝在地裡忙活了一早上，這會在屋內休憩，小夭不想打擾黃帝，帶著豐隆去山林裡走走。豐隆一直沉默，小夭想著他明日就要領兵去圍剿共工，也提不起興致說話，兩人竟一路無話地走到了山頂。

小夭看到雲霄中的紫金宮，才想起，她和馨悅也曾站在這裡，但那一次，璟居然扔下黃帝，跟了過來，這一次，無論發生什麼，璟都不會出現了。小夭眼眶發酸，裝作整理被山風吹亂的額髮，悄悄將眼角的淚印掉。

豐隆指著左耳問：「是他救了妳嗎？」左耳一直不遠不近地跟在他們身後，這會更是毫不避諱地坐到樹上，虎視眈眈地盯著豐隆。

小夭道：「是他救了我。」

「幸虧有他，我才沒有鑄成大錯。」

小夭沉默地看著豐隆。

豐隆說：「那一次我想幫妹妹殺了妳，被他殺了的十個黑衣人就是我派出去殺妳的心腹。」

左耳插嘴道：「不是我殺的，是我和小夭一起殺的。」

豐隆恍然大悟說：「難怪！我也在想，以他們十人之力，無論如何都不該無功而返，可居然被你一人殺了。」

左耳不再說話，豐隆對小夭說：「妳知道我想殺妳，對嗎？」

既然豐隆挑明了，小夭也不想否認，「我聽到了你和馨悅的對話。你們當時都情緒太激動，不夠小心。」

豐隆問：「妳為什麼不告訴陛下？」

「當年，我在整個大荒的來賓面前，羞辱了你和赤水氏。你不計較，是你大度，但終歸是我欠了你。如今，我們就算真正兩清了吧！」

「妳憎惡、瞧不起我嗎？」

小夭搖搖頭，「你從小到大，無憂無慮，唯一的磨難不過是雄心壯志沒人理解，被長老看作是離經叛道的混帳，馨悅卻是在噩夢中長大，當別的女孩子希望得到一條美麗的裙子時，她的願望是明日依舊能活著。有的事，不願做，一旦做了，就會成為心的桎梏，折磨自己一輩子，可卻也不得不做！當時當地，你只能選擇幫助馨悅，如果你為了自己和赤水氏，棄她於不顧，我反倒會瞧不起你。」

豐隆盯了小夭一瞬，大笑起來，「我赤水豐隆這輩子只向一個女人求過婚，沒想到還被她悔婚了，但我一點不後悔向她求過婚，也一點不後悔以赤水氏最隆重的禮節迎娶她，她值得！只可惜，只差一點點，她沒有成為我的妻子。」

小夭笑著搖搖頭，指指自己的心，「不是差一點點，而是差了一顆心。等你什麼時候把一個女子看得比你打勝仗還重要時，你就會明白我的話了。」

豐隆說：「我這次向陛下請求出征，不是為了官職，也不是為了封地，更不是為了千秋功名，而是為了馨悅。陛下沒有奪去馨悅的王后封號，也沒有幽禁她，他只是徹底無視馨悅。但慢刀子割肉更痛，沒了陛下的尊重，紫金頂上的那幫女人個個都會趁機啄馨悅幾口，不過三年，馨悅已經像是老了幾百年。我想打個大大的勝仗，以陛下的性子，必定會重重賞賜我，我什麼都不要，只求他原諒馨悅一次。」豐隆向小夭作揖行禮，「到時，求妳為馨悅說幾句話。我保證會派人看牢她，絕不會讓她再做同樣的事，其實，經過這三年的煎熬，她也絕沒膽子做了！」

小夭嘆了口氣，「你們覺得陛下對我百依百順，那只是因為我太瞭解他，從不提他不會答應的要求，像以前他出兵攻打高辛，還有現在他要……」小夭頓了一頓，繼續說道：「我很清楚，縱然我求他不要出兵，他也絕不會答應。」所以，當年顓頊發兵攻打高辛時，她衝著顓頊發脾氣、吵他、罵他，卻始終沒有開口求他不要那麼做，而現在圍剿共工，她連發脾氣的立場都沒有，只能沉默悲傷地看著。

豐隆撲通一聲，跪在了小夭面前。

小夭嚇得趕忙去扶他，四世家的族長連帝王都可以不跪，小夭慌張地說道：「豐隆，你快起來，快起來！」

豐隆靈力高強，執意跪著，身重如山岳，小夭一點都扶不起他。她無奈下，也跪下，表明實在不敢接受豐隆的大禮。

豐隆神情十分悲傷，小夭從未在自信驕傲的豐隆臉上看到過這樣的表情，他說：「我和馨悅是雙生子，有時候我會忍不住想，如果當年是她先出生，她被帶到了赤水，我留在了軒轅城，她現在會是什麼樣？也許她不會有那麼重的執念，也許她壓根不會選擇嫁給陛下，也許她現在過得很快樂幸福！小夭，求妳！求求妳！」豐隆對小夭用力磕頭。

小夭忙說：「我答應，我答應！你別磕了！求求你別磕了！」

求情。」

小夭說：「陛下有時候會非常執拗，我也不知道他會不會聽，但到時，我一定會盡全力幫馨悅求情。」

豐隆抬起了頭，「謝謝！」

豐隆說：「希望我的功勞和妳的求情能讓馨悅逃過這一劫。」

小夭說：「我們可以不跪著了嗎？讓人看到，我會死得很慘！」

豐隆深吸了口氣，好似將一切複雜的情緒都壓進心底，他又變成了出身尊貴、年少得志、飛揚自信的赤水豐隆。他站起身，笑著打趣：「我怎麼感覺我們像是在做那次婚禮上沒做完的事呢？」

小夭直接一大掌拍在了豐隆的肩膀上，很是哥倆好地說：「你就別做夢了，好好打你的仗去吧！」

當年，小夭住在小祝融府時，言談舉止很是男兒氣，有時候豐隆都覺得，小夭是男扮女裝。後來，也不知道是小夭越來越女人，還是他們疏遠了，豐隆再沒有這種感覺，此時既覺得親切，又覺得惆悵，笑道：「走之前，要不要祝福我幾句？」

祝福豐隆，那對相柳算什麼呢？小夭沉默了一瞬，搖搖頭，「這是你們男人的事，和我沒有關係。既然我無力阻止你們，那我也什麼都不要說。」

豐隆大笑，衝小夭抱抱拳，「好咧！我走了！待勝利歸來時，我們去拚酒！」

小夭微微而笑，也對豐隆抱抱拳。豐隆大步流星，向著山下行去。沒有多久，小夭看到有雲輦升起，飛向大軍駐紮的方向。

明日，豐隆就會率領千軍出發。小夭一遍遍告訴自己，和自己無關！但是，還是那麼難受！

在豐隆出發前，顓頊告訴豐隆：這次戰爭雖然勢在必得，但不用著急立分勝負。先打一場小仗立威，然後採用「緊圍之、徐剿之」的策略，千萬不要被共工誘入深山。共工的軍隊藏匿於深山，一旦入山，就可以化整為零，想要剿殺並不容易，否則，不會黃帝派兵幾次都失敗。

軍隊駐紮肯定需要物資從外運入，共工當年選擇清水鎮，是因為清水鎮與高辛接壤，還可以東出大海，即使黃帝封鎖了軒轅國內所有的通道，共工依舊可以取道高辛、或者由海路進行物資補給。當年高辛出於維護自身的利益，樂見於軒轅國內有爭端，會暗中給予共工很多便利。利益驅使下，也會有世家大族暗中和共工來往。但是，現在已經和以前不同，整個大荒都在顓頊的統御下，帝國的軍隊不僅有善於陸戰的軒轅和中原軍隊，還有善於水戰的高辛軍隊和赤水氏子弟。

顓頊告訴豐隆「緊圍之」，就是從陸上、海上都嚴密把守，阻絕任何物資到達共工手中，不管共工的軍隊多麼強橫堅韌，但缺衣少食、沒有藥物，圍困他們十年、二十年，遲早會拖垮他們。等軍隊士氣潰散，意志瓦解後，在「緊圍之」的策略上，再「徐徐剿殺」。

豐隆出征後，貫徹了顓頊的策略，以一場小戰役，將共工軍隊在清水鎮的勢力清除，把他們逼入深山，然後就開始圍困。

圍困一年後，共工的軍隊依舊龜縮不出，反而，時不時偷襲一把豐隆的軍隊。他們從不和豐隆的軍隊正面接觸，就是搞破壞，今日燒點火、明日放點毒，匆匆來、匆匆去，弄得豐隆的軍隊一到晚上就緊張，睡覺都睡不踏實。

在攻打高辛時，豐隆一點也不著急，他很清楚他要的是什麼，縱然大敗給蓐收，但豐隆很清楚，只要穩紮穩打，最後的勝利肯定是他的！可這一次，豐隆的目的和以前不同，他要的不是名利權勢，也不是自己的壯志雄心，而是想救妹妹。戰爭打個十年二十年，沒有一點關係，顓頊等得起，但是，馨悅等不起！

雖然出征前，豐隆特意去探望過馨悅，叮囑她千萬要忍耐，不管發生什麼，都先忍一忍，一切等他打完仗回來，但馨悅神情冷漠，後來竟然不耐煩地走了，壓根聽不進去豐隆的話。豐隆擔心馨悅熬不住，人會崩潰，更擔心馨悅會孤注一擲，再做出什麼可怕的事，讓她和顓頊之間無可挽回。

因為對馨悅的掛慮，當探子奏報發現了共工軍隊時，豐隆決定派兵追擊，不想中了相柳的計，大敗。

消息傳回神農山，顓頊又是生氣又是不解，豐隆雖然飛揚跳脫，可大事上從不含糊。當年，他和高辛打了十年，也從沒有貪功冒進，即使大敗於蓐收，被逼得撤退時，豐隆也是該捨棄就捨棄，毫不貪功、更不冒進。

因為想不通為什麼豐隆會犯糊塗，顓頊越發氣惱，氣惱下，便動了念頭想要換掉豐隆。

黃帝淡淡問：「你確定你要陣前換將？」

顓頊不確定！陣前換將，不是明智之舉，尤其豐隆的身分特殊。如果此時換將，相信豐隆是真敗的人會說：黑帝不信任中原將領，一次敗仗就換了大將；而不相信豐隆是真敗的人會說：我就知道那些中原將領藏有異心，肯定會勾結叛逆，陛下以前被蒙蔽，如今終於看出來了。

顓頊怒火平息，冷靜下來。他對黃帝說：「我相信豐隆，不打算換掉他，但我想親自去一趟清水，弄清楚他為什麼會貪功冒進。」

黃帝只是點點頭，表示知道了。小夭卻突然說：「我想和你一塊去。」

顓頊心裡很願意，理智卻不想小夭置身險地，「這不同於和高辛的戰爭，會有危險。」

「我會一直待在你身邊，難道你沒有自信自保嗎？如果沒有的話，我想，我和外祖父都不會同意你去。」

顓頊笑道：「伶牙俐齒，就會狡辯！那我們一起去！」

三日後，安排妥當一切，顓頊帶著小夭秘密趕往清水鎮。

昔日繁華的清水鎮已經人去屋空，經過回春堂時，顓頊對小夭說：「所有清水鎮的居民都遷到了附近的城鎮，分了田地和屋子，待戰爭結束後，如果他們願意回來，可以回來。」

小夭默默點了點頭。

整個清水鎮都變作了大軍營地的一部分，屋子被徵用，豐隆住在屬於塗山氏的一個宅子，恰是璟曾經住過的。豐隆趕出來迎接顓頊，精神很萎靡。

顓頊未提戰況，笑道：「你倒會挑地方，竟然霸占了塗山氏的宅子。」

豐隆道：「這是鎮子上最好的宅子，我若不住，也沒人敢住，索性就拿來住了。陛下怎麼知道這是塗山氏的宅子？」這種瑣事可不會有人去奏報顓頊，否則顓頊每日光看各種奏報都看不完。

顓頊道：「以前我在清水鎮住過幾年，對這裡還算熟悉。」

豐隆十分詫異，幾年可不短，想來發生在他和顓頊認識前，否則他不可能不知道，「陛下那時還在高辛吧？難道陛下那個時候就在為今日做準備？」

顓頊笑道：「一半一半，那時我可沒有把握自己一定能登基，只是想來看看讓爺爺和王叔都頭疼的硬骨頭，當然也免不了會想，如果有一日，我要來啃下這塊硬骨頭，該怎麼辦。」

豐隆很是羞愧，低著頭說：「陛下的策略非常好，但我讓陛下失望了。」

顓頊放慢了腳步，拍拍豐隆的肩膀，語重心長地說：「百年的相識，一次勝負不會讓我對你失望，我倒更擔憂你會對自己失望。」

豐隆沉默不語，神情複雜。

行到一處園子的月門前，豐隆伸手做了個請的姿勢，說道：「陛下，這幾日就住這裡。」

顓頊雖然知道璟曾住在這座宅子，但他並沒有來過，所以沒有什麼感覺，小夭卻對這個園子很是熟悉，璟當年就住這裡。

炎炎夏日時，廊下會掛著一排風鈴，是用終年積雪的極北之地的冰晶所做，赤紅色、竹青色、紫靛藍色、月下荷白色……配合著冰晶的色彩，雕刻成了各種花朵的形狀。微風吹過，帶起冰晶上的寒氣，四散開來，讓整個庭院都涼爽如春。庭院中開滿各種鮮花，有茉莉、素馨、建蘭、麝香藤、朱槿、玉桂、紅蕉、闍婆、薝卜……

小夭走進圓月形的拱門，看見各種鮮花繽紛綻放，一如當年。一瞬間，小夭幾乎覺得，會有一位如金如錫、如圭如璧的清潤君子從花叢中站起，含笑凝視著她。

可是，沒有！

陽光依舊明媚燦爛，鮮花依舊繽紛爛漫，那個曾無數次凝視著她的人卻不見了！小夭心口發疼，眼前發黑，就要跌倒，顓頊忙回身，攬住她，「小夭！」

「沒事，不小心被絆了下。」小夭盡力克制，可她急促的喘息，落在身有靈力的顓頊和豐隆耳朵裡十分清晰。

顓頊輕聲問：「璟以前就住在這裡？」

豐隆也想起來了，璟以前說過，其實他和小夭早就認識，看樣子小夭也來過清水鎮。豐隆忙道：「我命人另外準備地方。」

顓頊剛想說好，小夭強笑著說：「就住這裡。」至少這裡還有他的氣息。

豐隆遲疑地看著顓頊，顓頊對豐隆點了下頭，示意他依照小夭的意思辦，豐隆行禮告退，「一路風塵，陛下先沐浴休息一下，我和其他將領在前廳邊做事邊等候。」

顓頊沐浴更衣後，走出屋子，看到小夭坐在廊下，呆呆地看著滿庭的鮮花。

顓頊坐到小夭身旁，問道：「景致和當年像嗎？」

「花開得和以前差不多，不過，當年廊下掛了很多冰晶風鈴。」

「我命人去找，依舊掛上。」

小夭側過頭，視線與顓頊一碰，立即避開了，她低聲說：「顓頊，你……你不要這樣！」

「不要哪樣呢？」顓頊的聲音如同江南暮春時節的雨，柔軟悲傷，「我不能阻止妳去思念璟，只能盡力讓妳開心點。如果思念璟，能讓妳開心，我也會幫妳。」

「這樣做，你會開心嗎？」

「對我來說，開心或傷心都不重要，重要的是妳依舊在我身邊。」

「我永遠都不會忘記璟，你就永遠這樣嗎？」

顓頊沉默了一會，說道：「小夭，我從沒有要妳忘記璟！沒有人能抹掉過去的記憶，我甚至知道，直到我白髮蒼蒼時，璟仍活在妳的記憶裡，一如他離開時。我只是希望，在妳的未來裡，允許我和妳相依為伴。」

小夭看向顓頊，嘆息，「顓頊，你為什麼……」為什麼要把自己放在這麼卑微的位置上？為什麼要如此固執？你是整個天下的君王啊！

顓頊凝視著小夭，微笑著說：「一切只因為妳是我的小夭。」

他的語氣很溫柔，眼神卻很堅定，小夭再次倉皇地避開了他的視線。

顓頊伸手攏了攏她零碎的鬢髮，說道：「妳好好休息，我去見豐隆他們。我還打算去軍中轉一圈，如果傍晚沒回來，妳自己先用飯。」

小夭沒有抬頭，顓頊站起，看了一眼滿庭的鮮花，將悲傷藏到心底，向外行去。

小夭一直坐在廊下，看著滿庭鮮花，明媚絢爛。

直到夕陽斜映。

園外，突然傳來驚慌的喝斥聲、尖叫聲，小夭抬起頭，看到半天晚霞、流光溢彩，相柳戴著銀白的面具，一身如雪白衣，腳踩白羽金冠鵰，端立在七彩雲霄中。他手拿一張銀色的大弓，顯然已經射出了一箭，正在搭箭彎弓，準備射出第二箭。

「顓頊！不！」小夭厲聲尖叫，向著府外狂奔，看到相柳射出箭時，她腦中一片空白，只有唯一的念頭：顓頊，你不可以有事！不可以！

當她跑到府門，看到顓頊跌坐在地上，滿身鮮血，正仰頭看著天空。雖然侍衛很多，可未等侍衛追上去，相柳已經驅策坐騎離開。

顓頊用靈力將聲音送了出去，「相柳，他日我必取你性命！」

鵰聲清鳴中，相柳翩然遠去，只留下一陣傲慢狂妄的大笑聲，在天地間迴盪。

小夭衝到顓頊身邊，緊緊抓住他，整個人都在發顫，「你、你……」唇齒哆嗦，竟然說不出一句完整的話。

顓頊握住她的手，「我沒事，豐隆幫我擋了第一箭，第二箭射中了一個暗衛，我身上的血是豐隆的。」

豐隆已經被侍從抬進屋子，軍醫正在幫豐隆處理傷口。

雖然相柳一箭穿透了豐隆的身體，可並未射中要害，顓頊相信，以豐隆的靈力和小夭的醫術，豐隆不會有大礙。

顓頊說：「幾百年來，收集了無數相柳的資料，可從沒有人知道他的箭術居然如此高超。豐隆，謝謝你，如果不是你幫我擋下第一箭，我今日必死。」

豐隆說：「相柳應該早就埋伏在附近，等著我們從軍營回來。踏進府門那一剎那，正是心神最鬆懈的一刻，是最好的刺殺時機。我看相柳，不做軍師，去做殺手，也肯定會揚名天下。可是，今日中午陛下才到，僅僅兩個多時辰，相柳竟然就知道了消息，是我失職！我一定會徹查此事……」

豐隆突然身體抽搐，肌膚變得烏黑。

小夭急叫：「護住他的心脈！」一個靈力高深的暗衛忙用靈力護住了豐隆的心脈。

軍醫茫然驚懼地說：「傷口已經處理乾淨，以將軍的靈力不應該如此。」

小夭匆匆給豐隆餵了一顆藥丸，「箭上有毒。」

顓頊說：「趕快幫豐隆解毒。」

豐隆眼巴巴地看著小夭，小夭的醫術不見得是天下第一，可毒術絕對是天下第一。

小夭手腳冰涼，聲音不自禁地發顫，「相柳這次來行刺，一定是抱著必殺的決心，他用了自己的血做毒。」

「他的血？」

「相柳長期服用各種毒藥練功，這天下沒有任何毒藥能毒倒他，他的血才是天下至毒。」

顓頊的心沉了下去，面色發青。

豐隆強笑著問小夭：「是妳也解不了的毒嗎？」

一百多年來，她費盡心機想毒倒相柳，把各種奇毒都下給相柳過，如果能解，她早已經將相柳毒倒了，小夭臉色發白，嘴唇發顫，「我、我……盡力！」她號稱醫術高超，毒術冠絕天下，可原來有朝一日，竟然要眼看著親朋好友死去。

小夭正在配製解藥，又一波疼痛襲來，豐隆胸口以下的身體變得烏黑。

這種毒發的速度，連配製解藥的時間都完全不給，相柳果然狠絕毒辣，小夭的眼淚落下，「我沒用！我太沒用了！」

顓頊本以為豐隆沒大礙，可如今豐隆竟然是一命換一命救了他……顓頊不知道能說什麼，只能痛苦地說：「對不起！豐隆！對不起！」

豐隆笑起來，「你們別這樣！遲早一死，雖然比我以為的早了許多，但這一生，我該做的都已經做了，沒有什麼後悔遺憾。只有一個人放不下……」豐隆掙扎著起來，想給顓頊跪下，可身體完全不受控制。

顓頊摟住豐隆的肩膀，讓他躺下，「這都什麼時候了？你有話只管說！」

「陛下，求您饒過馨悅！神農山中謀害小夭的事，我也有參與，本來無顏求陛下饒恕，可我真的放心不下馨悅，她……她是個看著精明、實際愚笨的姑娘，對我爹一直有怨，根本不會聽我爹的話，以前還能聽我幾句，可因為五神山上的那位王后，她也恨上了我。我、我……」豐隆的身體痙攣，聲音斷在口中，眼睛卻直勾勾地看著顓頊。

顓頊面色鐵青，一言不發。這一刻，他終於明白了豐隆為什麼會貪功冒進。

小夭哭著說：「哥哥，求你答應豐隆吧！」

顓頊握住了豐隆的手，盯著他的眼睛，一字字有力地說：「我承諾你，保馨悅一世平安，紫金宮內所有妃嬪以她為尊！」

「謝……陛下！」豐隆終於鬆了口氣，眼睛內透出歡喜，黑氣已經從胸膛漫到脖子。

顓頊快速地說：「這一生，只有兩個人在我最危難落魄時，給予了我信任和支持。一個是小夭，一個就是你！小夭就不用多說了，她和我本就性命相繫，可你與我無親無故。在當年的形勢下，你給我的不僅僅是一份助力，還是一份來自一個傑出男兒的認可。我一直沒有告訴你，那對我有多重要……」

顓頊用力地握著豐隆的手，眼中含著淚，「不管再過多少年，我都會清楚地記得，軒轅城中，我們站在大荒的地圖前，用一杯清水，約定了神農山相聚！我曾經想過，等打敗共工，我會請你喝一杯清水；我還想過，當我們白髮蒼蒼，一起回顧我們的崢嶸一生時，要飲一杯清水！帝王之路，註定孤單。我這一生註定了沒有朋友、沒有知己，但我心底深處，一直視你為知己好友！就連我最珍愛的小夭，我也只願意託付給你！」

黑氣已經瀰漫到豐隆的鼻子，豐隆微笑，卻因為臉一半黑、一半白，笑容顯得猙獰恐怖。他嘴唇翕動，小聲喃喃。顓頊低下頭，才能聽到豐隆的話。

「陛下，其實、其實……想出『棄軒轅山、占神農山』的人不是我，是瑲。他一直比我聰明，是他最早看出陛下的才幹，是他說服了我支持陛下，也是他的主意，四世家一起出面讓中原氏族聯合支持陛下……我、我霸占了他的功勞……對不起……陛下、瑲，對不起……」黑氣瀰漫過眼睛，豐隆睜著雙眼，停止了呼吸。不知道他的對不起是對顓頊說的，還是對瑲說的。

豐隆最後的話太驚駭，死亡的悲傷都被沖淡了，顓頊呆呆地坐著，面色慘白。他一直以為瑲是因為小夭和豐隆才不得不選擇了他，可原來竟然是反過來的，豐隆是因為瑲才選擇了他。

小夭輕輕合上豐隆的眼睛，淚珠簌簌而落。赤水河畔初相逢，瀛洲島上再相遇，歸墟海中同船共嬉，小祝融府內飲酒唱歌，赤水府裡的盛大婚事……百年時光，恩恩怨怨，到這一刻只剩下了看故人離去、無力回天的悲傷。

殘酷的現實卻連悲傷的時間都不給人，禺疆衝進來奏報，相柳率兵突襲，一邊進攻，一邊叫著豐隆已死，惑亂軍心。

顓頊立即將一切紛亂複雜的心緒都壓下，匆匆穿起鎧甲，離開了。

從射中豐隆的那一刻起，相柳就知道豐隆必死，回去之後，立即帶兵來襲擊。

軒轅大軍失去了主將，士氣低迷。右副將軍赤水獻又為了給豐隆報仇，不聽禺疆的調遣，橫衝直撞，亂打亂衝，導致大軍節節敗退。

關鍵時刻，顓頊表明身分，士氣大振，才沒有慘敗，可大半的糧草都被相柳搶走，沒搶走的也被燒了。

相柳帶兵撤退時，已是半夜。

顓頊顧不上休息，召集將領開會，商量如何儘快補給糧草，擬旨傳召蓐收和句芒立即趕來清水鎮，蓐收將接任大將軍，句芒則為右副將軍。解除獻的軍職，先為豐隆守靈，待蓐收趕到後，獻護送豐隆的靈柩回赤水。在蓐收和句芒未到之前，軍中一切事務由顓頊親自決斷。

待一切忙完，已經天亮。

顓頊帶著禺彊去軍中巡查，糧草未到前，肯定要餓肚子，既要安撫士兵的情緒，又要提防相柳趁機進攻。

直到天黑，顓頊才疲憊地回來。

小夭將晚飯藏起的野鴨湯拿給顓頊，顓頊清晨時宣布，在糧草未到前，所有將領和士兵一起用飯。據說獵了十幾頭野豬，可幾萬人哪裡夠分？顓頊晚上吃的是野菜湯，小夭吃的卻是暗衛悄悄獵來的野鴨湯。

顓頊看到野鴨湯，眉頭蹙起。

小夭未等他開口，說道：「我吃過了，再說了，我又不是沒餓過肚子，這點苦還受得起。幾萬士兵的命在你肩上，全天下百姓的安穩日子在你肩上，你必須保持最好的精力，別說這一碗野鴨湯，必要時，我會親自割肉給你燉湯！」

顓頊看小夭面色肅然，沉默地把一碗野鴨湯連肉帶湯都吃了。

他怕相柳晚上會再來襲擊，連鎧甲都沒脫，直接躺下，「小夭……」

顓頊欲言又止，侍衛來奏報禺疆求見。

禺疆進來後，開門見山地說：「有一件事不能當眾說，只能此時來打擾陛下休息。昨日相柳來得太快，如果不是陛下身邊有了奸細，就是將領們出了問題，不管哪一種，都事關重大，不查清楚不行，可現在人心惶惶，引發將領彼此猜忌更不好。」

顓頊說：「此事我會處理，你不用多想。」

「難怪陛下一直不提，原來早有安排。」禺疆放下心來，行禮告退。

待禺疆離開後，小夭說：「十之八九是我把相柳引來的。」

顓頊問：「還是那個蠱？」

「嗯。剛到這裡時，因為看到熟悉的景致，我心口劇痛了下，想來就是那個時候，相柳知道我到了清水鎮，以他的精明肯定能推測到你也來了。」

小夭的淚水盈滿眼眶，卻硬是憋著，沒有掉落。顓頊拍了拍小夭的手，「豐隆的死和妳無關、不要自責了，是我太大意。」

小夭咬著唇，不吭聲。

如果不是豐隆幫顓頊擋了那一箭，死的人就是顓頊！一想到那個被黑氣瀰漫、睜著雙眼死去的人會是顓頊，小夭就禁不住身體發寒、心發顫。以前她也知道相柳和顓頊立場對立，可直到今日豐隆死在她眼前，她才真正徹底地明白了——相柳是顓頊的敵人！他會要顓頊的命！

顓頊說：「不要擔憂蠱，鄞說寄主死了，子蠱要麼死，要麼自動回到母蠱身邊，等相柳死了，這蠱就能解了。」鄞說的話適用於所有蠱，唯獨不包括情人蠱。

小夭說：「你趕緊休息吧！」她合上了海貝明珠燈。

顓頊心中各種思緒交雜，豐隆臨死前說的話一直迴響在耳畔，可畢竟是兩日兩夜沒睡，又打了一場惡仗，不一會，就沉沉睡了過去。

半夜裡，相柳果然又帶兵來襲擊，顓頊聽到動靜，立即衝出了屋子。

混亂中，沒人留意小夭。小夭用駐顏花變幻成獻的模樣，在左耳的掩護下，悄悄溜出了府邸。左耳已經有自己的坐騎，在小夭的指引下，帶著她飛過重重山嶺，來到一個葫蘆狀的湖邊。

小夭催動蠱蟲，在心內默念：相柳，我要見你！

月華皎潔，湖面上波光粼粼，相柳卻遲遲沒有出現。小夭忍不住大叫起來：「相柳，我知道你感受得到！滾出來見我！」

當小夭吼得聲音都嘶啞了時，幾聲清越的鵰鳴傳來，白羽金冠鵰從高空俯衝而下，貼著湖面飛來。相柳躍下坐騎，踏著碧波，向小夭走來。他是九曲紅塵世外客，白衣如雪、白髮如雲，不沾半點煙塵，縱然一步步踏下的是十萬里戰火、百萬百姓的性命，都不能令他動容。

小夭舉起了她的銀色小弓，引弓對準相柳，「共工將軍心懷故國、堅持不肯投降，的確令人敬重！可是，人力不可與天下大勢對抗，如今軒轅、神農、高辛一統，各氏族、各部落和睦相處，你殺了顓頊，大荒必定要分崩離析，陷入戰火紛飛中，會有無數百姓流離失所。捨天下大義，成全個人小義，難道這就是共工將軍的忠義嗎？」

相柳唇角微揚，漫不經心地笑，「如果顓頊被我殺了，只能說明天下大勢還不是統一，又何來與大勢對抗之說？」

「我的話是否有理，你心裡很清楚！」

相柳看向小夭手中的銀色弓箭，瞇著眼笑，「妳想用我教給妳的箭術射殺我？」

小夭的手有些發顫，喝道：「站住！」

相柳依舊向著小夭走來，笑道：「真沒想到妳會想為赤水豐隆報仇，既然如此情深，為什麼不嫁給他呢？反正璟都已經死了多年……」

小夭氣得一咬牙，嗖一聲，銀白色的箭飛出。

相柳親手教出的箭術、金天氏最好的鑄造大師鑄造的弓箭，兩人的距離又不算遠，幾乎眨眼的瞬間，箭就射入了相柳的胸膛。相柳只是身形微微一頓，依舊向著小夭走來，笑著說：「別忘記我被叫做九命相柳！想殺我，一定要多射幾箭！射得準一點！朝著這裡！」相柳指指自己的心口，袍袖飛揚，姿態瀟灑。

「你以為我不敢嗎？」小夭一邊說話，一邊又搭箭引弓。

可是——如雪的白衣上，殷紅的血如怒放的桃花一般氤氳開，讓小夭忍不住閉了下眼睛，射出的箭，偏了偏，擦著胳膊飛過。相柳停住了步子，唇角揚起，笑看著小夭，看似譏嘲，卻藏了幾分愉悅。

小夭想再取箭，卻因為心志不堅，半晌都沒有拿出來，她頹然地垂下手，因為豐隆的死，聚集起的殺意已經耗盡。小夭對站在身後的左耳說：「我們回去！」

相柳卻對左耳說：「一邊待著去，我要想殺她，十個你在這裡也沒用！」左耳已經明白相柳就是邶，他無法理解眼前的一切，默默地退後了幾步。

小夭踏上湖面，踩著波光，向相柳走去，「你想怎麼樣？殺了我，和老天賭一下情人蠱是否靈驗？」小夭一直走到相柳面前，盯著他說：「我雖然很傷心、憤怒、害怕，但的確做不到為了豐隆殺你！可是，你聽好，如果你再敢打顓頊的主意，我就去刺殺共工！我的箭術，是你傳授的，你很清楚你教會我的是殺戮。我的毒，你也嘗過很多，對你是沒用，可讓共工死是易如反掌！」

相柳似動了怒氣，妖瞳出現，伸手掐住小夭的脖子。小夭夷然不懼，喘著氣冷笑道：「你要不敢殺我，就別搞這些沒意思的東西！九尾狐妖折磨人的玩意比你多多了，我受了三十年，難道還會懼怕你的一點折磨？」

相柳眼中的紅光散去，一邊含笑打量著小夭，一邊輕撫著她脖子上的血管，「不錯，又有了幾分我初認識妳時的風采！看來妳還沒被顓頊圈養成寵物！」

小夭不自禁地打了個寒顫，「放手！」

相柳不但沒放手，反而勾著小夭的脖子，把她拉到了身前，「妳忘記了嗎？剛剛才射了我一箭！血債得血償！」他俯下頭，一口咬在小夭的脖子上，吮吸著鮮血。

小夭狠命推他，卻無論如何都掙脫不開，只能緊咬著唇，一言不發。相柳卻也沒吸很多，更像是一種象徵性的懲罰，他抬起頭，幾乎貼著她的面頰，笑吟吟地說：「璟已經去世六年了吧？直到今日，妳依舊不肯去面對他的死亡，來了清水鎮，都沒去他死前最後待過的地方憑弔一下。」

小夭憤怒地瞪著相柳，相柳好像完全看不到小夭的憤怒，一邊輕撫著她鎖骨下的動脈，一邊微笑著款款而談：「在認識妳之前，我已經和塗山璟做了幾百年的生意，他不是個狠辣的人，卻也絕不是個可欺的人，至少幾百年來，我從沒占到他的一點便宜。他能一再容忍塗山篌，只是因為他把塗山篌當親人，但當他把塗山篌驅逐到高辛，璟應該很清楚，他和塗山篌之間的仇怨再難化解，以璟的精明，絕不可能不提防塗山篌，一定會監視塗山篌在高辛的活動，禁止他發展自己的勢力，這樣不管塗山篌再恨他，都不可能報復他。」皓月當空，清風徐徐，相柳的聲音幾如情人低語，「小夭，妳同意我的分析嗎？」

小夭的聲音幾乎是從齒縫裡擠出，「你到底想說什麼？」

相柳笑了笑，溫柔地說：「我只是想說，璟行事不狠辣，但也絕不會任人欺負，妳同意嗎？」

小夭硬邦邦地說：「是又怎麼樣？」

相柳說：「在璟的監控下，塗山篌是有可能擺脫璟的監視，偷偷溜到清水鎮，聯絡防風意映，一起設下陷阱。但是，當時在清水鎮上有多少璟的人？除了看守防風意映的一幫侍衛，還有一群保護璟的暗衛。也許，妳不太瞭解塗山氏的暗衛，塗山氏的族長向來只擅長做生意，不擅長殺戮，所以塗山氏一直非常注重暗衛的培養。幾百年前，我做殺手生意時，曾見過一次塗山氏的暗衛出手，當時我做的決定是，除非義父有危險，否則我絕不會去刺殺塗山氏的族長。」

小夭似乎聽出了什麼，漸漸露出專注聆聽的樣子，相柳的語速越來越慢，「塗山篌帶去的人不但殺了所有看守防風意映的侍衛，還殺了璟的三十多個暗衛，將剩下的幾個絕頂高手圍困住，讓他們無法去救璟。乾淨俐落地屠殺那麼多塗山氏的高手，要有多少高手才能做到？被塗山氏驅逐的塗山篌無錢無勢，怎麼可能在璟的嚴密監控下發展出那麼多高手？如果璟是這麼無能的人，那我只能說，幾百年來和我打交道的是另一個璟。」

小夭仰頭盯著相柳，眼睛亮得可怕，「你到底想說什麼？」

相柳笑笑，雲淡風輕地說：「璟的死，看似是兄弟相爭，實際背後另有人要璟死，如果沒有此人的安排，塗山篌根本不可能靠近璟。」

小夭一把抓住了相柳的手腕，因為太過用力，整個身體都在顫。她直勾勾地盯著相柳，漆黑的眸子裡熊熊燃燒著什麼，似乎下一瞬，就會撲上去殺死相柳。

相柳依舊一副置身事外的閒適，語氣溫柔卻冰冷地說：「雖然不知道究竟是誰，但殺塗山族長的原因不外乎仇怨和利益，能培養出和塗山氏對抗的那麼多高手，並不容易。只要妳好好分析，遲早能查出凶手，要實在查不出，也不妨寧可錯殺，不可放過！」

小夭身子發軟，搖搖欲倒。相柳想扶她，小夭卻如被毒蛇碰到，憎惡地尖叫起來，「不要碰我！」她往後退，腳下一個踉蹌，軟跪在湖面上。

相柳眸色黑沉，拂了拂衣袍，坐在湖面上，靜靜看著小夭。

小夭眼神呆滯，怔怔愣愣，半晌後才好像真正接受了相柳說的話，「你早就知道一切，為什麼現在才告訴我？」
相柳微笑著說：「以前又沒打仗，我告訴妳有什麼好處呢？」
小夭心寒，禁不住問道：「是不是除了你的大恩人共工，所有人在你心中都只是棋子？除了可利用和不可利用，再無一絲其他？以前人人說你行事狠絕、冷酷無情，我總覺得……如今，我真正相信了！」
相柳笑著搖搖頭，像看白癡一樣看著小夭，憐憫地說：「我本來就是冷血的妖怪，不是我無情，是妳太愚蠢！」
小夭站了起來，居高臨下地看著相柳，「相柳將軍，如果你想利用我，挑起軒轅國的內亂，我保證你會失望。」
相柳笑如春風，「不管我目的如何，難道我說的不是事實嗎？」
「我不會饒過傷害璟的人，也不會讓你稱心如意。如你所說，塗山璟從沒有讓你占到便宜，他的妻子也不會！」小夭說完，就想離開。
「且慢！我向妳提供了消息，妳不需要付點代價嗎？」
小夭冷冷問：「你想要什麼？」
「妳的血！將來戰事不會少，煉製些療傷的藥丸儲備著，總不會有壞處。」
小夭怒極反笑，「你要多少？」
相柳面帶笑容，說出的話卻冷酷至極，「只要死不了，越多越好！」他揮手在身前劃過，凝水為鼎，大得足夠把小夭全身的血放乾。

「我給你！」小夭手握彎弓，用弓弦在手腕上狠狠劃過，鮮血汩汩湧出，她含著淚說：「不過不是為了你今夜的消息！而是我曾經以為我欠你的一切！」

小夭站在鼎旁，看著猩紅的血順著她的手掌落下，過往一幕幕都從眼前閃過——他和她一起看海上明月生，他帶著她在海底遨遊，他手把手教她射箭，他帶她去喝酒賭錢，他將她的毒藥當美食品嘗，他在冰冷漆黑的海底陪了她三十七年……所有溫暖繽紛的記憶都蒙上了一層冰冷的血紅色，小夭覺得很冷，冷得直打哆嗦，卻不知道究竟是因為失血而身冷，還是因為悲傷而心冷。

隨著鼎內的血越聚越多，小夭的臉色越來越白，身子也開始搖搖晃晃，相柳卻只是冷酷地笑看著，似乎如果不是有連命蠱，他都恨不得直接把小夭煉製成藥。

小夭眼前發黑，身子向前撲去，差點跌進鼎中，幸虧左耳及時衝上前，扶住了她。左耳拿起她的手，想為她止血，小夭暈暈沉沉，連站都站不穩，卻倔強地推開左耳，「你不要管……這是……我和他之間的恩怨！」

小夭無力地趴在鼎上，鮮血仍在滴滴答答地落著。左耳對相柳說：「不管她曾經欠了你什麼，以血償還，都足夠了！」

相柳卻冷冷地說：「還死不了！」

小夭慘笑起來，竟然咬著牙，又拿起彎弓，把另一隻手腕也狠狠劃開，讓血流得更多更快。兩隻手都鮮血淋漓，她連睜開眼睛的力氣都沒了，四周寂靜無聲，只聽到鮮血不停滴落的聲音。

半晌後，相柳終於開了口，「你可以帶她離開了。」

小夭抬起頭，臉色慘白地說：「你最好一次要夠了！今夜之後，你我陌路，此生此世我永不想再見你！」

因為失血過多，小夭憑著一口氣硬撐著才沒有昏厥，她頭暈目眩，看不清相柳的表情，只聽到他說：「帶她走！」

小夭心中的一口氣懈了，頭無力地垂下，昏死過去。她眼中一直倔強地不肯落下的淚，也終於緩緩墜落，滴入一鼎殷紅的鮮血中，濺起幾個小小的漣漪。

相柳靜靜地看著，那一圈圈血紅的漣漪映入他漆黑的雙眸，就好似平靜無波的眼眸中也皴起了碎紋。

左耳屈膝跪下，默默對相柳磕了一個頭，帶著小夭離開了。

相柳不言不動，一直含笑看著眼前的水鼎。鼎身透明，能清楚地看到裡面的鮮血，靈氣流溢，煞是好看。他雙掌緩緩伸出，催動靈力，藍綠色的光影急劇地閃爍變幻，猶如有無數流星在飛舞，水鼎漸漸收縮，最後凝聚成了一個鴿子蛋般大小的血紅珠子，落在相柳的掌心。

凝血為珠的舉動好似耗費了相柳很多靈力，他臉色發白，手輕顫，閉目休息了好一會後，撮唇為哨，發出只有水族能聽到的低嘯。一會後，遠處的湖面起了波瀾，水花中，一個鮫人乘風破浪、疾馳而來，行到相柳面前，恭敬地停住。

相柳把血紅的珠子遞給鮫人，鮫人小心翼翼地接過，用一個金天氏特殊鍛造過的藍色貝殼藏好。相柳用鮫人的語言吩咐了他幾句，鮫人仔細地聽完，甩著魚尾對相柳行了一禮，轉身朝大海的方向疾馳而去。

相柳目送著他的身影消失在湖面上後，低下頭，看著胸口的小箭，伸手輕輕撫過，手在箭上停駐了一瞬，他無聲地嘆了口氣，猛然一用力將箭拔出，隨著鮮血的噴出，他好似累了，直挺挺地躺倒在水面上，仰望著天空，笑容慢慢淡去。

黑雲遮蔽住了圓月，相柳的雙眸內映出的是——沒有一顆星辰的蒼穹，無邊的黑暗、無邊的寂寥。

第四十七章 若只如初見

如果再來一次，他一定會先考慮她，而不是自己，

只是，一切都已遲了……

顓頊摟著小夭，臉頰挨著臉頰，緩緩閉上了眼睛。

小夭失血過多，元氣大傷，苗莆餵了很多靈藥，她依舊昏迷了一整夜。幸好顓頊一直留在軍中，第二日傍晚才回來。那時，小夭已經甦醒，讓苗莆幫她上了妝，顓頊又有很多事務要處理，來去匆匆，在小夭的刻意掩飾下，沒有察覺任何異樣。

小夭把靈藥當水一樣灌下去，可傷及了元氣，不是說好就能好，整天都暈暈沉沉，她常常靠躺在廊下，望著庭院中的花怔怔發呆。顓頊以為她是因為豐隆的死想起了璟，也沒多想，只囑咐瀟瀟和苗莆陪著小夭，儘量多開解她。

休養幾日後，小夭才漸漸緩了過來，蓐收和句芒也押運著糧草趕到了，顓頊將一切交代清楚後，帶著小夭返回神農山。

豐隆是赤水氏的族長、小祝融的兒子，他的死讓顓頊面對很棘手的局面。顓頊回到神農山後，

立即和黃帝商量，如何處理豐隆的後事。

黃帝說：「凡事都是禍福相依，只要處理得好，禍也可以是福。豐隆的意外死亡，如果不考慮你感情上的難以接受，對整個國家而言，不見得是壞事。」

顓頊靜下心來想了一會，明白了黃帝的意思。共工和中原氏族之間，總有若有若無的聯繫，兩軍僵持著沒有什麼，可真到生死決戰那一日，只怕很多氏族都會有想法。可現在，共工竟然殺了豐隆，赤水氏和神農氏就絕對不能原諒共工，其他中原氏族自然會選擇站在赤水氏和神農氏這一邊。可以這麼說，豐隆的死，將共工和中原的聯繫徹底斬斷了。

顓頊對黃帝行禮，「謝謝爺爺指點，我知道該怎麼做了。」

黃帝嘆了口氣，「你不是想不到，只是豐隆的死讓你心亂了，看來你是真把豐隆當朋友。」

顓頊想起豐隆臨死前說的話，心中滋味極其複雜。

黃帝說：「豐隆在時，馨悅不重要，你想怎麼對她，我都不管。豐隆死了，你必須厚待馨悅，待會回了紫金宮，去看看她吧！」

「豐隆臨去前說『一生無憾，唯一放不下的就是馨悅』，我已經承諾了他，保馨悅一世平安，紫金宮內所有妃嬪以她為尊。」

黃帝很意外，嘆道：「豐隆這孩子也是個重情的，難怪他會貪功冒進，原來竟是為了馨悅。」

顓頊說：「看似豐隆是被相柳射殺，實際上，他是被神農馨悅逼死！如果不是豐隆，我真想……神農馨悅！」顓頊面無表情，語氣十分平靜，可自豐隆死後，一直壓抑著的怒氣終是迸發了出來，他的手緊握成拳，無聲地砸了一下案，案上的茶碗變成粉末。

黃帝淡淡道：「難道你就沒有錯嗎？馨悅為什麼會想殺小夭？如果她不殺小夭，何來她逼豐隆？你小時候，我就給過你選擇，你選擇的是捨私情、全大義！一直以來，你從沒有讓我失望過！可在小夭的事上，你讓我非常失望！」

自從禪位，黃帝對顓頊一直溫和，第一次，他說出了重話。

顓頊看著黃帝，坦然地說：「我知道，我任性了，自私地先考慮了自己。自爹爹戰死、娘親自盡，我一直嚴苛地要求自己，從無一日、從無一事，敢懈怠，此生此世，小夭是我唯一的自私任性，求爺爺成全！」

黃帝無聲地嘆息，他何嘗不明白呢？黃帝神色緩和，「豐隆的死如果處理不好，會釀成大禍！你回紫金頂吧，記住，你是整個天下的君主，必須以整個天下的利益為先！」

顓頊默默地給黃帝行禮告退。

經過鳳凰樹下的秋千架時，顓頊回頭看向小夭的屋子，暈黃的燈光微微透出，卻不知道小夭正在幹什麼。

苗莆碎步跑到顓頊面前，行禮說道：「小姐請陛下離開前去見見她，她有話和陛下說。」

顓頊露出笑意，快步走進小夭的屋子。小夭靠窗而坐，伸手做了個請的姿勢，為顓頊斟了一杯酒，小夭舉起酒杯，緩緩倒在地上，「豐隆，請飲！」

顓頊也將酒倒在了地上。

小夭說：「出征前，豐隆拜求了我一件事，我救不了他，只能盡力完成他的拜求。」

顓頊蹙眉，不耐煩地說：「如果是想談馨悅，我已經答應了豐隆。」

小夭嘆道：「果然和我想的一樣，你雖然答應了豐隆，心裡卻壓根沒原諒馨悅，甚至因為豐隆的死，越發憎惡馨悅。縱然你會信守承諾，但女人都很敏感，馨悅又尤其敏感多疑，肯定能感受到你真實的情緒。」

顓頊冷冷說：「她怎麼想是她的事，我會做到承諾。」

小夭說：「其實，馨悅和我有些像。因為父母不得不承擔的責任，我被母親遺棄在了玉山，她被父親遺棄在了軒轅城，少時的不愉快經歷讓我們的心又冷又硬，必要時，都是狠毒無情的女子。馨悅倚靠著家族親人，卻又完全不相信家族親人，她周圍的男人，父親、哥哥、祖父……都有更重要的責任和使命，她只能靠自己，所以她緊張、多疑、偏執、狠毒。我沒有希望你能立即放下對馨悅的憎惡，只希望你每次見到她時，心懷一些憐憫，畢竟她不是生來就這樣的。」

顓頊說：「小夭，她和妳一點都不像！也許妳們都有一副冷硬的心腸，可妳因為經歷過苦痛，所以珍惜每一點溫暖，不管是師父、阿念，還是老木、苗莆、左耳，不管他們給予了妳多少，妳都珍惜、感激。馨悅卻因為經歷過苦痛，變得貪婪，一直不停地索取，不管別人給了多少，只要一點沒順她的意，她就全盤否定，覺得別人都辜負了她！小祝融和豐隆為她做的少嗎？就算是我，她想要王后的權勢和尊榮，難道我沒有給她嗎？她只把我看作交易，卻妄想我能像對妳一樣對她？這世上，不只她受過罪、受過苦！」

小夭道：「我今日和你說這些，不僅僅是為了豐隆，更是為了你。豐隆死了，只有馨悅在王后的位置上好好地待著，別再鬧出什麼難以收拾的事，你才能放手去做事，既然辛苦地統一了天下，就應該給天下萬民安居樂業的生活，否則你心難安！最難受的會是你！」

顓頊心裡又是甜蜜，又是苦澀，默默看著小夭。

小夭低下頭，避開了他的視線，「不管是為了豐隆，還是為了你自己，都好好待馨悅。」

顓頊說：「妳放心吧，我知道該怎麼做。」

小夭道：「天色已晚，你趕緊回去吧，我就不送你出去了。」

顓頊離開後，小夭神思恍惚地呆呆坐著。苗莆問她要不要歇息，小夭揮揮手，示意別打擾她。

小夭用手指蘸了酒，在案上寫下和塗山氏有恩怨利益，又握有實權的氏族和人名：防風氏、神農氏、赤水氏、鬼方氏、禺疆……小夭甚至把「相柳」的名字也寫了下來。

防風氏——因為防風意映，他們肯定恨璟，璟若死了，有防風氏血脈的塗山瑱會繼位，他們肯定樂見其成，但防風氏有能力和塗山氏對抗嗎？

小夭保留了「防風氏」的名字。

神農氏——馨悅再恨她，也不會瘋狂到想去殺璟，甚至可以說，她比任何人都希望小夭順利嫁給璟。小祝融要的是中原百姓安居樂業，璟活著才對他有利。

小夭想了好一會，把「神農氏」抹去。

赤水氏——因為豐隆，四世家的均衡格局被打破，赤水氏一家獨大，璟若不在了，的確能讓赤水氏變得更強大，但……小夭想起豐隆提起璟時的悲傷，出征前，豐隆和她告別時的爽朗笑聲，抹去了「赤水氏」的名字。

鬼方氏……

最後，小夭的視線停在了「相柳」的名字上。

相柳——賊喊捉賊不是沒有可能。防風意映隱居在清水鎮，瞞得了天下人，卻不可能瞞過相柳。殺了璟，看似相柳得不到任何直接的好處，卻可以給顓頊帶來很多麻煩，處理不好就會引發氏族紛爭。相柳偏偏最近才揭露此事，如果小夭寧可錯殺、也不願放過，以她冠絕天下的毒術，必定會有很多氏族的族長和長老莫名而死，一定會引發所有氏族的恐慌和猜忌，只要相柳善加利用，很有可能變成一場浩劫，讓共工得益。

小夭用手指一遍遍描摹著「相柳」的名字，是你嗎？是你嗎？

苗莆好奇地看著案上留下的幾個名字，不明白小夭為什麼半夜都不肯睡，對著幾個名字發呆，「小姐，妳寫他們的名字做什麼？」

小夭笑了笑，將案上的名字抹去，苗莆卻畏懼地打了個寒顫，小夭的神情很像陛下對瀟瀟下旨時的神情，雲淡風輕一句話，卻是無數人的性命。

「左耳。」小夭叫。

左耳從窗戶外翻了進來，小夭說：「你去刺殺防風氏的族長，但不要殺死他。刺殺他三次，看他能調集到多少高手保護自己，回來告訴我。」

左耳不說話，也不行動。

小夭說：「在你回來之前，我不會離開小月頂半步。」

左耳道：「好！」轉身就走。

苗莆滿面擔憂，都顧不上和小夭說一聲，就追了出去，「喂，你等等，我給你準備點東西。記住啊，小姐不是要他的命，你不需要靠近，只需弄點動靜出來，讓他感受到有危險就可以了……」

一會後，苗莆噘著嘴，一臉怒氣地回來了。

小夭笑道：「別擔心，左耳遠比妳想像得聰明厲害，只要別碰到……」小夭的笑意淡去，只要別碰到那個比他更厲害的同類，無論如何，左耳都能保住性命。

苗莆恨恨地說：「我才不擔心他呢！誰會擔心那個野蠻無禮、粗魯愚笨的傢伙？」

小夭忍不住搖搖頭，女人，妳的另一個名字應該叫，口是心非。

經過大半年的仔細調查，小夭留下的幾個名字被一一抹去，只剩下了「相柳」。

小夭晝思夜想，時不時會在案上、地上寫下「相柳」二字，對著發呆。其實，能分析的都分析過了，現在心裡翻湧的一句話不過是：是不是你做的？

苗莆很擔心小夭，她完全不知道小夭到底在做什麼，有時候小夭像被遺棄的孩子，非常迷惘悲傷；有時候她又像是出鞘的利劍，在冷酷地擇人而噬。如果換成往常，陛下應該能發現小夭的異常，可是因為豐隆將軍的意外死亡，陛下十分忙碌，每次來都心事重重、略微坐一下就走，偶爾待得時間長一點，卻是和黃帝陛下商量事情。

瀟瀟姐像以往一樣來問過她小夭的事，可苗莆不敢說，也不能說。她的主人只有小夭一人，未經小夭許可，說出的任何話都是背叛。苗莆只能奏報一切正常。

小夭歪靠在榻上，手卻無意識地一直寫著「相柳」。

苗莆實在忍不住了，問道：「小姐，妳每日都在寫那個名字，有時候還唸唸有辭，『是你、不是你』，究竟什麼意思？」

「我在思索到底是不是他做的。如果是他做的，我該如何去求證？」

苗莆終於理解了「是你、不是你」的意思，順著小夭的話，問道：「如果不是他做的呢？」

「如果不是他做的，那就是另一個握有實權的人做的，可是不可能，所有人我都查過了，難道還有漏掉的？」小夭非常煩惱，用力拍自己的頭。

苗莆忙拉住她，「小姐、小姐！」

小夭頹然地躺倒，看到左耳站在苗莆身後，也不知道他何時進來的，黝黑的眼睛，像野獸一般冷漠狡黠，專注地盯著她。

小夭問：「你想說什麼？」

左耳說：「不是相柳！有一個權勢很大的人，妳漏掉了。」

還有她沒想到、左耳卻能想到的人？小夭不太相信，眨眨眼睛，「誰？」

「陛下。」

小夭猛地坐了起來，氣指著左耳，「你、你……你胡說八道什麼？」

左耳一臉迷惘，困惑地問：「我說錯了？陛下沒有權勢嗎？那是我理解錯了權勢的意思。」

左耳的樣子讓小夭沒有辦法生氣，她耐心地解釋道：「陛下很有權勢，非常有權勢，應該說是天下最有權勢的人，但你很清楚我在追查什麼，陛下和……」小夭看了一眼苗莆，苗莆立即捂住耳朵，一溜煙地跑掉了，她接著說：「陛下和璟沒有恩怨，更沒有利益糾葛。」

左耳用沒有絲毫起伏的音調，冷靜地說：「他們有恩怨。」

小夭無奈，被氣笑了，「你倒比我更瞭解他們了？你懂不懂什麼叫恩怨？」

「我懂！就是爭奪更好的洞穴、更大的領地、更多的獵物。」

「好吧，類似於野獸的這種糾紛。你說，陛下怎麼可能和璟去爭奪這些？」

「每年春天，不為了洞穴、領地、獵物，還有一種爭鬥。只要雄獸看中同一隻雌獸，也會決鬥，越是強壯的雄獸，決鬥越激烈。」

小夭反應了一瞬，才理解左耳的話，火冒三丈，「你、你……」

左耳說：「陛下和璟都看中了妳，如果誰都不放棄，他們只能決鬥。」

小夭用力砸了下榻，「一派胡言！出去！」

左耳立即聽話地離開了，小夭跳下榻，給自己倒了一大杯水，咕咚咕咚灌下，「真是胡說八道！人能和野獸一樣嗎？」她搖搖頭，甩開了左耳說的話。

可是，不知不覺中，左耳說過的話留下了影響力。

每當小夭凝神思索如何查證璟的死因時，顓頊就會跳進她的腦海裡。她被這種可怕的思緒嚇住，立即屏息靜氣，告訴自己，不可能，絕不可能！但思想不受控制，總會時不時地想到顓頊和璟之間的一舉一動，以前被她忽略的很多細節，都漸漸浮現。

豐隆臨死時，顓頊親口對豐隆說：「我這一生註定了沒有朋友、沒有知己，但我心底深處，一直視你為知己好友！就連我最珍愛的小夭，我也只願意託付給你！」

小夭知道顓頊並不喜歡璟，她以為那是因為璟傷害過她，也以為是因為顓頊認為璟配不上她，至少顓頊一直認為豐隆遠比璟優秀，更願意接受她嫁給豐隆。可是，如今她已經知道了顓頊對她的感情，再回看過去，很多事不再像當年她以為的那樣。發現曾經的感受和事實不一致，小夭越發想弄清楚她到底忽略了多少事，到後來，幾乎整日躺在榻上，回憶過去。

當父王昭告天下，小夭不再是高辛王姬時，外祖父黃帝想賜她軒轅氏，讓她真正地變成軒轅王姬，有這個天下最尊貴的氏，自然是最好的保護。顓頊卻堅持賜小夭西陵氏，甚至為此第一次和黃帝起了爭執……小夭當時只惦記著要和璟「門當戶對」，壓根沒有深思顓頊為什麼不肯讓她成為軒轅王姬。

…………

在阿念和顓頊成婚前一夜，顓頊怒氣沖沖地來找她，不允許她參加他的婚禮。

小夭問：「你一次都沒有高興過嗎？」

顓頊說：「沒有。」

「我想你總會高興一次的，遲早你會碰到一個喜歡的女子。」

「我也很想知道娶自己喜歡的女子是什麼感覺，我想感受一次真心的歡喜，我想在別人恭喜我時，開心地接受。」

「肯定會知道的。」

顓頊笑說：「我也是這麼覺得，只要我有足夠的耐心，我想我肯定會等到那一日。」

「嗯，肯定會等到。不過，真等到那一日，你可不許因為她就對阿念不好。」

顓頊溫柔地看著小夭，只是笑。小夭用手指戳他，「你笑什麼？」

顓頊笑著說：「只要我娶了她，這事我全聽她的。」

「什麼？」小夭用手指狠命地戳顓頊，「你、你有點骨氣好不好？什麼叫全聽她的？你可是一國之君啊！」

顓頊慢悠悠地說：「這可和骨氣沒關係，反正我若娶了她，一定凡事都順著她，但凡惹她不高興的事，我一定不會做。」

小夭連狠命戳都覺得不解氣，改掐了，「那如果她看我不順眼，萬一她說我的壞話，你也聽她的？」

顓頊笑得肩膀輕顫，小夭有點急了，掐著他說：「你回答我啊！」

顓頊一臉笑意地看著小夭，就是不回答。

小夭雙手舉在頭兩側，大拇指一翹一翹，像螃蟹一般做出「掐、掐、掐」的威脅姿勢，半開玩笑、半認真地說：「你說清楚，到那一日，你聽她的，還是聽我的？」

「兩個人都聽行不行？」

「不行！」

「也許妳們倆說的話都一樣。」

「不一樣的時候呢？」

顓頊說：「也許沒有不一樣的時候。」

……

傍晚，顓頊來小月頂，看到小夭又懶洋洋地躺在榻上。

他挑起珠簾，走到榻邊坐下，「妳怎麼了？最近老是一副沒有精神的樣子，聽爺爺說飯也不肯好好吃。」

小夭說：「我在回憶過去的事。」

顓頊溫和地問：「又想起璟了？」

「也想起了很多你的事。還記得嗎？有一次，我們一起出海去玩，豐隆、意映、篌都在，那時馨悅還很驕傲活潑……也沒覺得過了多久……可是……豐隆、意映、篌都已經死了，璟也離我而去……」

顓頊對苗莆吩咐：「去拿些酒。」

顓頊斟了兩杯酒，小夭舉起酒杯，一口飲盡，晃晃空酒杯，忽而一笑，神情十分溫柔，「我知道，在你眼中，豐隆比璟好了太多，你一直瞧不上璟，覺得璟目光短淺，只想著為塗山氏賺錢，行事又優柔寡斷，連篌和意映都擺不平。」

顓頊想起了豐隆臨死前在他耳畔的喃喃低語，只覺胸中憋悶難言，將酒狠狠地一口灌下，沒有否認小夭的話，「我的確曾經這麼想！」

小夭說：「你們都只看到我救了璟，璟就賴上了我，可是實際上，是璟救了我。」

顓頊愕然地看著小夭。

小夭說：「離開玉山時，我還是個什麼都不懂的孩子，之後碰到的那些事，我給你提過，卻從沒仔細講過，不是因為我忘記了，而是那幾十年的日子只有屈辱痛苦，我根本難以啟齒。被九尾狐妖關在籠子裡打罵折磨時，被他逼著吃下難以想像的噁心東西時，我活得連畜生都不如，我恨所有能恨的人，恨他們拋棄了我，讓我經歷這噩夢般的一切。

我是熬過來了，但心已經傷痕累累！我剛遇見璟時，他比最骯髒的乞丐都骯髒，本來只是一念間的隨手相救，並不在乎他的生死。可當我發現他身上的傷時，好似看到了很多年前的自己，突然萌生強烈地渴望，渴望他活下去！似乎只要他能克服一切陰影，好好地活著，我就能看到自己痊癒的希望。

我自己經歷過那一切，我很清楚，被那麼殘忍地折磨羞辱後，變得偏激、冷漠、多疑，很容易，想要依舊溫和善良、信任他人，卻非常非常難！但璟做到了！他讓我明白，不管別人怎麼對我們，我們都可以選擇讓自己的心依舊柔軟美好。哥哥，你覺得他處置篌時優柔寡斷，可你告訴我，如果有朝一日，我突然背叛了你、傷害了你，你能痛快地殺了我嗎？」

顓頊斬釘截鐵地說：「妳根本不可能背叛我，更不可能做傷害我的事！」

「璟對篌何嘗不是這樣的信念呢？篌是璟信任敬愛的大哥，在篌做出那些事之前，璟就如你今日一樣，堅信篌不可能傷害他。我本來以為，璟經歷了篌的背叛和傷害，無論如何都會變得冷漠多疑、心狠手辣一些，就如你和我的改變，但是他沒有！哥哥，難道你不覺得這是另外一種堅強嗎？看似和我們不同，但璟只是以自己選擇的方式去打敗他所遇見的苦難。」

顓頊沉默不語，如果是以前，他縱然嘴裡不說，心裡也不會認同，但現在他不確信了，一個對天下大勢分析得那麼精準的人，一個懂得置之死地而後生的人，難道會不明白如何去復仇嗎？

小夭說：「璟清楚地知道我是什麼樣的人，我告訴他『我不會付出，也不會相信』，他對我說『他會先付出、他會先相信』，說這句話時，他已經為我做了很多。說老實話，我雖然感動，也只是感動了一瞬，因為我壓根不相信！在我看來，做得了一時，做不了一世！何況人心善變，今日真，不代表明日真！哥哥，你在經歷了那麼多事後，還能說出『先付出、先相信』的話嗎？還願意去這麼做嗎？」

顓頊嘴唇翕動了一下，卻沒有說出話。

小夭說：「我們是一類人，我們都做不到！璟一直在努力接近我，但我從來沒有真正信任他，可以說，時時刻刻，我都做好了抽身而退的準備！雖然我從來沒說過，但我想璟一直都明白。哥哥，也許在你眼中，我什麼都好，可實際上，和這樣的我在一起，非常累！」

顓頊淡淡地說：「他也許是為妳付出很多，可我看到的卻是，他為了防風意映，不惜讓妳傷到嘔血。」

小夭嘆氣，「是啊！璟的確有做錯的地方，可我何嘗沒有錯呢？明明我可以和他一起處理好這事，可我偏偏什麼都不做，只是袖手旁觀地看著，等著璟向我證明。那時我還不懂，相戀可以只有一方的付出，相守卻一定要兩個人共同努力！我們犯了錯，所以我們承受懲罰。我們倆都是第一次去喜歡一個人，犯點錯很正常，只不過我們的錯被防風意映和塗山篌利用了而已。」

顓頊一直不敢去深思豐隆臨死前說的話，可那些話一直縈繞在他心間，燒灼著他，此刻，壓抑在心中的所有情緒突然失控了，他不耐煩地說：「就算璟千好萬好，妳對我說這些有什麼意義？不管怎麼樣，璟已經死了！」

「砰」一聲，小夭竟然將手中的琉璃酒杯捏碎，碎片扎入了手掌。

顓頊忙拉過她的手，一邊清理琉璃碎片，一邊歉疚地說：「對不起，我也不知道我怎麼了！本來是看妳不高興，想陪妳喝點酒，讓妳高興一點，我卻……算了，不提了，不管妳想說什麼，都慢慢說吧，我會仔細聽著！」顓頊低著頭，把碎琉璃一點點揀乾淨，撿完後，又仔細檢查一遍，才幫小夭上藥。其實，這不過是普通的傷口，顓頊卻慎重得像是小夭的手掌要斷了。

小夭怔怔地看著顓頊，破碎的畫面在眼前閃過——

左耳說：「雄獸只要看中同一隻雌獸，也會決鬥，越是強壯的雄獸決鬥越激烈。」

鳳凰林內，顓頊將鳳凰花插到小夭鬢邊，問道：「如果我找到了她，是不是應該牢牢抓住、再不放開？」

「當然！」小夭肯定地說：「一旦遇見，一定要牢牢抓住。」

左耳說：「陛下和璟都看中了妳，如果誰都不放棄，他們只能決鬥。」

相柳笑笑，雲淡風輕地說：「璟的死，看似是兄弟相爭，實際背後另有人要璟死，如果沒有此人的安排，塗山篌根本不可能靠近璟。」

…………

小夭的淚珠猶如斷線珍珠，簌簌墜在顓頊手上。顓頊抬起頭，焦急地問：「怎麼了？很疼嗎？」

小夭一言不發，只是落淚。

顓頊急得問：「小夭，小夭，妳究竟哪裡難受？我立即傳召鄞。」

小夭問：「是你派人去清水鎮幫塗山篌嗎？」

顓頊微微一僵，又立即恢復正常，不過短短一瞬，如果不是他正好握著小夭的手，小夭根本感覺不到。顓頊說：「妳為什麼這麼問？」

「我想知道真相。顓頊，是你派人去幫塗山篌嗎？」

顓頊想否認，可是他的自尊驕傲不允許他否認。他沉默了半晌後，說道：「是我！」

「竟然……是你！」小夭以為她已經經歷了世間一切的痛苦，可沒想到原來世間至痛是最信任、最親近的人，拿著刀活生生地挖出妳的心肝、敲開妳的骨頭，五臟六腑在痛、骨髓在痛，每一吋肌膚在痛，連每一次呼吸都在痛，以前的所有痛苦都不抵今日萬分之一，痛得她只想永墜黑暗，立即死去。小夭閉上眼睛，甚至無法再看顓頊一眼，「滾出去！」

「小夭！」顓頊緊緊地抓著小夭的手，可是，小夭的力氣大得驚人，使勁把手從他的掌中掙脫出來，剛剛長好的傷口崩裂，鮮血染紅他們的手。

「小夭……」

「滾！」小夭怒吼，猛地掀翻几案，酒器落在地上，發出清脆刺耳的聲音。她臉色發青，身體簌簌直顫，猶如一葉即將被怒海吞噬的小舟。

「小夭，我……妳聽我說……」

「我讓你滾！」小夭的掌上出現了一把銀色的小弓，她開始搭箭挽弓，只是眼睛依舊閉著，她緊緊地咬著唇，咬得血都流了出來。顓頊一步步倒退著走到門口，卻不肯跨出去，一道門檻就是兩個世界，一個有小夭，一個沒有小夭。

黃帝聽到動靜，匆匆趕來，一看小夭和顓頊的樣子，立即明白她知道了璟的死因，忙一把把顓頊拽出屋子。他一邊掌間蓄力，戒備地看著小夭，一邊急促地對顓頊說：「立即離開！不要逼小夭殺了你和她自己。」

黃帝用力把顓頊推到暗衛中，對瀟瀟命令，「立即護送顓頊回紫金頂。」

瀟瀟不顧顓頊的掙扎，強行把顓頊推上了坐騎。

坐騎馱著顓頊，剛剛飛到空中，一聲椎心泣血的悲嘯從屋內傳來。顓頊回頭，看到小夭睜開了眼睛，她唇角是殷紅的血，手上也是殷紅的血，漆黑的雙眸冰冷，就好似在她眼中，一切都已死了，包括她自己！

不管多艱難絕望時，小夭都在他身邊，每次他回頭，總能看到她溫暖堅定的目光，可現在她卻用最冰冷無情的目光看著他。顓頊就好似五臟六腑都被剖開，痛得他整個人站都站不穩，軟跪在坐騎上。「回去！回去！我要回去！」他竟然想命令坐騎回頭，瀟瀟甩出長鞭，勒住了坐騎的脖子，強行帶著坐騎往前飛。

「小夭！」顓頊的叫聲無限淒涼，傾訴著他願意用一切去守護她，也願意做一切讓她快樂無憂。可小夭什麼都聽不到，她手一鬆，一支銀色的小箭射入了坐騎小腹，一箭斃命，坐騎急速下墜，幸虧瀟瀟反應快，立即把顓頊拉到自己的坐騎上。

又是一箭飛來，射中了顓頊的髮冠，所有人魂飛魄散、失聲驚呼。顓頊披頭散髮，呆呆地看著小夭。明明靈力不弱，他卻沒有絲毫躲避的念頭，這一刻，顓頊竟然想起了母親自盡時的樣子，她心口插著匕首，痛得身子一直顫抖，卻笑著跳入父親的墓穴。原來情到深處，真的會寧死也不願失去，他終於理解了母親的選擇。

顓頊用力推開瀟瀟，面朝著小夭的箭鋒站立，如果不能生同衾，那就死同穴吧！

暗衛們看小夭又在搭箭拉弓，衝上去想擊殺小夭，顓頊吼叫：「不許傷她！不許！誰敢傷她，我就殺了誰！」

黃帝擋在小夭面前，伸手握住了小夭的箭，悲痛地叫：「小夭，顓頊已經一時糊塗，妳不能再糊塗！」

小夭盯著黃帝，身子搖搖晃晃，喃喃說：「你早知道！你們都騙我！」顓頊和黃帝是她世間僅剩的血緣至親，卻都背叛了她！

小夭悲痛攻心、氣血翻湧，連射了兩箭，已經神竭力盡，手中的弓箭漸漸消失，身子直挺挺地向後倒去。黃帝抱住了她，對空中的顓頊怒叫：「你還不走？真想今日就逼死所有人嗎？」

顓頊痛苦地閉上眼睛，耳畔風聲呼嘯，就好像一直有人在悲鳴。這一生每個決定都有得有失，他從沒有後悔做過的任何事，可這一刻，第一次有了一個陌生的念頭，我做錯了嗎？

黃帝下令，給小夭用了安心寧神的藥，小夭悠悠醒轉時，已是第二日中午。

小夭想坐起，卻全身痠軟無力，又倒回了榻上，這是過度使用力量、透支身體的後遺症。

苗莆扶著小夭靠坐好，小夭揉著痠痛的手指說：「我這是怎麼了……」顓頊悲痛欲絕的臉突然清晰地浮現在她眼前。顓頊經歷過各種各樣的磨難，早被千錘百鍊得堅如磐石，即使做夢，小夭也不可能夢見這樣的顓頊，她想起了昏厥前的一幕幕，「我、我……射殺顓頊？」小夭也不知道自己想問什麼，也許她是希望苗莆告訴她，一切都只是噩夢！

苗莆蒼白著臉，低下了頭。

是顓頊殺了璟！而讓顓頊動殺機的原因是她！小夭痛苦地閉上了眼睛，真寧願永睡不醒！其實，她最應該射殺的人是她自己！小夭大笑起來，可那笑聲比哭聲還讓人難受，苗莆急得不知道該如何是好，黃帝走了進來，對她揮了下手，苗莆立即退出屋子。

一夜之間，黃帝蒼老了許多，他默默看著小夭，竟不知該如何開口，縱然他智計百出，能令天下臣服，卻不知道該如何安慰小夭。半晌後，黃帝說：「顓頊已經鑄成大錯，就算妳殺了他，也不可能讓璟活過來。」

小夭痛苦地問：「你們是我最親的親人，卻一個殺了我的夫婿，一個幫著隱瞞欺騙！我究竟做錯了什麼，你們要這樣對我？」

黃帝嘆息，「對不起！我盡力化解了，顓頊是個聰明孩子，一直懂得如何取捨，我以為他能明白……可我還是低估了他對妳的感情。等知道璟出事時，說什麼都已經晚了，我只能暗暗祈求妳一輩子都不知道。」

「自從知道有人害了璟，我就一直在想該怎麼對付他。殺了他？太便宜他了！我打算讓他做我的藥人。聽說禺疆的哥哥曾是大荒第一酷吏，發明了無數酷刑，其實他可真笨，想要折磨人應該先學好醫術，只有醫師才知道人體最痛苦的部位，也只有醫師才能讓一個人承受一切折磨，恨不得自己死了，卻依舊活著……」小夭悲笑起來，「竟然是顓頊，讓我恨得連千刀萬剮都覺得便宜他的人，竟然是顓頊！」

黃帝勸道：「人死不能復生，妳殺了顓頊，除了讓天下陷入戰火外，妳能得到什麼？」

「我至少為璟報仇了！」

「報仇了，妳就痛快了嗎？就高興了嗎？」

小夭絕然地說：「是，我就痛快了！」昨日她挽弓射顓頊時，心裡唯一的念頭就是殺了顓頊，再自盡，讓一切都結束！

「究竟是痛快還是痛苦，妳肯定會有答案！我希望妳好好想一想，妳是誰？妳的母親是為了軒轅百姓戰死的軒轅妭，妳的父親是寧死也沒有放棄神農的蚩尤，妳的父王是為了天下萬民毅然放下權勢的白帝，妳若為了自己，讓天下傾覆、萬民流離，妳根本不配做他們的女兒！」

小夭冷笑，「不配就不配！你們都是名傳千秋的大英雄，你們願意承擔大義責任，是你們自己的事，我只想做個自私的普通人，找個小小的角落，為自己的喜怒哀樂活著！睿智英明的黃帝陛下，如果你想阻止我去找顓頊報仇，最好的解決方法就是現在殺了我！為了你的天下大義，你應該能狠下心動手！」

幾千年都沒有人敢對他如此說話了，黃帝無奈，知道現在說什麼都沒有用，他起身離去，走到門口時，突然回身說道：「妳可以不考慮他們，但妳至少該考慮一下璟。璟的性子如何妳最清楚，他可願意讓妳這麼做？」

小夭的臉挨在枕上，冷冷地說：「這話你應該去對顓頊說，璟究竟做錯了什麼，他要殺璟？」

黃帝嘆息，佝僂著腰，離開了。

屋內寂寂無聲，小夭的倔強鋒利消失，眼淚無聲地滴在枕上。

幾日後，小夭的身體恢復。她發現，所有她做好的藥都不翼而飛；所有她製藥的工具都消失不見；藥房裡存放的藥材，不管有毒沒毒，全都清空；就連藥田裡種的藥草也全被拔掉了。可以說，現在的藥谷完全是空有其名，別說藥，連藥渣了都找不到。

侍衛一天十二個時辰、寸步不離地盯著小夭，左耳和苗莆也被監視，小夭根本無法離開小月頂，更不可能進入防守嚴密的紫金頂，甚至，她連章莪殿都不能去，除了居住的藥谷，唯一能去的地方就是鳳凰林。小夭被黃帝軟禁了起來，可她既沒有試圖離開小月頂，也沒有和黃帝吵鬧，每日裡只是發呆，常常凝望著鳳凰樹下的秋千架，一動不動地坐幾個時辰。

每天，黃帝都對小夭說些勸解的話，小夭不再像之前一樣，冷言冷語、針鋒相對，她沉默安靜，不言不語，黃帝不知道她究竟有沒有聽進去，也猜不透小夭心裡究竟在想什麼。

苗莆來收拾食案，看到半個時辰前端來的飯菜一點沒動，含淚勸道：「小姐，吃一點吧！」

小夭笑了笑說：「苗莆，妳坐下。」

苗莆神情緊張地坐下，以為小夭要吩咐她什麼要緊的事。

小夭問：「妳喜歡左耳嗎？」

苗莆愣了一下，彆扭地說：「小姐問這個幹嘛？」

小夭說：「左耳以前的日子過得很苦，是妳難以想像的苦，他很聰慧，可在世情俗事上卻半懂半不懂，妳要對他有耐心一點，好好照顧他，別讓他被別人騙了。他這種人都是死心眼，一旦認定了什麼，不管對錯，就算變成魔、化成灰，都絕不會回頭！妳看牢他，千萬不要讓他走入歧途。其實左耳的心願很簡單，有個遮風擋雨的洞穴，找個雌獸，自由自在地生活。」

小夭十分鄭重溫柔，苗莆的羞赧淡去，說道：「我是孤兒，幸虧有點天賦，被陛下選中做了暗衛，我不像瀟瀟姐他們那麼能幹，權勢富貴不敢求，也不想求，唯一的奢望就是有個家，我……會照顧好左耳，不會讓別人欺負他！」

小夭看向窗外，叫道：「左耳！」

左耳竟然從屋頂上翻下，坐在窗台上。苗莆「啊」一聲，臉倏地紅了，「你、你偷聽！」

「不是偷聽。」左耳蒼白的面容依舊沒有絲毫表情，可剩下的那隻耳朵卻有點發紅。

小夭說：「當日，你跟我回來時，我答應了你，每日有飯吃，還會幫你找個媳婦。你看苗莆這個媳婦可中意？」

左耳瞅一眼苗莆，點了下頭，看似鎮靜得沒有絲毫反應，蒼白的臉頰卻漸漸發紅，耳朵更是紅得好似要滴血。

「小姐，妳！妳……」苗莆捂著臉，衝出了屋子。

小夭對左耳說：「苗莆經常凶巴巴的，其實她只是不知道該如何表達對你的關心和擔憂。我知道你不習慣和人解釋，但她會是你媳婦，媳婦娶回家就是用來疼的，儘量嘗試和她解釋一下，就算只說一句『我會小心』，她也會好受很多。」

「媳婦是用來疼的？」左耳思索一瞬，像是完全明白了小夭的話，點點頭。

小夭走到窗邊，揚聲大叫：「苗莆，我要喝水！」

不一會，苗莆端著兩盅水進來，低著頭，不敢看左耳。小夭將一枚玉簡交給左耳，對左耳和苗莆說：「我現在無法離開小月頂，你們幫我送一封信，軒轅城西的狗尾巷裡有一家沒有招牌的打鐵鋪，有個白髮蒼蒼、長相清俊的打鐵匠，你們把這封信交給他，然後一切聽他吩咐，明白了嗎？」

苗莆問：「為什麼要兩個人送信？」

小夭嚴肅地說：「這事很緊要，我派你們兩人去自有我的原因，左耳一個人完成不了。」

苗莆猶豫，說道：「可是我和左耳都走了，只小姐一個人……」

小夭淡淡而笑，「外面那麼多侍者，何況還有外祖父在，難道妳還怕有人會欺負我？」

左耳面無表情地看著小夭，完全不表示他會去執行命令。

小夭說：「只要我不離開小月頂，他們不會傷害我。苗莆，妳說我說的對嗎？」

苗莆對左耳點了下頭，「黃帝陛下限制了小姐的自由，既是在保護黑帝陛下，也是在保護小姐。」那一日，小夭射殺黑帝陛下，很多人都看到了，難保不會有對黑帝死忠的人為了黑帝的安全，做出過激的事。

左耳把玉簡收好，對苗莆說：「走！」

苗莆問小夭，「侍衛會放我們離開嗎？」

小夭說：「妳如實回答，是去軒轅城給狗尾巷的打鐵匠送信，外祖父肯定會放行。」其實，黃帝巴不得把左耳遠遠打發走。

苗莆說：「小姐，妳照顧好自己，我們會儘快回來！」

小夭目送他們的背影漸漸遠去，暗暗嘆了口氣，本想做一個沉默的守護者，看著左耳和苗莆慢慢地發展，可世事多變，她的時間已經不多，只能挑明一切，讓左耳和苗莆相互扶持，彼此照顧。

小夭在心裡默默祝福：左耳、苗莆，後會無期！祝你們幸福！相柳沒有得到、我和璟也沒有得到，但你們一定會得到！

黃帝一直提防著小夭用毒，把藥谷內所有的藥材都收走了，可小夭一直是個牢記教訓、絕不犯同樣錯誤的人。自從上一次，從鴻雁上摔下，危急時刻卻無藥可用後，小夭就仔細研究了一番如何藏藥才不會丟失。耳墜子、鐲子、頭髮、甚至一件衣服，只要用藥水浸泡後處理好，需要用時，撕下布片，加入水，就是藥……當年費盡心思做這些事，不過是不想讓顓頊和黃帝再為她操心，可沒想到有朝一日，竟然會用來對付他們。

顓頊雖然從未出現在小夭面前，可小夭就是知道他肯定來過小月頂。黃帝嚴禁小夭和顓頊接觸，可他不知道每個孩子都有大人不知道的秘密，小夭和顓頊從小同吃同住同行，更是有很多傳遞消息的方式。

又是一個月圓之夜，小夭提著個白玉蓮花盞，一邊哼唱著那些古老的歌謠，一邊沿著山徑慢慢地走著，侍衛們看她是去鳳凰林，也未阻攔，只是暗中跟著。

小夭和顓頊剛來神農山時，神農山上沒有一棵鳳凰樹。顓頊在紫金頂和小月頂親手種下了一棵棵鳳凰樹，百年過去，鳳凰樹已經蔚然成林。鳳凰花的花期很長，從春到秋，整個山坡都是火紅的鳳凰花，遠望璀璨如朝霞，絢爛似錦繡，近看花朵繁密、落英繽紛。

小夭漫步在鳳凰林內，不停地有落花飄下，她隨手接住，把花放到蓮花盞內，不一會就裝了滿滿一盞鳳凰花。

月光下的鳳凰花沒有陽光下的鳳凰花那麼明豔奪目、張揚熱烈，如果把陽光下的鳳凰花比作一位舞步飛旋、美目流轉的豔麗女子，月光下的鳳凰花則像靜靜端坐、垂眸沉思的清麗女子。小夭像小時候一樣，刻意放重了腳步，聽落花枯葉發出的窸窸窣窣聲。

走到秋千架前，小夭停住了。

雖然很久沒用，但因為有顓頊的靈力在，秋千架並沒被藤蔓攀爬，依舊乾淨整潔。小夭跳坐到秋千架上，雙腳懸空，一踢一晃。她一邊悠閒地欣賞著鳳凰花，一邊時不時從蓮花盞內拿一朵花放進嘴裡吸吮花蜜。

花蜜的甘甜盈滿唇齒間，小夭想起了小時候的事，顓頊並不喜歡吃花蜜，卻總會清晨練功時，趕在日出那一刻，幫她採摘帶著露水的花，只因為她說日出那一刻的花蜜最甘甜，連花蕊裡的露珠都是甜的。每天清晨醒來，小夭的榻旁已經擺好一盆鮮花，以至於，她被九尾狐妖折磨時，不管再痛苦，只要想起朝雲峰，總覺得嘴裡透著甜。即使身處黑暗狹小的籠子，仍覺得美麗的鳳凰花就在不遠處，即使母親父王都不要她了，可顓頊哥哥會要她。

顓頊踏著月光露珠，穿過紛飛的鳳凰花，走了過來。

一襲黑色金繡的長袍，頭髮用墨玉冠束著，五官清俊，氣態儒雅，乍一眼看去，倒像是一位與琴棋詩書作伴的閒散公子，江湖載酒、羌管弄晴、菱歌泛夜，看煙柳畫橋、秋水長天。可真與他眉眼相對了，就會立即感受到他乾坤在握的從容、一言定生死的威嚴。

小夭很恍惚，竟然覺得顓頊的面目有些陌生，好像她從沒有真正地仔細看過顓頊。一直以來，顓頊對她而言就是顓頊。歡喜時，可以一起大笑；累了時，可以讓他背；生氣時，可以讓他哄；困苦時，可以倚靠他；危難時，可以交託一切。

在小夭心裡，她和顓頊至親至近、無分彼此，只要顓頊想得到的，她一定會不惜一切代價幫他去得到，所以從五神山到軒轅山、從軒轅山到神農山，但凡她所有，顓頊都可以拿去用，包括她的性命。她也一直以為，顓頊待她亦如此，但凡她想要的，顓頊必定會幫她爭取；但凡她想守護珍惜的，顓頊也必定會看若珍寶。

可原來，一切都是她想當然了！究竟是她沒有看清楚顓頊，還是顓頊不再是她心裡的顓頊？

不過幾日沒見，兩人卻猶如隔世重逢，顓頊小心翼翼，輕聲喚道：「小夭！」

小夭微微一笑，「知道我要殺你，還敢一個人來？」

顓頊說：「如果妳沒有把握我會來，為什麼要在這裡等候？」

小夭淡淡說：「以前我覺得我很瞭解你，可現在我不知道。」

顓頊眼內一片慘然，笑問：「要盪秋千嗎？」

「嗯！」

顓頊輕輕地推著小夭，小夭仰頭看著火紅的鳳凰花，紛紛揚揚飄落。

靜謐的鳳凰林內，一個沉默的男子推送著秋千，一個沉默的女子盪著秋千，兩人的腦海內都清楚地浮現——

火紅的鳳凰樹下。

秋千架越盪越高，秋千架上的小女孩一邊尖叫、一邊歡笑，「哥哥、哥哥，你看我、你看看我啊！」

秋千架旁的男孩仰頭看著，眉眼間都是笑意。

火紅的鳳凰樹下。

秋千架旁的男孩已經變成了謙謙君子，秋千架上的女孩也變成了窈窕少女。

男子有一搭沒一搭地推著秋千，秋千架上的女子側頭看著男子，一時盪幾下，一時就坐著。兩人說著話，話題並不輕鬆，他們的神情卻都很輕鬆，一直含著笑，似乎並不將前方路上的生死放在心上。

百年的光陰，也許讓他們失去了小時的歡笑聲，卻給了他們堅強自信，不管遇見什麼，不過是披荊斬棘、殺出一條血路而已。

從小到大，他們有過無數次盪秋千的記憶，可在他們的記憶中，從沒有一次像現在這樣。

小時的盪秋千就好像彩虹，明媚喜悅；長大重逢後的盪秋千就好像烏雲中的太陽，縱然四周黑暗，可他們是彼此的陽光；但這一次的盪秋千卻像是暴風雨前的黑夜，沒有一點色彩、沒有一縷光明，有的只是無邊無際的黑暗。

顓頊的手越來越沉重，幾乎再推不動，可是，他很清楚，這大概是他和小夭最後一次一起盪秋千，他捨不得停下，縱然是在無邊無際的黑暗中，他也願意就這麼一直推下去。

小夭把白玉蓮花盞遞到顓頊面前，「我不知道我究竟是在恨你，還是在恨自己，大概一起在恨吧！畢竟我一直都認定，不管你做了什麼，我都會幫你去承擔，你犯了錯，我也有一半。」

顓頊從盞內拿了一朵鳳凰花，輕輕吮吸花蜜。

小夭問：「甜嗎？」

顓頊說：「很甜。」

小夭吃了朵花，說道：「外婆去世時，我們當著我娘、大舅娘、朱萸姨的面發誓會照顧彼此，不離不棄，我做到了，可你沒有做到！哥哥，你沒有做到！」

顓頊拿起一朵鳳凰花，放進嘴裡，「我知道我沒有做到。不過，不是因為我殺了璟，而是……我從一開始就錯了！我不該把妳當作棋子去利用，我不該為了得到塗山氏和赤水氏的幫助，就將妳讓給了璟。」

小夭說：「這段日子，外公給我講了一堆大道理，什麼家國天下的，可是我不是我娘，我的心很小，只裝得下我在乎的人，裝不下天下萬民，我以前裝模作樣地關心什麼家國天下、萬民蒼生，只是因為你在乎，但我現在恨你！那些和我沒有關係！」

顓頊笑了笑說：「那些的確和妳沒關係！」

小夭說：「所以，不管外公說什麼，我還是要殺了你。因為你殺了璟，我一定要殺了你，你明白嗎？」

顓頊微笑著，溫柔地撫了撫小夭的頭，「我知道！」

小夭遞給顓頊一朵鳳凰花，「殺了你後，我會陪著你一起去死。」

顓頊說：「這樣也好，留下妳一個，我也不放心！痛恨蚩尤的氏族、紫金宮內的一群女人，還有禺疆那些忠臣……我實在不放心讓妳一個人去應對他們，還是把妳帶著身邊最安心。」

小夭吃了一朵鳳凰花後笑著說：「本來我想了好多好多殘酷的方法，打算去折磨那個害了璟的人，但我沒有辦法用在你身上，所以想了這個法子，很甜，一點都不會痛苦。」

顓頊贊同地說：「是很甜。」他想再推一下秋千，可實在提不出一絲力氣，只得扶著秋千架旁的鳳凰樹，慢慢地坐在落花上，拍了拍身旁，「坐地上吧，省得待會摔下去了，會跌疼。」

小夭扶著秋千架，踉踉蹌蹌地站起，步履蹣跚地坐下。

顓頊爬了幾步，伸手攬住小夭的腰，小夭想推開他，卻難以掌控自己的身體，向側面翻過去，顓頊用力拽了她一把，小夭跌進了顓頊懷裡。

小夭渾身軟綿綿，沒有一絲力氣，顓頊如同小時候一般，將小夭密密實實地抱在懷裡。顓頊問：「妳常年浸淫在毒藥中，體質應該會抗藥，為什麼妳的毒發得比我早？」

「我比你服毒服得早，我坐在秋千架上等你來時，就開始給自己下毒。其實，你不該來的，你真的不應該來的，我雖然給你留了消息，但並不希望你赴約……」小夭的眼淚一顆顆滾落。

顓頊撫去小夭臉頰上的淚，「如果我不來的話，妳就打算一個人死在鳳凰樹下的秋千架上嗎？讓我親眼看到我究竟犯了什麼樣的錯誤！小夭，妳可真狠！」

小夭笑起來，「我的外祖父是黃帝，父親是蚩尤，哥哥是顓頊，一個比一個狠，你還能指望我善良？」

顓頊笑著說：「也對！總不能指望狼窩裡養出隻兔子。」

小夭一邊笑著，一邊眼淚不停地滾落。

顓頊輕聲問：「小夭，如果璟殺了我，妳會為我如此懲罰璟嗎？」

「璟絕不會傷害你！璟知道你對我有多重要，他寧願自己受盡一切苦，也絕不會把我放在這麼痛苦的絕境中……」小夭的聲音越來越小，氣息越來越弱。

顓頊用力摟緊了小夭，親吻著小夭的額頭，「小夭，對不起，我錯了！我錯了！」自小到大，所作所為，只有遺憾，沒有後悔，第一次他承認錯了。

顓頊的眼角慢慢沁出了淚，在月光下晶瑩剔透。小夭唇角上翹，微微而笑，「顓頊，哥哥……我、我原諒你！恨你，太痛苦了……比剜心還痛……我原諒你……」

顓頊眼角的淚滾落，「小夭，告訴我！如果可以重來一次，妳剛回到五神山，我就牢牢地看住妳，絕不給璟機會接近妳，妳會選我嗎？」

小夭的眼前昏暗，什麼都看不清，思緒順著顓頊的話飛回了一切剛剛開始時，極久遠的過去，可又清晰得宛若昨日，「我被九尾狐關在籠子裡時，一直想著你……你沒認出我時……我就願意用命救你……那時……璟……」聲音越來越低，漸漸消失，小夭如睡著的小貓般，安靜地伏在了顓頊懷中。

鳳凰花簌簌而落，猶如陣陣紅雨落下。

顓頊一遍遍喃喃低叫：「小夭！小夭……」卻再感受不到她的氣息。

朝雲峰上，白日嬉戲玩鬧，深夜相擁依偎，一起送別親人，一同承受痛苦……小夭說她的心變得冷硬如頑石，可他一直被小夭珍藏在石頭包裹的最中間、最柔軟的地方。當璟要先付出、先相信，去爭取小夭時，小夭早已經為他做了一切，明明不喜歡權勢鬥爭，明明不關心大義責任，卻為了他，陪他回軒轅山，一直守護在他的身後……

他一直覺得璟配不上小夭，照顧不好小夭，只會帶給小夭傷心，可是他呢？

顓頊親吻著小夭的臉頰，眼淚濡濕了小夭的臉，小夭卻再不會摟住他，安慰他「不怕不怕，我會陪著你」。

如果再來一次，他一定會把小夭放在最前面，一定會先考慮她想要什麼，而不是自己想要什麼，只是一切都已遲了……

顓頊摟著小夭，額頭貼著額頭，臉頰挨著臉頰，緩緩閉上了眼睛。

第四十八章

莫做有情痴

這一次，所有關於他的痕跡都被徹底清除了，
相柳最後看了一眼小夭，驅策白鵰，
迎著初升的朝陽，向著東方飛去。

顓頊睜開眼睛時，看到窗外煙霞縈繞、繁花似錦。他恍恍惚惚，只覺景致似熟悉似陌生，一時想不起自己在哪裡，直聽到玄鳥清鳴，才想起這不就是承恩宮嗎？原來自己在五神山。

不知不覺，已是看了兩百多年的景致，可很多次，他依舊會以為自己還在朝雲峰，以為睜開眼睛時，看到的應該是火紅的鳳凰花，聽見的是鸞鳥鳴唱。

顓頊輕嘆了口氣，他竟然已經漂泊異鄉兩百多年，歸鄉的路還很漫長，不知何時才能再見到朝雲峰上的鳳凰花，更不知道那個和他一樣喜歡鳳凰花的女孩究竟流落何處，小夭，她應該已經長大了吧！

也許因為心底深處太想回到軒轅山，也太想找到小夭，他昨夜做了一個很長的夢。在夢裡，他找到了小夭，小夭陪著他離開五神山，回到他心心念念的軒轅山，可是他卻捨棄軒轅山，選擇了神農山，小夭幫著他一步步登上帝位，他還統一整個大荒，但是，他好像弄丟了小夭……

真是一個噩夢！難怪他覺得十分疲憊，根本不想起來。

瀟瀟進來，恭敬地行禮，「陛下，王后在外面守了三日三夜，剛被侍女勸去休息了。」

顓頊驚得猛地坐起，「妳叫我什麼？」

「陛下。」

顓頊扶著額頭，眉頭緊蹙，「我是陛下？我什麼時候是陛下了？王后是……」

「原高辛國的王姬高辛憶。」

就如堤壩崩潰，紛亂的記憶像失控的江水一般全湧入了腦海——

瑤池上，小夭一身綠衣，對他怯怯而笑；五神山上，小夭一襲華美的玄鳥桃花長袍，對他微微而笑；朝雲殿內，小夭坐在秋千架上，含笑看著他；俥梁府邸前，小夭用身體擋在他身前，保護他；紫金宮內，小夭握著他的手說，不管你做什麼，我只要你活著；澤州城內，小夭彎弓搭箭，兩人心意相通，相視而笑；小月頂上，小夭雙眸冰冷，射出利箭；鳳凰林內，小夭伏在他懷裡，漸漸沒有了氣息……

顓頊分不清究竟是頭疼，還是心疼，只是覺得疼痛難忍，慘叫一聲，抱著頭，軟倒在了榻上。

瀟瀟忙扶住了顓頊，大叫：「鄞！」

鄞進來，查看了一下顓頊的身體，搖搖頭，對瀟瀟比劃手勢，瀟瀟一句句讀出，方便顓頊聽到：「陛下的身體沒有事，只是解毒後的後遺症，記憶會有點混亂，等陛下將一切都理順時，頭痛自然就會消失。」

顓頊強撐著坐起，急促地說：「小夭、小夭……」

鄞要打手勢，被瀟瀟狠狠盯了一眼，鄞收回手。瀟瀟說：「小姐沒死。」

顓頊伏下身子，雙手掩住臉，身體簌簌輕顫，喉嚨裡發出嗚嗚咽咽的莫名聲音，似哭又似笑。鄞和瀟瀟第一次見到顓頊如此失態，跪在榻邊，低垂著頭，一動也不敢動。

半晌後，顓頊抬起頭，聲音沙啞地問：「為什麼我還活著？」

鄞用手語回答：毒藥分量不夠。以小夭精湛的毒術，不可能因為疏忽犯錯，應該是小夭本就沒打算要陛下的命，她配製的毒藥雖然陰毒，卻曾給我講過解毒的方法。陛下中毒的藥量，只要在六個時辰內找到陛下，就能先用藥保住陛下的性命，再來只要在二十四個時辰內用歸墟水眼中的活水清洗五臟六腑，就能完全解去毒。

顓頊喃喃說：「小夭，妳終究是狠不下心殺我……」他分不清自己是悲是喜，突然反應過來，急問道：「小夭給我的毒藥分量不夠，那她呢？」他每吃一朵鳳凰花，小夭也陪他吃了一朵，可小夭剛進入鳳凰林時，就開始吃鳳凰花了。

鄞回答：小夭給自己下的毒藥，是必死的分量。

顓頊猛地站起，鄞快速地打了個手勢，他卻無法理解，「什麼叫沒有死，卻也沒有活？」

顓頊對瀟瀟說：「小夭在哪裡？我要見她。」

「陛下……」

「我說，我要見她！」

「是！」

歸墟海上的水晶洞內，漂浮著一枚白色的海貝，海貝上遍布血咒，小夭無聲無息地躺在咒文中央。充沛的水靈靈氣匯聚在她周身，就好似藍色的輕煙在縈繞流動，讓她顯得極不真實。顓頊伸出手，想確定她依舊在，卻怕破壞陣法，又縮回了手，只能一眨不眨地盯著。

瀟瀟說：「小姐給自己下的毒分量很重，我們找到陛下時，小姐氣息已絕。可鄞發現小姐仍然有極其微弱的心跳，我們就帶著陛下和小姐一起趕來了歸墟。鄞知道如何救陛下，卻不知道該如何保住小姐的命，後來是王后拿來這枚遍布血咒的海貝，她說把小姐放在裡面，也許有用。鄞觀察了幾天，發現這枚海貝的確有用，一直維持著小姐的心跳。鄞想找到用海貝設置陣法的人，可王后說，這枚海貝在五神山的藏寶庫裡很多年了，也不知是哪位先祖無意中收藏的寶物，連白帝陛下都不會清楚，她是無意中發現的。」

顓頊問鄞：「小夭能醒來嗎？」

鄞打手勢：按照小夭給自己下的毒，必死無疑，可不知是她的身體對毒藥有一定的抵抗，還是別有原因，反正從氣息來說，小夭已死，但古怪的是，心卻未死，照這個樣子，小夭很有可能會永遠沉睡下去。我無法救醒小夭，不過，也許有兩個人能做到。

「誰？」

鄞回答：一位是玉山王母，聽聞她精通陣法，也許能參透海貝上的陣法，救醒小夭；一位是上一次小夭重傷，我判定小夭已死，卻救了小夭的人。

顓頊說：「準備雲輦，我們立即去玉山。」

瀟瀟和鄞對視一眼，都明白勸誡的話說了也絕對沒用，卻仍然都說道：「陛下剛剛醒來，身體虛弱，實在不宜趕路，不妨休息一天再走。」

顓頊凝視著小夭，面無表情地說：「半個時辰後，出發！」

瀟瀟躬身行禮，「是！」

晝夜兼程，顓頊一行人趕到了玉山。顓頊命暗衛報上名號，希望能見王母。

不一會，一個穿著黑色衣袍的男子匆匆而來，長著一雙風流多情的狐狸眼，一開口說話，聲音難以言喻的悅耳動聽，幾乎令所有人的疲憊一掃而空。獙君道：「我和烈陽正商量著要去一趟神農山接小夭，沒想到你倒來了。顓頊，哦，該叫陛下了！玉山不問世事，雖然聽聞陛下統一了大荒，可總有幾分不真實。小夭跟你一塊來了嗎？」

顓頊想笑一笑，但在阿獙面前，實在撐不住面具了，他疲憊地說：「小夭也來了，但……她生病了，我來玉山就是想請王母看看她。」

獙君看向侍衛抬著的白色海貝，神情一肅，說道：「跟我來。」

他邊走邊對顓頊低聲說：「上一次，你和小夭來時，王母就說過，她的壽命不過一兩百年了。這幾年，王母已經很虛弱，記憶時常混亂，有時連自己住在哪裡都會忘記，我和烈陽寸步不敢離。

前幾日，王母清醒時，和我們商量下一任的王母，我們都知道王母只怕就要走了，所以我和烈陽商量著要去接小夭，讓小夭送王母最後一程。」

顓頊神情黯然，生老病死，本是人生常態，可看著自己熟悉的人一個個離去，卻總會有種難以言喻的荒涼感。

獙君道：「這會王母正好清醒著，先讓她看看小夭。」

王母身形枯瘦，精神倒還好，聽完顓頊的來意，命烈陽去打開海貝。

白色的海貝緩緩打開，靜靜躺在裡面的小夭，就如一枚珍藏在貝殼裡的珍珠。王母檢查完小夭的身體，又仔細看了一會貝殼上的血咒，竟然是以命續命的陣法，真不知道顓頊從哪裡弄來的這奇珍。王母揮手把海貝合攏，對烈陽吩咐：「把海貝沉到瑤池中去。」

顓頊大驚，擋住了烈陽，「王母！」

王母罕見地笑了笑，溫和地說：「我再糊塗，也不會當著陛下的面殺了陛下的人，何況小夭是我撫養了七十年的孩子！」

顓頊鬆了口氣，說道：「就是活人沉到瑤池裡，時間長了，都受不了，小夭現在很虛弱……」

「我不知道這些年小夭究竟有何奇遇，她的身體……」王母想到顓頊完全不知情，不知是小夭不願意告訴他，還是小夭自己也不知道，不管哪種原因，她都不該多言，王母把話頭打住了，「我也說不清楚，但我肯定小夭的身體並不怕水。小夭氣息已絕，如果不是因為這枚罕見的海貝，她的心也早就死了，把她沉到瑤池中，對她只會有好處。」

顓頊不再擋著烈陽，卻自己搬起了海貝，向著瑤池走去。王母盯著顓頊，看他緊張痛楚的樣子，心內微動。

顓頊按照王母的指點，把海貝沉入了瑤池。

王母半開玩笑、半試探地說：「烈陽那裡有一枚魚丹，陛下實在不放心，可以下去看一眼。」

「好！」顓頊竟然一口同意，接過魚丹，就跳進瑤池，潛入了水底。

岸上的眾人面面相覷。

大半個時辰後，顓頊才浮出水面，躍到王母身前，懇切地說：「請王母救醒小夭。」

王母說：「我沒有辦法喚醒她。我只能判斷出，小夭目前這個樣子不會死，也許睡個二三十年自然就醒了，也許兩三百年，也許更久。」

瀟君和烈陽本來很擔心小夭，可聽到小夭遲早會醒，兩人都放下心來。他們住在玉山，年年歲歲都一樣，時不時還要閉關修煉幾十年，感覺一兩百年不過是眨眼。可對顓頊而言，卻完全不樣，一兩百年是無數世事紛擾，無數悲歡離合，甚至是一生。顓頊剛清醒，就連夜奔波，此時聽到小夭有可能幾百年都醒不來，竟然身子晃了晃，有些站不穩，瀟瀟忙扶住他。

王母突然一言不發地離開了，烈陽化作白色的琅鳥，跟了上去。

瀟君對顓頊說：「王母又開始犯糊塗了。我先帶你們去休息，不過，玉山古訓，不留男子，最多只能住三夜，三日後，陛下必須離開。」

瀟瀟不滿地問：「那你和烈陽呢？」

獙君眨了眨眼睛，狐狸眼內儘是促狹，「我們不是男人，我是狐，烈陽是鳥。」

瀟瀟的臉不禁泛紅，匆匆移開了視線。

顓頊對獙君說：「你給我的隨從安排個地方住，我在瑤池邊休息就好了。」

獙君愣了一愣，說道：「玉山四季溫暖如春，睡在室外完全可以。距小夭不遠處就有一個亭子，放一張桃木榻，鋪上被褥，再垂個紗帳，便可休息。」

深夜，顓頊遲遲未睡，一直坐在亭內，凝視著瑤池。突然，他含著魚丹，躍入了瑤池，去水底看小夭。

扇形的白色海貝張開，邊角翻捲，猶如一朵朵海浪，在明珠的映照下，小夭就好像躺在白色的海浪上休憩。她的面容沉靜安詳，唇角微微上翹，似乎做著一個美夢。

顓頊凝視著她，難以做決定。他可以去找相柳，很有可能相柳能喚醒小夭。他也不是答應不起相柳的條件，大不了就是讓共工的軍隊多存活幾十年。但他想喚醒小夭，真的是為了小夭好嗎？

一路行來，身邊一直有小夭的陪伴，不管發生什麼，她都堅定地守在他身後，他想喚醒她，不過是自私地奢望著她能依舊陪伴在他身邊。可是，如果小夭真的醒來了，會願意陪在他身邊嗎？

他殺了璟！

在死前，他平生第一次懺悔道歉，「我錯了！」不僅因為小夭，還因為他虧欠了璟。小夭親口說：「我原諒你！」但是，她的原諒是建立在兩人生死相隔之上，她無法為璟復仇，所以選擇了死亡，以最絕然的方式離開他。

顓頊很清楚，就算小夭醒來了，她也絕不會再在他身邊。與其讓小夭在痛苦中清醒，不如就讓她安靜地睡吧！

漫長的時光，會將花般的少女變成枯槁的老婦，會將意氣飛揚的少年變作枯骨，會將滄海變成桑田，會將平淡經歷變作刻骨銘心，也會將刻骨銘心變作過往回憶。

顓頊輕輕地吻了小夭一下，在心裡默默說：希望妳睡醒後，能將一切淡忘！不管妳睡多久，我都會等，一直等到妳願意和我重新開始！一百年、一千年，我都會等著！

三日後，顓頊向王母告辭，離開了玉山。

臨別前，顓頊對王母，實際上是對烈陽和獙君說：「小夭就暫時麻煩你們照顧了。等我在神農山選好靈氣充裕的湖泊後，就來接小夭。」

回到神農山，顓頊先去叩見黃帝。

自從顓頊登基為帝後，黃帝第一次大發雷霆。他怒問顓頊：「你究竟知不知道你對整個天下意味著什麼？如果你壓根不在乎，為什麼要選擇這條路？當年我不是沒給你選擇的機會，是你自己選擇了這條路！」他想盡一切辦法，防備著小夭去殺顓頊，可沒想到顓頊竟然派暗衛清除了他設置的所有障礙，把自己送到小夭面前。

顓頊跪在黃帝面前，說：「我很清楚我對天下意味著什麼。」

黃帝幾乎怒吼，「既然清楚，為什麼明知道小夭想殺你，還去見小夭？」

顓頊沉默，滿面哀傷，一瞬後，他說：「自始至終，我一直覺得小夭不會為了璟殺我，在她心中，我比璟更重要！」

黃帝氣極，指著顓頊，手都在抖，「你、你……你竟然在賭！拿自己的命去賭你和璟究竟誰在小夭心中更重要！」

顓頊微微一笑，「事實證明小夭不會殺我。」

黃帝說：「可她也沒有選擇你，她寧可殺了自己，也不願在你身邊！」

顓頊緊抿著唇，面無表情。

黃帝深吸幾口氣，克制著怒氣說：「最後一次，你記住，這是最後一次！」

顓頊唇角彎起，一個苦澀無比的笑，他看著黃帝，輕聲說：「世間只得一個小夭，爺爺，你就是想讓我有第二次，也不可能了！」

人族常說「兒女債」，黃帝現在是真正理解了，本來對顓頊滿腔憤怒，可看到顓頊這個樣子，又覺得無限心酸，他無力地長嘆口氣，「你起來吧！」

顓頊給黃帝磕了三個頭，起身坐下。

黃帝說：「給白帝寫封信。小夭拜託白帝教左耳一門手藝，讓左耳能養活自己和媳婦，白帝擔心小夭有事，來信問我。如果不是他一旦離開軒轅山，就會引起軒然大波，他肯定已經直接跑來了，你自己去向白帝解釋一切吧！」

顓頊說：「我會給父王一個解釋。」

黃帝說：「在赤水海天的幫助下，赤水氏的新族長是選出來了，危機暫時化解，但你不要忘記赤水海天想要什麼。」

「赤水海天想要共工和相柳的命，為孫子豐隆報仇。我原來的計畫是，徐徐剿殺共工的軍隊，一來可以避免和中原氏族起衝突，二來也不想犧牲太多，但豐隆意外死亡，徐徐剿殺的策略只會讓赤水氏和神農氏不滿，覺得我不在乎豐隆的死。回來的路上，我已經決定，我要傾舉國之力，儘快擊潰共工的軍隊，用他們的性命祭奠豐隆。」

黃帝滿意地點了下頭，只要不牽扯到小夭，顓頊行事從不會出差錯。

夕陽西下，落日熔金，暮雲合璧。

玉山之上，千里桃花，蔚然盛開，與夕陽的流光交相輝映，美不勝收。一隻白羽金冠鵰穿過漫天煙霞，疾馳而來，白衣白髮的相柳立在白鵰上，衣袂飄揚，宛若天人。

一襲黑衣的獙君站在桃花林內，靜靜等候。相柳看到他，從鵰背上躍下，隨著紛紛揚揚飄落的桃花瓣，輕輕落在了獙君面前。

相柳對獙君翩翩行禮，說道：「我來看望王母，義父命我叩謝王母上次贈他的蟠桃酒，義父喝過後，舊疾緩和了很多。」

獙君說：「王母這會神智不清，認不出你，不如休息一晚，明日早上再見王母。」

相柳顯然清楚王母的病情，並未意外，彬彬有禮地說：「聽憑獙君安排。」

「依舊住老地方嗎？」

「照舊。」

獙君伸手，做了個請的姿勢。

相柳欠欠身子，「有勞了！」

兩人並肩而行，待到了相柳的住處，獙君並未打算離去，而是取出珍藏的蟠桃酒，和相柳喝起了酒。

王母和炎帝曾是結拜兄妹，所以對共工有幾分照拂，但玉山獨立於紅塵之外、不問世事，王母雖常命人送些靈藥、靈草給共工，卻從不過問共工的其他事。

相柳多次往返玉山，和獙君是君子交，每次相逢，兩人總是幾罈好酒，月下花間對酌，談的是美食佳景、風物地志，興起時，也會撫琴弄簫、唱和一番，卻從不談論世間事。

獙君的聲音天生魅惑，迷人心智，連烈陽都不敢聽他的歌。化為人形後，獙君只偶然唱過一次歌，卻弄得玉山大亂，自那之後，獙君就再未唱歌。相柳卻沒有畏懼，聽獙君聲音異常悅耳，主動邀獙君唱歌。

獙君說：「我是獙獙妖，歌聲會迷人心智。」

相柳笑言：「我是九頭妖，想要九顆頭都被迷惑，很難！如果真被你迷惑了，也是難得的經歷，我所作所為，並無羞於示人處。」

也許就是因為這份坦蕩不羈，獙君和相柳倒有幾分相契。只不過，一個是出世之人，萬物不縈胸懷，一個是入世之人，萬事纏身不得自由，所以君子交、淡如水。

月近中天，獙君才醉醺醺地離去。

四下無聲時，闔目而憩的相柳睜開眼睛，眼內一片清明，沒有一絲醉意。他出了屋子，猶如一道風，迅疾地掠向瑤池。

一輪滿月，懸掛在黛色的天空，清輝靜靜灑下，瑤池上水波蕩漾，銀光點點。相柳猶如一條魚兒般無聲無息地沒入瑤池，波光乍開，人影已逝，只幾圈漣漪緩緩蕩開。

相柳在水下的速度極快，不過一息，他已經看到了白色的海貝。

海貝外，有烈陽和獙君設置的陣法，相柳未敢輕舉妄動，仔細看了一遍陣法，不得不感嘆，難怪沒有人敢輕視玉山。這陣法短時間內他也破不了，想要接近小夭，只能硬闖，可一旦硬闖，勢必會驚動烈陽和獙君。相柳想了想，在烈陽和獙君的陣法之外，又設置了一個陣法，如此倉促布置的陣法，肯定擋不住烈陽和獙君，但至少能拖延他們一段時間。

待布置停當，相柳進入保護小夭的陣法中，為了爭取時間，只能全力硬闖，等他打開海貝，抱出小夭時，獙君和烈陽也趕到了瑤池，卻被相柳設置的陣法擋在外面。

獙君懇切地說道：「相柳，請不要傷害她，否則我和烈陽必取你性命。」

相柳顧不上說話，召喚五色魚築起屏障，密密麻麻的五色魚首尾相交、重疊環繞在一起，猶如一個五彩的圓球，將他和小夭包裹其間。外面轟隆聲不絕於耳，是陣法在承受烈陽和獙君的攻擊，裡面卻是一方安靜的小天地，只有小夭和他。

相柳摟著小夭，盤腿坐在白色的海貝上，咬破舌尖，將心頭精血餵給小夭。情人蠱同命連心，只要一息尚存，精血交融，生機自會延續。

相柳設置的陣法被破，烈陽和獙君闖了進來。烈陽怒氣沖沖，一拳擊下，五色魚鑄成的五彩圓球散開，密密麻麻的五色魚驚惶地逃逸，看上去就好似無數道色彩絢麗的流光在相柳和小夭身邊飛舞，十分詭異美麗。

烈陽知道小夭體質特異，看到相柳和小夭的樣子，以為相柳是在吸取小夭的靈氣練什麼妖功，氣得怒吼一聲，一掌打向相柳的後背。

正是喚醒小夭的緊要關頭，相柳一動不敢動，只能硬受，幸虧獙君心細，看出似乎不對，出手護了一下。

「你幹什麼？」烈陽對著獙君怒吼，還想再次擊殺相柳。

獙君拉住烈陽，傳音道：「他好像不是在害小夭，小夭的生機越來越強。」

烈陽是受虞淵和湯谷之力修煉成的琅鳥妖，耳目比靈力高深的神族都靈敏，他仔細感受了一下，果然像獙君說的一樣，小夭的生機越來越強。烈陽嘀咕，「古古怪怪！反正不是個好東西！」卻唯恐驚擾了相柳，不敢再亂動，反倒守在水面上，為相柳護法。

約莫過了半盞茶工夫，相柳抱著小夭徐徐浮出水面，對烈陽和獙君說：「謝二位相助。」

烈陽伸出手，冷冷地說：「把小夭還給我們。」

相柳低頭看著小夭，未言未動，任由烈陽把小夭從他懷裡抱走。

雖然已經感覺到小夭氣息正常，但獙君還是握住小夭的手腕，用靈力檢查一遍她的身體，果然，一切都已正常，其實，小夭現在就可以醒來，不過相柳似乎想讓她沉睡，特意給她施加一個法術，封住了她的心神。

獙君對烈陽說：「你送小夭回屋休息，她應該明日就會醒來。」

烈陽剛要走，相柳說：「且慢！」

烈陽斜眼看向相柳，「你和黑帝之間的紛爭和小夭無關，如果你敢把主意打到小夭身上，我和阿獙就先去殺了共工，再殺了你！」

相柳知道烈陽的脾性，絲毫沒有動怒，只是看著獙君，平靜地說：「請留下小夭，我有話和你單獨說。」

獙君想了想，把小夭從烈陽懷裡抱了過來。烈陽鼻子裡不屑地冷哼，卻未再多言，化作琅鳥飛走了。

獙君隨手折下一枝桃花，把桃花變作一艘小小的桃花舟，將小夭輕輕地放到桃花舟上。

相柳靜看著獙君的一舉一動，皎潔的月色下，他整個人纖塵不染，如冰雪雕成。

獙君安置好小夭後，才看向相柳。他指了指美麗的白色海貝，溫和地說：「看到這枚海貝，連王母都驚嘆設陣人的心思，我特意問過顓頊的隨從，他們說是高辛王宮的珍藏，今夜我才明白這應該出自你手，否則你不可能短短時間內就救醒了小夭，只是——我不明白五神山上的王后為何會幫你隱瞞此事？」

相柳說：「很多年前，阿念曾承諾為我做一件事，我請她用這枚海貝去保住小夭的命，但不能讓黑帝和小夭知道，她是個聰明姑娘，不但遵守了諾言，還知道有些事做了，就該立即忘記！」

瀲君嘆道：「白帝不但教出了幾個好徒弟，還撫養了個好女兒。」

相柳說：「我聽小夭說，她曾在玉山學藝七十年，看得出來，你們是真關心她，不只是因為黑帝的拜託。」

瀲君坦然地說：「人生悲歡，世間風雲，我和烈陽都已看盡，若說紅塵中還有什麼牽念，唯有小夭。」

「此話何解？」

瀲君道：「我出生時，母親就死了。我被蚩尤無意中撿到，送到玉山，小夭的娘親養大了我。烈陽還是一隻琅鳥時，被蚩尤捉來送給小夭的娘親，幫他們送信。」

「原來如此。」

瀲君瞇著狐狸眼，問道：「聽說你在外面的名聲很不好？」

相柳笑了笑說：「比蚩尤還好點。」

瀲君沉默地盯了一瞬相柳，問道：「小夭和你之間……只是普通朋友？」

相柳唇角一挑，揚眉笑起來，看著桃花舟上的小夭，說道：「小夭心心念念的人是塗山璟。」

瀲君鬆了口氣，「那就好。」

相柳自嘲地說：「沒想到我的名聲，連蚩尤收養的妖怪都會嫌棄。」

瀲君搖搖頭，「不，我沒有嫌棄你，相反，我很敬重你！你心如琉璃剔透，連我的歌聲都不能迷惑你，名利權勢更不可能迷惑你。」瀲君凝視著相柳，眼神十分複雜，看的好像是相柳，又好像不是相柳，「不是你不好，只是……」瀲君長嘆一聲，「即使塗山璟已經死了，我依舊慶幸小夭選擇的是他。」

相柳笑笑，對瀲君的話全未在意，「有一事，想請你幫忙。」

瀲君道：「只要我能做到，必盡全力。」君子交，淡如水，可君子諾，重千金。

「我要了結一些我和小夭之間的未了之事，待會不管發生什麼，請你只是看著。」

瀲君一口應道：「好！」

相柳招了下手，小小的狌狌鏡從小夭懷中飛出，緩緩落在相柳手中，他凝視著狌狌鏡，遲遲沒有動作。

瀲君只是站在一旁，靜靜等候，沒有絲毫不耐。

相柳笑了笑，對瀲君說：「這是狌狌鏡，裡面記憶了一點陳年舊事，也不知道小夭有沒有消除。」他伸手撫過，狌狌鏡被開啟，一圈圈漣漪蕩開，鏡子裡浮現出了相柳的樣子。

在清水鎮的簡陋小屋內，相柳因為受了傷、不能動。小夭逮住機會，終於報了長期被欺壓的仇，她用灶膛裡拿出的黑炭在相柳臉上畫了七隻眼睛，加上本來的兩隻眼睛，恰好是九隻，嘲諷他是個九頭怪。

當時，小夭應該是一手拿著狌狌鏡，所以只能看到小夭的另一隻手，她戳著相柳的臉頰，用十分討打的聲音說：「看一看，不過別生氣哦，岔了氣可不好。」

相柳睜開了眼睛，眼神比刀刃還鋒利，小夭卻一邊不怕死地在相柳臉上指指戳戳，一邊用著那討打的聲音說：「一個、兩個、三個……一共九個。」

小夭用黝黑的手指繼續在相柳臉上蹂躪，畫出腦袋，九隻眼睛變成了九個腦袋，還嬉皮笑臉地說：「我還是想像不出九個頭該怎麼長，你什麼時候讓我看看你的本體吧！」

相柳鐵青著臉，用看死人一樣的眼神看著小夭，嘴唇動了動，無聲地說：「我要吃了妳。」

九命相柳的狠話在大荒內絕對很有分量，能令聽者喪膽，可惜他此時臉上滿是黑炭，實在殺傷力大減。

…………

相柳看到這裡，無聲地笑了起來，他無父無母，從一出生就在為生存掙扎，從沒有過嬉戲玩鬧，成年後，惡名在外，也從沒有人敢和他開玩笑，小夭是第一個敢戲弄他，卻又對他沒有絲毫惡意的人。

相柳凝視著他滿臉黑炭的樣子，發了好一會呆，才喚出第二段記憶——為了替顓頊解蠱，小夭和他達成交易。他帶小夭遠赴五神山，給自己種蠱。解完蠱後，他們被五神山的侍衛發現，為了躲避追兵，他帶著小夭潛入海底。

遼闊的海底，有五彩斑斕的貝殼，有色彩鮮豔的小魚，有莽莽蒼蒼的大草原，有長得像花朵一樣美麗的動物，還有各種各樣奇形怪狀的海草……相柳白衣白髮，自如隨意地在水裡游著，白色的頭髮在身後飄舞，小夭隨在他身旁，好奇地東張西望著。

也許因為小夭第一次領略到大海的神秘多姿，也許因為一切太過奇詭美麗，她竟然趁著相柳沒有注意，用狌狌鏡偷偷記憶下了一段畫面。當時，她應該一直跟在相柳的身側，所以畫面裡的他一直都是側臉，直到最後，他扭頭看向她，恰好面朝鏡子。

小夭肯定是害怕被他發現，立即收起了鏡子，相柳的正臉將露未露，眼神將睇未睇，一切戛然而止。

…………

相柳還清楚地記得，第一次發現狌狌鏡裡的這段畫面時，他的意外震驚，沒有想到小夭會偷偷記憶他，更沒有想到一向警覺的他竟然會一無所知。可以說，那一刻他心神徹底放鬆，小夭完全有機會殺了他。

相柳凝視著鏡中的自己，輕輕嘆息了一聲，陪小夭去五神山，好像就在昨日，可沒想到，已經這麼多年過去了！他手捏法訣，想要毀掉狌狌鏡裡所有關於他的記憶，瀲君一把抓住了他的手，滿面驚詫，「這是小夭珍藏的記憶，你不能……」

相柳靜靜地看著瀲君，瀲君想起之前的承諾，慢慢地鬆開了手。

相柳催動靈力，鏡子裡的畫面倒退著一點點消失，就如看著時光倒流，一切都好像要回到初相逢時，可誰都知道，絕不可能！

相柳面無表情地看著鏡子，瀲君卻眼中儘是不忍。

直到所有關於他的記憶全部被毀掉，相柳才微微一笑，把鏡子原樣放回了小夭的懷裡，就好像他從未動過。

相柳坐到桃花舟旁，凝視著沉睡的小夭，輕聲說：「地上梧桐相持老，天上鶼鶼不獨飛，水中鴛鴦會雙死，情人蠱同命連心，的確無法可解！當年我能幫顓頊解蠱，只因為顓頊並非心甘情願種蠱，妳根本沒有真正把蠱給他種上。我卻是心甘情願，真正讓妳種了蠱！妳三番四次要我解蠱，我一直告訴妳解不了，我知道妳不相信，可我的確沒有騙妳，我是真解不了蠱！」

相柳拿起小夭的手，以指為刀，在兩人的手掌上橫七豎八地劃出一行咒語，血肉翻飛，深可見白骨，「我雖然解不了蠱，卻可以殺了牠。」相柳唇角含笑，緊緊握住了小夭的手，雙掌合攏，血肉交融，再分不清究竟是誰的血肉，「不過，妳可別怪我騙妳，是妳沒有問！」

相柳開始吟唱蠱咒。

隨著吟唱，一點、兩點、三點……無數的藍色螢光出現，就像有無數流螢在繞著他們兩人飛舞。夜空下，瑤池上，滿天流螢，映入水中，水上的實，水下的影，實影相映，真假混雜，讓人只覺天上水下都是流光，美如幻境。

相柳手中突然出現一把冰雪凝成的鋒利匕首，他把匕首狠狠插入自己的心口，獙君幾乎失聲驚呼，忙強自忍住。

相柳拔出匕首，鮮血從心口噴湧而出，所有螢光好似嗜血的小蟲，爭先恐後地附著到他的心口，一點點消失不見，就好似鑽進了他的身體中。

很久後，所有螢光都消失了。相柳面色慘白，一手捂著心口，一手拿出靈藥，卻不是給自己療傷，而是灑在了小夭的手上，她的傷口迅速癒合，完好得再看不出一絲痕跡，就像什麼都沒有發生過一樣。

相柳微笑著，對小夭說：「妳的蠱，解了！從今往後，妳和我再無一絲關係！」

相柳輕輕地把桃花舟推到了瑲君面前，「明日清晨，她就會甦醒。」

瑲君完全明白了，小夭和相柳種了同命連心的情人蠱，所以相柳能救小夭。等小夭生機恢復，相柳又為小夭解了蠱，其實，他並不是解了蠱，而是用命誘殺了蠱，這種同歸於盡的解蠱方法，也只有九命相柳能用。

瑲君拿出隨身攜帶的玉山靈藥，「需要我幫你療傷嗎？」

相柳笑說：「謝了，不過這些藥對我沒用！」

瑲君不安地問：「你的傷……我能為你做什麼？」

相柳淡淡道：「不必如此，你應該明白，面對軒轅大軍，多一命、少一命，無所謂！」

瑲君黯然。

相柳說：「你倒的確能幫我做一件事。」

瑲君立即說：「好！」

「如果日後有人問起小夭體內的蠱，你就隨便撒個謊！」相柳笑了笑，好似雲淡風輕地說：「小夭曾說此生此世，永不想再見我，今夜之後，我和她再無關係，我也永不想再見到她！」

瑲君怔怔地看著相柳，一會後，一字字道：「我會請王母幫忙，就說蠱是王母解的。你放心，今日之事，除天地之外，就你我知道，我永不會讓小夭知道！絕不會辜負你的安排！」

相柳蒼白著臉，捂著心口，笑著欠了欠身子。瑲君無言以對，只能鄭重地回了一大禮，表明他一定信守承諾，絕不失言。

相柳看看天色，東邊的天已經有了微微的亮光，他搖搖晃晃地站起身，「我告辭了。」瀸君早已跳脫紅塵、超然物外，此時竟有幾分不捨，「聽聞最近戰事非常吃緊，你這次來玉山只是為了救小夭？」玉山雖然不理外界紛爭，但最近顓頊舉全國之力攻打共工，共工軍隊危在旦夕，瀸君還是知道一點。

相柳笑道：「不過是忙中偷閒，出來玩一趟而已！」說完，他對瀸君笑抱抱拳，躍上鵰背，剛要離開，又突然想起什麼，揮揮衣袖，潔白的雪花紛紛揚揚、飄舞而下。

雪花落在白色的海貝上，海貝快速地消融，上面的血咒也都漸漸變回血，不一會，海貝和血都融入瑤池，隨著水波蕩漾，消失不見。

這一次，所有關於他的痕跡都被徹底清除了，就如美麗的雪，雖然真實地存在過，也曾耀眼奪目，可當太陽升起，一切都會消失，變得了無痕跡。

相柳最後看了一眼小夭，驅策白鵰，迎著初升的朝陽，向著東方飛去。

漫天朝霞，焚彩流金中，他去如疾風，白衣飛揚，身姿軒昂，宛若天人。瀸君想說「珍重」，可一句簡單的送別語竟然重如山岳，根本說不出口。這一別，也許就是碧水洗血、青山埋骨，永無重逢時。不知為何，瀸君想起了一首古老的歌謠，他眼中含著淚，用激越悲涼的歌聲為相柳送別：

哦也羅依喲

請將我的眼剜去

讓我血濺你衣
似枝頭桃花
只要能令你眼中有我
哦也羅依喲
請將我的心掏去
讓我血漫荒野
似山上桃花
只要能令你心中有我
⋯⋯

第四十九章

悠悠兮離別

玉山，不是個好地方，卻遺世獨立，隔絕紅塵。
小夭，妳可願意留下，
做王母，執掌玉山？

小夭醒來時，看到窗外，陽光明媚，桃花盛開。她不知道自己身在哪裡，卻肯定地知道，自己依然活著。

小夭用手捂住了眼睛，早知連死都會這麼艱難，當年無論如何，都不該把蠱種給相柳！

半晌後，她披衣坐起，揚聲問道：「有人嗎？這是哪裡？」

緋紅的花影中，一道白影飄忽而來，一瞬間，小夭幾乎忘記了呼吸，待看到一雙碧綠的眼眸，她緩緩吐出了一口氣，問道：「烈陽，我怎麼會在玉山？」

「妳生病了，顓頊送妳來請王母救治。」

顓頊說她生病了？那就是生病吧……小夭問：「顓頊呢？」

「走了。」

小夭放下心來，問道：「王母救了我？」

烈陽不說話，化作白色的琅鳥，飛出了庭院。

獙君走了進來，含笑道：「妳的身體本就沒有事，氣息雖絕，心脈未斷，王母看出妳可以在水中換息，把妳沉入瑤池中，借了妳一些玉山靈氣，妳就醒來了。」

小夭苦笑，必死的毒藥竟然毒不死她，她和相柳的這筆交易，讓她都好像有了九條命，只是這麼活著，又有何意義？

獙君看小夭神情悲苦，溫和地說：「妳在玉山住一段日子吧！王母時日無多，即使黑帝陛下不送妳來，我也打算去接妳。」

小夭震驚地看著獙君。

獙君平靜地說：「不用難受，有生自然有死。」

小夭想了想，也是，當生無可戀時，死亡其實是一種解脫。她說：「我想見王母。」

獙君說：「王母這會神智清醒，我帶妳去。」

王母正坐在廊下賞花，看到小夭，未露絲毫驚訝，反而笑招了招手，「小夭，用過早飯了嗎？一起吧！」

小夭幾曾見過如此和藹可親的王母？如果不是獙君和烈陽都在，她都要懷疑有人在冒充王母。

小夭坐到王母下首，端起桃花蜜水，喝了幾口。

王母喝的卻是酒，她一邊喝酒，一邊翻看著一片片玉碟，玉碟上繪著女子的畫像，畫像旁有幾行小字。

王母看了一會，不耐煩地把一盒子玉碟扔到地上，侍女忙去撿起來。一個素衣女子從桃花林內走來，對王母說道：「妳應該知道自己的身體，說不準哪天就醒不來了，妳必須做決定了。」小夭記得她叫水葒，負責看守玉山的藏寶地宮，很少露面，小夭住在玉山的七十年，只見過她三四次。

王母仰頭灌了一杯酒，把玩著空酒杯說：「妳也知道我都要死了，還不讓我清靜幾天？」

水葒把裝玉碟的盒子捧給王母，「我讓妳清靜，等妳死了，我就不清靜了！」

王母道：「都是好好的姑娘，不明白她們為什麼會想當王母。」她拿著枚玉碟，剛要看，又放下，盯著小夭，問道：「小夭，妳可想過日後？」

小夭茫然地問：「什麼？」

王母悠悠說：「有時候，茫茫天下何處都可去，心安處，就是家；有時候，天下之大卻無處可去，甚至不惜一死解脫。玉山，不是個好地方，卻遺世獨立，隔絕紅塵。小夭，妳可願意留下，做王母，執掌玉山？」

王母的神情好似已經知道了一切，小夭眼眶發酸，這天下盡在顓頊手中，就算她想黃泉碧落永不相見，卻連躲都無處可躲，也只有遺世獨立的玉山能給她一方容身之處。

小夭說道：「我願意！」

王母拍拍手，對水葒說：「好了，事情解決，妳可以消失了。」

水葒看著小夭，嘆道：「沒想到，最不願留在玉山的人竟然要永遠留在玉山。」水葒收起玉碟，翩然離去。

烈陽飛落在桃花枝頭，說道：「小夭，做王母就意味著永生不能下玉山，一世孤獨，妳真想清楚了嗎？」

小夭說：「我想清楚了，天下雖大，我卻無處可去，留在玉山做王母，是我唯一的歸宿。」以前，她貪戀著外面的絢麗景致，可如今，失去了一切，所有的景致都和她無關，她累了，只想有一處安寧天地，打發餘生。

烈陽不再吭聲，獙君想反對，卻想不出理由反對，也許走到這一步，終老玉山的確已是小夭唯一的歸宿。

王母看沒有人反對，說道：「三日後就昭告天下，新的王母接掌玉山。」

從玉山回來後，顓頊命人在神農山仔細查訪，終於在神農山找到了一處適合小夭沉睡的湖泊。顓頊召集高手，用神器設置了層層陣法，既可以讓靈氣充裕，又可以保護小夭。待一切布置停當，他親自來玉山接小夭。

上一次來見王母時，因為王母重病，王母是在起居的琅琊洞天見黑帝，這一次侍女卻引著顓頊一行人向玉山的正殿走去。

一路行來，傀儡宮女來來往往，正在布置宮殿，一派歡慶忙碌的樣子。

顓頊不解，問道：「王母的身體大好了嗎？」

侍女恭敬地回道：「娘娘的病越發重了，不再見客。不過娘娘已經選好了繼任的王母，現在玉山一切事務由新娘娘掌管。」

顓頊詫異地說：「原來新王母已經接掌玉山事務，怎麼沒有昭告天下？」

侍女道：「定的是十九日昭告天下，舉行繼位儀式，就是明日了。」

顓頊還是覺得怪異，不過王母行事向來怪誕，不能以常理度之。

行到殿門前，侍女止步，水紅迎了出來，行禮請安，「玉山執事水紅見過黑帝陛下。」

顓頊謙和有禮地說：「今日第一次見新王母，竟然沒有準備任何賀禮，空手而來，實在抱歉。」

水紅道：「是玉山失禮，讓陛下不知情而來，陛下莫要見怪才好。明日舉行繼位儀式，陛下若有時間，不妨逗留兩日，觀完禮再走。」

顓頊躊躇，玉山地位特殊，王母又對他有恩，能邀請他觀禮，也是玉山對他的敬重，可如今蓐收和共工的戰事已到最後關頭，今日來本就是百忙之中擠出的時間，原打算謝過王母後，接了小夭，立即就離開。

水紅道：「陛下先不忙做決定，不管走與留都不在這一刻。陛下，請！」

顓頊跨進殿門，看到幽深的殿堂，用珠簾分了三進。兩側的十八扇窗戶大開，一側是千里桃花倚雲開，一側是萬頃碧波連天際，氣象開闊美麗。

隔著三重珠簾，在大殿盡頭，有一位白衣女子，倚窗而站，手內把玩著一枝緋紅的桃花。她好似在欣賞煙波浩淼、青山隱隱、白雲悠悠的景致，又好似在焦灼不耐地等人，手指無意地將桃花瓣扯下，那桃花扯之不盡，已經落了一地。

顓頊心內暗想，不知這位新王母又是個什麼樣的怪性子。

隨著顓頊的走動，侍女掀開了一重重珠簾，當侍女掀起最後一重珠簾時，恰一陣疾風從窗口吹入，把白衣女子腳下的桃花瓣全吹了起來。就在桃花滿殿飛舞中，白衣女子徐徐回過了身來。

顓頊本已掛上客氣有禮的微笑，剎那間，他笑容凍結，震驚地叫：「小夭——」

小夭走到殿堂中央王母的御座前坐下，抬手做了個請的姿勢，「陛下，請坐。」

顓頊心中已經明白，卻不願相信，都顧不上詢問小夭如何甦醒的，他衝到小夭面前，焦急地問：「小夭，妳為什麼做王母的打扮？」

「明日，我就是王母。」

「妳知不知道這意味著什麼？」

「玉山是我生活過七十年的地方，我很清楚我的決定。」

顓頊悲怒交加，幾乎吼著說：「王母終身不能下玉山，必須一世孤獨！妳是在畫地為牢，把自己囚禁到死！就算璟死了，就算妳看不上我，可妳的一生還很長，天下之大，妳總能找到另一個人相伴！難道整個天下再沒有一人一事值得妳留戀嗎？」

小夭平靜地說：「陛下，請坐！另外，請陛下稱呼我王母。從今往後，只有玉山王母，沒有紅塵外的名字。」

顓頊搖搖頭，抓起小夭的手，拖著她往外走，「妳跟我去見王母，我會和她說清楚，妳不能做王母，讓她重新找人！」

玉山的侍女攔住了他們的去路，「請黑帝陛下放開娘娘！」

顓頊的侍衛護在顓頊身旁，抽出了兵器。

水葒走了進來，不卑不亢地說：「陛下，這是玉山，玉山從不插手世間紛爭，世間人也不能插手玉山的事！天下分分合合、興亡交替，歷經無數帝王，玉山從未違背古訓，從盤古大帝到伏羲、女媧大帝都很尊敬玉山！黃帝和白帝兩位陛下也對玉山禮遇有加，還請黑帝陛下不要忘記古訓，給玉山幾分薄面！」

小夭對顓頊的侍衛說：「玉山無兵戈！世間的神兵利器到了玉山都不會起作用，若說打人方便還不如玉山的一根桃木枝，你們還是趕快把兵器收起來！」

侍衛這才想起似乎是有這麼一條傳聞，看了一眼顓頊，陸陸續續，尷尬地收起兵器。

小夭對玉山的侍女說：「妳們也退下！」

侍女立即退到一旁，連水葒也退到了珠簾外。顯然，小夭這個玉山王母做得還是頗有威嚴。顓頊卻通體寒涼，猶如在做噩夢，一顆心一直往下墜，墜向一個深不見底的深淵。

小夭對顓頊說：「兩日前，我已甦醒，本來王母要派青鳥給你報個信，是我攔下了。在我甦醒的那日，我就做了接掌玉山的決定，王母怕我一時糊塗，特意延遲了三日昭告天下，讓我有時間反悔。顓頊，沒有任何人逼我，是我自己的決定！」

顓頊握著小夭的手，越收越緊，就好像要變成桎梏，永不脫離，他喃喃問：「為什麼？」

小夭淡淡地笑，平靜得就好像說的事和她無關，「顓頊，你不知道是為什麼嗎？我本可以像世間普通女子一樣嫁人生子，過上平凡又幸福的日子，是你把它奪走了！我殺不了你，也死不了，就連想離開你，都不可能！普天之下，皆知我是蚩尤的女兒，普天之下，都是你的疆域，就算我能躲開那些氏族的追殺，也躲不過你的追兵。顓頊，天地之大，可你已經逼得我，除了你的身邊，再無我容身之所！」

「只要妳不做王母，我可以放棄……」

小夭搖搖頭，「顓頊，我累了，讓我休息吧！」

顓頊緊緊地抓著小夭的手，哀求道：「小夭，只要妳不做王母，我給妳自由，隨妳去哪裡！」

小夭跪下，仰頭看著顓頊，說：「哥哥，求你看在過往的情分上，同意我當王母，給我一方天地容身。」

她神色平靜，一雙黑漆漆的眼眸中，無愛、亦無恨，只有一切無可留戀的死寂。

曾幾何時，這雙眼眸晶瑩剔透若琉璃，顧盼間慧黠可愛，會歡喜、會得意、會憧憬、會憂慮、會生氣、會悲傷……就算在神農山的最後一段日子，也是充滿了恨。

可現在，什麼都沒有了！乾涸如死井……

顓頊驚得一下子全身力氣盡失，竟然踉踉蹌蹌後退了兩步。

小夭自然而然地收回手，未見絲毫情緒波動，依舊跪著，對顓頊平靜地說：「求哥哥同意我當王母。」

顓頊竟然不敢面對這雙眼眸，它們在提醒著他，那個陪伴著他一路走來的小夭，那個沒有被任何困難打倒的小夭，已經死了！是他一步步逼死了她！

顓頊身子搖搖欲墜，看著小夭，一步步後退。突然，他一個轉身，向殿外逃去，跌跌撞撞地衝出一重重珠簾，在珠璣相撞的清脆聲中，他的身影消失在殿外。

小夭緩緩站起身，對水葒下令：「如果黑帝陛下要住一晚，就好好款待，如果陛下要離開，就恭送。別的一切按照我們之前的商議辦。」

水葒躬身行禮，「是。」

晚上，瑤池畔。

小夭一身素淨的白衣，頭髮鬆鬆挽起，雙腳懸空，坐在水榭的欄杆上，呆呆望著碧波中倒映的一輪月影。

獙君穿行過盛開的桃花林，走進了水榭中，對小夭說：「黑帝陛下沒有說離去，也沒有說留下，一直坐在崖頂，對著軒轅山的方向，不吃不喝、不言不語。」

小夭淡淡說：「隨他去！反正最多只能留三日。」

獙君說：「小夭，妳真想好了嗎？一旦做了王母，就要一世孤獨，終身不能離開玉山！現在反悔還來得及！」

「我知道你擔心我，但我真的想好了！你和烈陽這些年在玉山不也生活得很好嗎？」

獙君不知道該如何反駁，沉默擔憂地看著小夭。

小夭笑著推獙君，「好了！好了！回去休息吧！從明日起，我可就是王母了，你和烈陽都得聽我的！」

獙君只得離開，走進桃林後，他回頭望去，小夭依舊坐在水榭內發呆，清冷的月光下，她孤零零一人，形隻影單。想到這幅畫面會千年萬年長，他忍不住長長嘆息。

清晨，玉山之上，千里桃花灼灼盛開，萬頃碧波隨風蕩漾。

小夭在侍女的服侍下，穿上最隆重的宮服，戴著王母的桃花冠，只等舉行完繼位儀式，從王母手中接過象徵玉山的玉印，再昭告天下她繼位王母的文書上蓋下印鑒，她就算正式接掌玉山了。

打扮整齊後，小夭在兩隊侍女的護送下，沿著甬道，走向祭台。

白玉甬道兩側，遍植桃樹，花開繁茂，隨著微風，落花簌簌。

小夭看著迷濛的桃花雨，想起了璟求婚時的景象，那是在神農山的草凹嶺，山上並無桃樹，可因為璟知道她的父母在桃花樹下定情，所以特意用靈力營造了千里桃花盛開的景象。漫天桃花下，他緊張地說：「青丘塗山璟求娶西陵玖瑤。」

小夭伸手接住幾朵落花，微微而笑。

王母盛裝打扮，在兩位侍女的攙扶下，站在祭台上。她目光清明，神態安詳地看著小夭。祭台下，站著唯一的觀禮賓客——顓頊，他面色蒼白，神情憔悴，眼睛一眨不眨地盯著小夭。

小夭目不斜視，不疾不徐地走到祭台前。王母溫和地說：「按照慣例，我最後問一遍，一旦繼任王母，終身不能下玉山，也永不能婚嫁，妳可願意？」

小夭還未開口，顓頊叫道：「小夭——」他眼中泛著淚光，千言萬語的哀求都無聲地傾訴在了雙目中。

漫天緋紅的桃花影中，小夭好像看到了璟，她緊緊地握著手中的落花，對著他微笑，一字字清晰地說：「我願意！」

王母點點頭，「好！」

顓頊痛苦絕望地閉上了眼睛。

水葒上前，引領著小夭登上祭台。小夭姍姍跪下，王母拿出玉印，「萬丈紅塵，一山獨立，望爾秉持祖訓，心如明鏡……」

小夭伸出雙手，正要接過玉印，天空中突然傳來一聲聲急促的鶴鳴，猶如有人砸門闖關，所有人都詫異地望向天空。

王母不悅，傳音出去：「今日玉山不接待外客，何人大膽闖山？」聲音猶如怒雷，震得人頭痛欲裂。

漫天雲霞，熙彩流光中，一隻白鶴翩然而來。

白鶴上，一個青衣人端立，身如流雲，姿若明月。

顓頊神色驟變，不自禁地往前走了幾步。小夭也豁然站起，雙目圓睜，身體簌簌直顫。

青衣人從白鶴上躍下，站在了祭台前，他好似久病初癒，臉色泛白，身材瘦削，可五官神秀，神情自若，風流天成。落英繽紛中，他恭敬地對王母行禮，「青丘塗山璟，來接晚輩的未婚妻，已聽侍女說過玉山正在舉行王母繼位儀式，不接待外客，本該依禮等候，但晚輩事出有因，不得不硬闖，還請王母海涵。」

王母愣住了，驚異地問：「塗山璟？你沒死？」

璟看著盛妝的小夭，眼中淚光隱隱，「小夭，我回來了，希望妳不要嫌我來遲了！」璟走向小夭，祭台兩側的侍女用桃木杖攔住他，璟不想觸怒王母，只能止步。他輕聲叫：「小夭，不要做王母，妳答應了要嫁給我！」

小夭神情恍惚，猶如做夢一般，一步步走下祭台，朝著璟走去。侍女們看王母沒有反對的意思，陸陸續續收起桃花杖。

直到站在璟面前，小夭依舊不敢相信，她哆哆嗦嗦地伸出手，撫摸著璟的臉頰，「璟，真的是你嗎？」

璟說：「我是玟小六的葉十七，因為妳隨手拿起的藥草上有十七片葉子，所以，我從此就叫了葉十七。」

小夭含著淚笑，「你真的回來了！」

璟握住了她的手，「對不起，讓妳等得太久了！」

小夭一頭撲進璟的懷裡，淚水滾滾而下，嗚嗚咽咽地說：「璟、璟，你終於回來了！」

璟擁著她說：「別哭、別哭……」

小夭卻嚎啕大哭起來，一邊淚如雨落，一邊捶打著璟，「我一直等你，一直在等你，我不相信你死了，每個月圓的日子都以為你會回來，可你總是失約！我等了太久，以為你不會再回來了……我以為你真的扔下我了……我恨你，恨你……」

璟由著小夭又打又罵，一遍遍說：「我知道妳吃了很多苦，是我失約了，對不起！對不起！」

小夭伏在璟懷裡，只是痛哭。

等小夭發洩完，情緒平復下來，已經是半個時辰後，祭台前早就空無一人，小夭和璟都不知道他們何時離開的，看來王母繼位的儀式算是不了了之。

璟看著小夭的王母裝扮，又是心酸，又是後怕，說道：「幸好來得及時！」

小夭問：「這些年你在哪裡？」

璟說：「篌逼我和他決鬥，我趁著意映和篌說話時，悄悄吃下了妳給我的那顆起死回生丹，打算跳入清水逃命，沒想到，我被篌踢進了清水，倒也符合我的計畫，可篌的那一腳踢得很重，我落水後立即昏死過去。再醒來時，已經是五日後的清晨，人在東海的一個荒島上。是一對鮫人夫婦救了我，我們語言不通，難以交流，只能透過手勢比劃，好不容易，我才大致明白，他們在海裡發現了昏迷的我，不知道我是誰，也不知道該如何救我，只能把我安置到荒島上，時不時尋些藥草餵給我，幸好海底有無數奇珍異寶，被他們誤打誤撞，竟然稀里糊塗救醒了我。我心中掛念妳，匆匆趕回中原，才知道已經七年過去，黃帝陛下告訴我妳不在神農山，讓我立即趕來玉山。」

小夭抹著眼淚說：「我一定要親自去拜謝救了你的鮫人夫婦。」

璟嘆道：「鮫人終生漂泊，沒有固定居所，我離開時，一再詢問將來如何尋找他們，可不知他們是聽不懂，還是說不清楚方位，只是指著大海。大海無邊無際，也不知道能不能再見到他們。」

小夭說：「日後我們慢慢找，總有希望能遇見，現在我們還是先去給王母賠罪。」

微風徐徐，陽光絢爛。

小夭拉著璟的手，行走在桃花林中。她一邊走，一邊時不時看一眼璟，似乎在一遍遍確認璟就在她身邊。

獙君迎面而來，小夭對璟說：「這就是我以前常和你說的阿獙。」

璟彎身行禮，獙君忙閃避開，小夭知道妖族等級森嚴，也未勉強，笑道：「你來的正好，陪我們去拜見王母吧！」

「先不著急見王母，顓頊在崖頂……」獙君嘆了口氣，「無論如何，你們去見他一面吧！」

小夭的笑容消失，緊緊地抓著璟的手，生怕他會消失一樣。璟用力地反握了一下小夭的手，對獙君說：「我們會去的。」

獙君對璟行了一禮後，離開了。

小夭努力裝作若無其事，笑對璟說：「你在這裡等我，我去去就回。」

璟問：「為什麼我不能去見黑帝陛下？」

小夭張了張嘴，什麼都沒有說出來。

璟道：「去清水鎮前，我心裡很不安，特意帶了許多暗衛，想著一定要平安回來迎娶妳。可篌的人竟然能圍剿塗山氏的暗衛，這是連赤水氏的族長都做不到的事！當時，我就想整個天下，只有一個人能有如此勢力。正因為已經猜到是黑帝陛下，我推測清水鎮內還有其他人，以防篌萬一失手，所以我只能小心計畫，藉著每次被篌打傷時，逐漸靠近清水，想藉助清水逃亡。」

原來璟已經知道，不用親口對他解釋，小夭竟然鬆了口氣，低聲道：「對不起！」

璟長嘆了口氣，把小夭攬進懷裡，「不要自責，這不是妳的錯。」

「你、你……知道顓頊想殺你的原因？」

「即使當時沒有想到，現在也明白了。」

小夭喃喃說：「既然你已經知道了，那你小心一點。我去見他，等他走了，就沒事了。」

璟說：「我去神農山找妳時，和黃帝陛下聊了幾句，我想我也犯了一個大錯，我們現在就去見黑帝陛下，把一切說清楚。」

小夭遲疑，不是不想見顓頊，可她怕！

璟說：「黑帝陛下是妳最信任的人，不要因為一次錯誤，就失去了對他的信心！你有沒有想過，為什麼陛下沒有阻止妳嫁給豐隆，卻要阻止妳嫁給我？難道當年他看著妳出嫁就不痛苦嗎？」

「因為……他覺得你不如豐隆。」

璟搖搖頭，「這只是表面的原因，最重要的原因是陛下認定我沒有能力保護妳！從小到大，陛下承受了太多失去，他怎麼可能把妳託付給一個懦弱無能的人？告訴我，去崖頂的路在哪裡？」

小夭乖乖地指路，「那邊！」

崖頂，雲霧繚繞。

顓頊獨自一人站在懸崖邊，好似眺望著什麼。小夭上前幾步，順著他眺望的方向，極目遠望，可除了雲就是霧，實在看不到別的什麼。

小夭輕聲問：「你在看什麼？」

顓頊沒有回頭，溫和地說：「看不到軒轅山。從軒轅山到神農山，一步步走來，本以為擁有了一切，可回望過去，原來再也看不到朝雲峰的鳳凰花了，不管我在神農山上種多少棵鳳凰樹，它們都不是朝雲峰的鳳凰樹。」

小夭說：「你站在這裡，自然看不到朝雲峰的鳳凰花了。如果想看朝雲峰的鳳凰花，就去朝雲峰！你已經擁有了整個天下，想在哪裡看花的自由應該還有！」

顓頊轉身，在看到小夭時，也看到了另一個人，有匪君子、如圭如璧、寬兮綽兮、清兮揚兮。

璟對顓頊行揖禮，「見過陛下。」起身時，他握住了小夭的手，一白一青兩道身影，猶如皓月綠竹，相依相伴。

顓頊默默凝視了他們一會後，視線越過他們，又望向翻湧的雲霧。

小夭本以為顓頊會說點什麼，或者問點什麼。可是，顓頊既沒有詢問璟如何活下來，也沒有詢問她日後的打算，他面無表情，無喜無悲、無傷無怒。璟也十分怪異，一直沉默地站著，既不開口詢問解釋，也不說告辭離去。

顓頊和璟，一個巍然不動如山岳，一個長身玉立如青竹。小夭不安地動了動，璟捏了捏她的手，對她笑笑，好似在說別急，小夭只得又安靜下來。

顓頊緩緩走到小夭和璟面前，盯著璟說道：「豐隆臨死前告訴我，『棄軒轅山、占神農山』的計策是你提出的，你還說服了他接受。」

璟坦然地回道：「是我。」

「為什麼一直隱瞞？」

「當時並未多想，只是簡單地想著我所求只是小夭，不如將一切讓給豐隆，幫他實現所求。」

「為什麼幫我？因為小夭？」

「不是！我開始外出，學著做生意時，黃帝陛下統一中原還沒有多久。我跟著商隊，足跡遍布大荒，看到了太多流離失所，深刻地意識到，天下需要一位真正胸懷天下的君王。一國之君，事關天下蒼生，千萬百姓，我可以為小夭做到，恪守族規，不支持蒼林和禹陽，卻絕不可能做到，不惜違背祖訓、打破族規，聯合四世家和中原氏族，支持陛下登基。我之所以那麼做，只是因為陛下的胸懷和才幹讓我堅信，我所作所為正確！直到今日，我都沒有後悔自己的選擇，豐隆肯定也沒有，我們的選擇和堅持全是正確的。」

顓頊深深地盯了瑲一瞬，一言不發地從小夭身畔走過，在侍衛的保護下，朝著山下行去。侍衛環繞著他，可每個侍衛都不敢接近他，恭敬地保持著一段距離，顯得顓頊的身影異常孤單。

小夭目送著顓頊的身影漸漸遠去，就好似看著生命中最珍貴的一部分在漸漸遠離她，身體猶如被割裂般地痛著，她捂住心口，靠在了瑲的肩頭。

第五十章 當時攜手處

數千年，陰謀、奪位、戰爭、刺殺……所有親人都化作了白骨。

但，不管如何，他和小夭活了下來，

不僅都活了下來，還都活得很好！

小夭帶著璟到琅琊洞天去拜見王母時，看到一隻白色的琅鳥停在桃花枝頭，小夭對璟說：「這就是烈陽。」

璟對白鳥行禮，烈陽居高臨下地打量了一番璟，說道：「王母清醒著，你們進去吧！」

璟和小夭走進屋子，看到王母靠躺在桃木榻上，瀲君和水葒垂手立在一旁，璟上前行禮，「晚輩塗山璟見過王母娘娘。」

王母冷冷地看了他一眼，喝著百花釀，不願搭理的樣子。

璟跪下，「小夭的娘親在出征前，將小夭託付給娘娘，娘娘撫養了小夭七十年，之後又多有照顧，小夭為娘娘做事很應該，但小夭是我的妻子，我不能讓她接掌玉山。」

王母冷哼，不悅地說：「你以為玉山王母是說做就做，說不做就不做的嗎？」

小夭坐到了王母身邊，摇著王母的胳膊說：「我的好姨外婆，您就別逗他了！」

王母無奈，對璟說：「起來吧！女大外向，留也留不住！」
「謝娘娘！」璟恭恭敬敬地磕了三個頭才站起。
水葒鬱悶地問：「小夭不當王母了，誰來接任王母？」
王母掃了一眼獙君，獙君說：「我已經派青鳥通知了白芷，推遲兩三日舉行繼位儀式應該沒有問題。」
「白芷？」水葒想了一瞬，輕嘆口氣，頷首道：「她倒也合適。」
王母說：「既然妳不反對，那就這樣吧！等繼位儀式結束後就昭告天下，白芷成為王母，從此接掌玉山。」
「是！」水葒行禮後，退下。
王母問小夭和璟，「你們以後有什麼打算？」
璟看小夭，小夭笑道：「娘娘說過，心安處，就是家。天下之大，總能找到一處世外洞天讓我們安居。」
王母點點頭，「只要心能安，處處都能做家。你們收拾收拾，就離開吧！」
小夭說：「我不想走，我想……」
「我知道，妳想看著我死。」
「娘娘，我只是……」
王母抬了下手，示意她都明白，「你們想看著我死，可我不想讓你們看著我死。」
小夭、獙君都難掩悲傷，小夭說：「我們再住幾日。」

「隨便你們！我累了，你們……」王母想讓小夭和瑲離開，瀲君輕輕咳嗽了一聲，王母話鋒一轉，問道：「你們知道小夭體內有蠱嗎？」

小夭表情一滯，沒有回答，瑲說：「知道！」

王母道：「小夭昏迷時，我發現她體內有蠱，幫她解了，你們沒意見吧？」

瑲欣喜若狂，結結巴巴地問：「娘娘的意思是小夭的蠱已經解了？」

王母冷冷地說：「你質疑我說的話？」

瑲忙道：「不是、不是！晚輩只是太高興了！」王母性子清冷，話不多，但向來說話算話，她說解了，就肯定解了。

小夭心中滋味難辨，其實早在相柳行刺顓頊，卻殺了豐隆時，她已經以血還債，和相柳恩斷義絕，但聽到兩人最後的一點聯繫在她不知道時就被斬斷了，還是有些說不清道不明的悵惘。小夭嘲諷自己，人家自始至終不過是把妳看作一枚棋子，妳有什麼好悵惘的？難道悵惘他的冷酷無情嗎？

王母疲憊地閉上眼睛，揮揮手。小夭和瑲行禮告退，瀲君也隨著他們，出了屋子。

行到桃林內，瀲君忍不住問道：「事情太多，一直沒來得及問究竟是誰救了瑲，為什麼這麼久才歸來？」

瑲將東海鮫人的事情說出，瀲君聽完後，心頭一動。九頭妖是妖力強大的海妖，驅策鮫人做點事完全可能，但是，完全不懂人語的鮫人，廣袤無垠的大海，即使真是他做的，他也狠絕到一點痕跡沒留。

小夭問：「阿瀲，你怎麼了？為什麼表情這麼古怪？」

獙君忙道：「沒什麼！」

兩日後，白芷趕到玉山，玉山按照古訓，舉行了繼位儀式，繼而昭告天下，新王母接掌玉山。

第二日清晨，小夭和璟去探望王母，被水紅攔在了外面。

水紅說：「阿湄已逝。」

一瞬後，小夭才明白過來，阿湄就是王母。

水紅對小夭說：「不必難過，她是在睡夢中安詳地離去，臉上含著笑容，我想她夢見了她想見的人。」

水紅對璟說：「你已在玉山住了三日，今日天黑前，請離開。」

璟拉著小夭往回走，小夭恍恍惚惚地想，是不是因為每個王母接掌玉山時，都已斬斷塵緣，所以每個王母都會走得這麼決絕？

小夭和璟留在玉山的原因是為了王母，如今王母走了，他們準備離去。

烈陽和獙君來送他們，小夭問烈陽和獙君，「你們有什麼打算？」

烈陽和獙君相視一眼，獙君說：「我們在玉山住習慣了，不打算離開，你們呢？」

小夭看了璟一眼，說：「我們還沒商量過，應該會去一趟青丘，璟要處理一點未了之事。」

獙君道：「等你們定下婚期，通知我和烈陽。」

璟道：「好！」

小夭說：「那……我們走了。」

獙君對璟說：「小夭就交給你了。」

璟彎身行大禮，如待兄長，「我會照顧好小夭。」

烈陽毫不在意，大模大樣地受了，獙君卻躲到一邊。妖族等級森嚴，獙君是狐妖，九尾狐是狐族的王族，可以說獙君一見到璟，就天生敬服，只不過他妖力高深，可用靈力壓抑住本能。

深夜，小夭和璟到了青丘。

小夭問：「休息一晚，明日再去塗山府嗎？」

「現在去，正好不用驚動太多人。」

當小夭和璟出現在靜夜和胡珍面前時，兩人驚駭得一點聲音都發不出。璟笑問：「怎麼？你們不高興看到我嗎？」

靜夜腿一軟，跪到了地上，泣不成聲，「公子、公……」

胡珍漸漸冷靜下來，行禮道：「族長，請坐！」

璟笑道：「換回以前的稱呼吧！我已不是族長。」

小夭把靜夜扶起，「妳哭什麼呢？璟回來了，不是該高興嗎？」

幾日前，也不知道誰嚎啕大哭了半個時辰。璟瞅了小夭一眼，手握成拳，掩在唇畔微微咳嗽一聲，擋去笑意。

璟問胡珍，「瑱兒可好？」

「好，很好！」胡珍將塗山瑱當上族長後的事講了一遍，最後說道：「族長雖然是篌公子和防風意映的兒子，可大概因為他一直受公子教導，我觀察他行事頗有公子的風範，肯定會是一位好族長。」

靜夜這會已經平靜，補充道：「本來我們不打算告訴他公子因何失蹤，但人多嘴雜，總免不了有人在他面前說，與其他胡亂猜測，不如告訴他事實。我和胡珍商量後，把防風意映留下的信提前交給他，將一切都如實告訴。族長知道了自己的身世後，難受好一段日子，我擔心他恨公子，沒想到他說『是伯伯和娘親做錯了』，還說『如果不是為了來看我，爹爹不會失蹤』。直到現在，族長依舊不肯叫篌公子爹爹，一直稱呼他伯伯，稱呼公子是爹爹。」

璟說：「人死萬事空，你們平時多找機會，給他講講大哥少時的事，也多講講我們兄弟沒有反目前的往事，讓他明白大哥的所作所為也是事出有因，是他的奶奶先做錯了事。」

靜夜本來深恨篌，壓根不願提他，可現在璟平安歸來，她的恨淡了，應道：「奴婢明白。」

胡珍聽出了璟的言外之意，問道：「為什麼不是公子講給族長聽？難道公子要離開青丘？」

璟微微一笑，道：「今夜是專程來和你們告別。」

靜夜的眼淚又要出來，胡珍問：「公子想去哪裡？」

璟看著小夭，笑道：「小夭去哪裡，我就去哪裡。」

胡珍想說什麼，可如今塗山氏一切安穩，瑱也可堪大任……想到璟和小夭一路走來的艱難痛苦，他將一切挽留的話都吞了回去。

璟把兩枚玉簡遞給胡珍，「一封信交給瑱兒，一封信交給長老。」

胡珍仔細收好，「公子放心，我們一定會守護族長平安長大。」

璟拉著小夭的手站起。

靜夜哭著說：「公子，你、你……」

璟笑道：「都已經嫁人了，怎麼還這麼愛哭？胡珍，快勸勸你家娘子！」

璟轉身要走，靜夜叫道：「公子，等等。」她很清楚，此一別再不會有相見之日，「公子，以後奴婢再不能服侍您了，讓奴婢給您磕三個頭。」

靜夜跪下，邊哭邊給璟磕頭，少時的收留之恩，多年的維護教導之恩……沒有璟，就沒有今日的她。

靜夜磕完三個頭，璟對胡珍笑點了下頭，牽著小夭的手，出了門，衣袂飄拂間，已翩然遠去。

靜夜哭著追出來，「公子、公子……」只看到漆黑的天上，皓月當空，一隻白鶴馱著兩人，向著月亮飛去，越飛越高、越去越遠，一陣風過，蹤跡杳然，只皓月無聲，清輝灑遍大地。

第二日中午，小夭和璟到了軒轅城。

白帝不在軒轅山，小夭想直接去打鐵鋪找。璟拉住了她，「先找家客棧，洗漱一下、休息一晚，明日再去拜見白帝陛下。」

小夭問：「為什麼？」

璟竟然好像有些羞澀，低聲道：「收拾齊整一點，去拜見岳父大人比較好。」

小夭忍著笑點點頭，「有道理，一直趕路，難免有點旅途風塵，實在有損公子風儀。」

璟拽著小夭走進了客棧。

兩人好好休息了一夜，第二日穿戴整齊，才去狗尾巷的打鐵鋪。

大清早，街上已經熙來攘往，很是熱鬧，但走進破舊的狗尾巷，依舊戶戶緊閉著大門，氣氛有些冷清。

璟上前敲門，裡面傳來苗莆的聲音，「誰啊？這麼早來打鐵？晚點再來！」

小夭對璟做了個「噓」的手勢，不吭聲，只重重地拍門，本以為苗莆會受不了，衝出來拉開門，正好嚇她一跳，不想一個人影無聲無息，突然從屋頂落下，飛撲向小夭，璟和小夭倒被驚得一跳。璟立即一手把小夭護在懷裡，一手攻向來人，想把他逼退。

小夭忙擋住了璟，叫道：「左耳！停！」

來者頓時停住，璟也收回靈力，小夭還沒來得及給璟和左耳介紹彼此，苗莆撲了過來，抱住小夭就哭，小夭忙安撫她，「別哭，妳別哭……」

好不容易，苗莆平靜了一點，她一抬頭看到璟，竟然被嚇得啊一聲慘叫，衝向左耳，還不忘拽著小夭。小夭靈力低微，只能任憑苗莆擺布。苗莆把小夭推到左耳和自己身後，靠著左耳，才有底氣看璟，哆嗦著問：「你、你……你是誰？」

璟笑道：「妳說我能是誰？」

「璟公子？你活了？」

小夭在苗莆的腦袋上敲了下，「就妳這樣，還曾是暗衛？真不知道當年妳是怎麼通過選拔的？」她走回璟身旁，牽起璟的手，對左耳說：「他就是璟。」

左耳早已經從頭到腳審視了一遍璟，面無表情地說：「你沒死，很好！」轉身就進了院子，顯然沒有寒暄的意思。

小夭對璟做了個鬼臉，「不用我介紹，你也該猜到他是誰了。」

四人走進堂屋，白帝已坐在主位上，看到璟，別說驚疑，連眉毛都沒抬一下。

璟和小夭上前，跪下磕了三個頭。璟說：「晚輩平安歸來，讓陛下擔心了。」

白帝點了點頭，「我倒沒什麼，你讓小夭受苦了。」

璟緊張地說：「晚輩明白。」

白帝說：「你明白就好，日後慢慢彌補吧！」

璟的緊張散去，說道：「晚輩一定做到！」

「都起來吧！」

璟和小夭起身坐下，小夭看白帝一直不太搭理她，只好嬉皮笑臉地問道：「父王，你教了左耳什麼手藝？」

白帝冷冷說：「你們認定了我不能離開軒轅山，一個二個都想糊弄我，妳倒是說說為什麼突然打發他們倆來我身邊？還一再叮嚀我，十年內不許他們離開？再說說顓頊為什麼突然秘密去一趟歸墟？還有，顓頊為什麼說妳身體不適？一個月內，顓頊去了兩趟玉山，如此反常又是為什麼？」

小夭張了張嘴，不知道能說什麼。不是不信任父王，可她就是不想告訴父王顓頊做過什麼，這是顓頊和她之間的事，就算親如父王，她也不想說。

璟完全明白小夭的心思，挺身解圍道：「小夭，妳去和左耳、苗莆敘敘舊吧，我想和陛下單獨說會話。」

「好！」小夭如釋重負，和左耳、苗莆出了屋子，去廚房，一邊看苗莆燒早飯，一邊聽苗莆講他們這段日子的生活。

待苗莆的早飯做好，璟和白帝的話也說完了，白帝對小夭不再冷言冷語。小夭悄悄拽璟的袖子，光動嘴唇、不出聲地問：你告訴父王實話了？

璟笑了笑，沒有說話，給小夭舀了一碗湯。

好不容易憋到吃完飯，正好有人來打鐵，白帝去前面招呼生意時，小夭趕緊問璟：「你把實話告訴父王了？」

「當然沒有了！既然妳不想讓人知道，我怎麼能說？」

小夭舒了口氣，「沒說就好。」繼而，她又納悶起來，「既然沒說實話，父王怎麼聽了就不追究了？」

「我告訴父王『所有事已經發生了，既然我和小夭如今都平平安安，就沒有必要再追問過去，而是要努力未來依舊平平安安』。」

「就這麼一句話，父王就什麼都沒問了？」

璟道：「小夭，陛下只是如今在打鐵，以前可不是在打鐵。很多事，陛下應該都已猜到，他剛才那麼質問妳，並不是真想知道什麼，大概只是傷心了，發生了那麼多事，妳居然一點沒有想過向他求助。」

「我不是把左耳、苗莆託付給他照顧了嗎？」

璟盯著小夭，不說話。

小夭心虛地低下了頭，「我知道父王、烈陽、阿獙都對我很好，可那是我和顓頊之間的事，我不想任何人插手！」

璟低下頭，溫柔地吻了一下小夭的額頭，「我們都沒有怪妳，只是心疼妳。」

小夭抱住了璟的腰，「我明白。」

兩人靜靜相擁了一會後，小夭問：「你只說了一句話，就讓父王不再生我的氣，可你們聊了那麼長時間，在聊什麼？」

璟笑道：「我以為妳不會問了。妳覺得什麼才能讓我們兩個男人聊了好一會呢？」

「我？」

「聰明！」

小夭皺眉，「總覺得你不懷好意，快點老實交代說了什麼！」

「我們在聊，什麼時候我可以改口叫陛下父王。」

小夭臉燒得通紅，卻做出一副談論正事的樣子，一本正經地問：「那你們聊出結果了嗎？」

璟在小夭的臉頰上刮了兩下，也一本正經地說：「這頰上的顏色好看是好看，不過染嫁衣還是不夠。」

小夭再繃不住，噗哧笑了出來，一手羞捂著臉，一手惱捶著璟，「快點說！再不講，我就走了！誰稀罕聽？」

璟握住她的拳頭，說道：「我無父無母、無權無勢，除了己身，一無所有，妳也只有幾個親人，我和陛下商量，四日後，正是吉辰，在朝雲峰舉行一個小小的婚禮，妳覺得可以嗎？」

小夭淚光盈盈，點點頭，「好！」

四日後，軒轅山。

山坡上荒草叢生、野花爛漫，六座墳塋座落在其間。

小夭沿著彎彎曲曲的山徑，慢慢地走上山坡。她站在五彩斑斕的野花叢中，遠遠望了墳塋半晌，才好似鼓足了勇氣，朝著墳塋走去。

小夭跪在嫘祖的墓前，「外婆，我來看妳了。」

她一邊擦拭墓碑，一邊說：「外婆，我要嫁人了，本想帶他一塊來，可父王說行禮前不可見面，等明日我再帶他來見妳。」

小夭沉默地拔著草，不知不覺，淚珠滾落。從小到大，每次來祭奠，都是和顓頊一起。身邊有個人陪伴，可以分擔一切，即使悲傷，也不會覺得很痛苦。這是第一次她獨自來，很多久遠的記憶湧現到心頭——

外婆彌留時，娘和大舅娘整夜守在外婆的榻邊，朱萸姨為了方便照顧她和顓頊，讓他們同睡一榻。小夭雖然模模糊糊地知道外婆要死了，可畢竟從沒經歷過生離死別，對死亡沒有深刻的感受。顓頊卻親眼目睹過娘親自盡，他又一出生就撫養在奶奶身邊，和奶奶感情深厚。他的懼怕悲傷遠比小夭強烈，夜裡常會驚醒，生怕奶奶在他睡著時就離開了。顓頊驚醒後，再無法入睡，有時候是無意，有時候是故意，反正小夭也會被他弄醒，小夭早已經習慣，每次醒來，就學著娘親哄自己入睡的樣子，抱住顓頊，輕拍著他的背，睏得眼皮子都睜不開，卻會哼哼唧唧地胡亂唱著歌謠。

那一夜，顓頊又醒來了，穿戴整齊後，搖醒了小夭，「奶奶要死了。」他拿了小夭的外衣，要幫她穿衣服。

小夭想睡覺，往被子裡縮，「你做噩夢了，我給你唱歌。」

顓頊說：「小夭乖，別睡了！妳要打扮好，去見奶奶最後一面，讓奶奶不要擔心，以後……」顓頊說著眼淚掉了下來。

小夭忙一個骨碌坐了起來，一邊穿衣服，一邊說：「你別哭，我起來就是了。」她羞了顓頊的臉一下，「你眼淚可真多，你看我，從來不哭！」

顓頊彆扭地轉過臉，小夭忙討好地說：「就天知、地知，你知、我知，我誰都不告訴！」

小夭剛穿戴整齊，朱萸姨衝了進來，原打算叫醒他們，可竟然看到兩個人手拉著手，站在門前，她顧不上多想，拉著他們就走，「我們去見王后娘娘，你們記住啊，待會不管娘娘說什麼，都要聽仔細了，也要牢牢記住。」

進了外婆的屋子，娘和大舅娘一人抱起一個，把她和顓頊放在外婆身子兩側。

外婆把小夭和顓頊的手放在一起，「你們兩個都是好孩子，也都是苦命的孩子，不管世人如何對你們，你們都是彼此最親的人，不管發生什麼，都要不離不棄，照顧彼此。這世間，只要還有一個人能倚靠、能信任，不管再難的坎，總能翻過去。」

外婆說完，劇烈地咳嗽起來，她枯瘦的手緊緊地拽著顓頊和小夭。小夭想到，死了就是睡著了，再也醒不來，那日後外婆再不會給她講故事，也再不會在顓頊惹惱她時幫她了……小夭的眼淚撲簌簌落下，嚷道：「外婆，我不要妳死，我不要妳死……」

顓頊此時卻一滴眼淚都沒有，沉穩如大人，對奶奶說：「我記住奶奶的話了。」

外婆盯著小夭，等著她的回答，可小夭壓根沒明白外婆剛才說了什麼，只是哭著說：「外婆，妳不要死、妳不要死……」

外婆想要再叮囑一遍，卻咳嗽得說不出完整的話，顓頊情急下，用力擰了小夭的耳朵一下，小夭痛得捂住耳朵，止住哭聲。顓頊盯著她，一字字清晰地說：「奶奶說『我們都是苦命的孩子，不管世人如何對我們，我們都是彼此最親的人，不管發生什麼，都要不離不棄、照顧彼此』，妳記住了嗎？」

小夭含著淚，卻沒敢再放聲哭，點點頭。

顓頊說：「妳給奶奶說一遍。」

小夭把顓頊的話重複了一遍，外婆抓著他們的手，凝視著他們，似乎還有千言萬語，最後只是咳嗽著對顓頊說：「顓頊，以後不要讓人欺負小夭，保護好小夭。」

顓頊鄭重地答應了，「我記住了，會保護妹妹！」

小夭不滿地哼了一聲。顓頊打架都打不過她，明明是她會保護顓頊，不讓別人欺負顓頊！

外婆讓朱萸姨把他們領了出去，留下娘和大舅娘說話。

小夭和顓頊在外面站了一會後，聽到大舅娘的哭聲，顓頊不顧朱萸姨的阻攔，拉著小夭衝進屋子。小夭看到外婆閉著眼睛，安詳地睡著了。

顓頊直挺挺地跪下，沒有一滴眼淚，倔強地緊抿著唇。

小夭叫了好幾聲外婆，都聽不到應答，嚎啕大哭起來……

一隻手突然伸出，幫著小夭清理剩下的一點野草。她抬起頭，淚眼朦朧中，看到了顓頊。他神情平靜，薄薄的嘴唇緊緊抿著，一如他小時候。一時間，小夭悲從中來，扶著外婆的墓碑，放聲大哭起來。

顓頊低著頭，快速地拔草，直到野草全部拔乾淨，他走到小夭身旁，擰了她的耳朵一下，「好了，別哭了！再哭下去，奶奶還以為妳是被我強逼著嫁人呢！」

小夭捂著發痛的耳朵，呆呆地看著顓頊。

顓頊別過了臉，走到大伯的墓前跪下，給大伯磕了三個頭，又給墓旁的茱萸磕了三個頭。緊接著，他開始清理野草。小夭擦乾眼淚，走了過去，跪下磕頭。磕完頭，擦拭墓碑。

兩人各幹各的，誰都不說話。小夭偷偷瞅了顓頊好幾眼，顓頊卻是連眼皮都沒抬一下。

清掃完大伯、大伯娘的墓，顓頊又去打掃二伯的墓。小夭跟了過去，先給二舅磕頭，然後擦拭墓碑。

小夭擦完墓碑，盤腿坐在地上。顓頊仍彎著身子，低著頭，在清理荒草。

小夭咬了咬唇，開口問道：「那天夜裡，你怎麼會知道外婆要走了？」那夜之後，悲悲切切、紛紛擾擾，一次離別接著一次離別，她忘了詢問。

顓頊說：「說不清楚，就是突然驚醒，覺得心慌、心悸，好像不管怎麼樣都不妥當。第一次我有這種感覺時，天明後，聽到姑姑說爹爹戰死。第二次我有這種感覺時，沒多久娘親就自盡了。」

「原來是這樣。」

打掃完二伯的墓，顓頊走到爹和娘親的合葬塚前，跪下。

小夭去溪邊提了一桶水回來，顓頊依舊不言不語地跪在墓前。

小夭跪下，磕了三個頭，「四舅舅、四舅娘，我和顓頊又來看你們了。」說完，小夭擰了帕子要擦拭墓碑，顓頊說：「我來！」

小夭把帕子遞給他，坐在地上，看著顓頊仔細擦拭墓碑。聽說四舅娘自盡時，鮮血灑在了墳墓四周，所以這座墳上沒有野草，只有紅色的花開滿整座墳塋。

顓頊擦完墓碑，磕了三個頭，說道：「娘，我不恨妳了。妳說有朝一日，等我遇到一個能讓我送出若木花的女子，就能體諒妳的做法了。我已經遇到她了。妳還說，等我遇到她時，一定要帶她來給妳和爹看一眼，我帶她來了，我想妳和爹爹肯定都會喜歡她。」

顓頊回頭看著小夭，「過來！」

小夭全身僵硬，狐疑地問：「你想做什麼？」

顓頊攤開手掌，掌間有一朵紅色的花，花蕊頎長，花瓣繁麗，整朵花嬌豔欲滴，就好似剛剛從枝頭摘下，是若水族的神木若木結出的若木花，自古以來，不是若水族的族長戴著，就是族長夫人戴著。小夭記得，四舅娘的髻上一直簪著這朵花，直到她自盡那日，交給了顓頊。

顓頊說：「小夭，妳過來，讓我爹娘看清楚妳。」

小夭不但沒過去，反而手撐著地，打算開始後退，顓頊淡淡說：「如果妳想待會的婚禮取消，儘管走。」

小夭不甘地捏了捏拳頭，膝行到顓頊身邊，瞪著顓頊。

顓頊打量一番她，把若木花簪到她髻上，笑著點點頭，「很好看！娘，妳覺得呢？」

小夭剛想張口，顓頊摁住她的頭，「磕頭！」

本來就是舅舅和舅娘，小夭沒有抗拒，和顓頊並肩跪著，一起恭恭敬敬地磕了三個頭。磕完後，小夭才覺得有些怪異，她和顓頊這樣，很像婚禮上一對新人叩首行禮。

小夭問：「顓頊，你究竟想做什麼？」

顓頊沒理她，徑直起身，走到了姑姑的衣冠塚前，開始清掃墳塋。

小夭想拔下若木花扔掉，可這是舅娘唯一的遺物……小夭根本不敢、也捨不得。她衝到顓頊身邊，也許是因為在母親的墓前，她膽氣壯了很多，大聲說：「顓頊，你別裝聾作啞！你到底想怎麼樣？今日當著我娘、你娘，還有外婆、舅舅的面，咱們把話說清楚！」

顓頊淡淡瞥了她一眼，「等我清掃完姑姑的墓。」

小夭立即偃旗息鼓，乖乖坐下，看著顓頊，心裡七上八下。

顓頊拔完野草，擦拭完墓碑，在墓邊挖了個很深的洞，把一把刀埋了進去。

小夭忍不住問：「你埋的什麼？」

「妳爹用過的兵刃，被叫做蚩尤刀，很多痛恨妳爹的人為了搶奪這把神兵，打得你死我活。我命人拿了來，把它和姑姑的衣冠合葬，妳日後祭拜時，也算有個寄託。」

小夭心中感動，卻什麼都沒說。

顓頊用靈力將墳墓修整好，對小夭招招手，示意她過來。

小夭跪到墓前，顓頊也跪下，說道：「姑姑、姑父，今日小夭會嫁給塗山璟，你們放心，他還不錯，會照顧好小夭。」

小夭驚疑不定地看著顓頊，顓頊淡淡說：「不給妳爹娘磕頭嗎？」

小夭和顓頊並肩跪在一起，給爹娘磕了三個頭。

小夭起身，準備趕回去換衣服，她摸著頭上的若木花，想要取下。

顓頊說：「這朵花是妳的了，仔細收好，這不僅僅是神兵，還是若水族的信物，不管任何時候，憑藉此花，都能調動若水族的兵力。」

小夭心內一軟，表情柔和了許多，說道：「哥哥，你、你……究竟是來喝喜酒、祝福我，還是、還是……你明知道舅娘是要你把這朵花送給自己的妻子……」

顓頊問：「妳想順利嫁給塗山璟嗎？」

小夭看了一眼親人的墳塋，痛快地說：「想！」

「只要答應我一件事，今日之後，我就只是妳哥哥。」

小夭立即說：「我答應！」話出口後，她懊惱地捶了一下自己的頭，急忙改口：「你先告訴我什麼事？」

顓頊說：「一生一世都戴著這朵若木花。」

就這麼簡單？小夭摸著髻上的花，想了一瞬，說：「好，我答應你！」

顓頊說：「待會，婚禮儀式上也不許摘下！」

小夭皺眉，「你別太欺負人！」

「誰叫我是天下之君呢？我已做了最大的退讓！」顓頊語氣清淡，面無表情。

小夭跺跺腳，憤憤地說：「戴就戴！我就當是舅娘送我的！」

顓頊笑笑，「隨妳便！反正妳要一直戴著！」

小夭看看日頭，「吉辰要到了，我得趕緊回去！」她大步跑著離開，都已經跑了老遠，卻一個轉身，又匆匆地往回跑，跑到顓頊面前，一邊喘氣，一邊問：「從今往後，你還是我哥哥，是外婆叮囑的哥哥嗎？」

「是！」

「你說話算話？」

顓頊的視線掃了一遍六座墳塋，「我敢說話不算話嗎？」

小夭咧開嘴，想笑，眼淚卻落了下來，她伸出小指，顓頊也伸出小指，兩人勾了一下。小時，兩個搗蛋鬼要一起偷偷做什麼壞事時，都會勾手指盟誓。

小夭一邊抹眼淚，一邊轉身就跑，邊跑邊大叫道：「顓頊，你別遲到！」

顓頊目送著小夭的身影消失在山坳處，收回了目光。

顓頊看向山坡上的六座墳塋——他和小夭的親人。到這一刻，顓頊徹底相信了豐隆臨死前說的話，璟不愧是想出「捨軒轅山、占神農山」奇謀的人，他知道，如果天下還有一處能讓小夭順利出嫁的地方，必定是軒轅山。

在這座山上，有那個小顓頊和他的小夭妹妹的全部快樂回憶；在這裡，那個快樂無憂的小顓頊一夕之間失去了父親，親眼目睹母親自盡，悲傷地看著奶奶死去，無奈地送姑姑出征；也是在這裡，孤獨無助的小顓頊目送著小夭被送走，軒轅山那麼大，卻沒有一個地方能留住小夭，他不怪別人，只怪自己太弱小。

姑姑戰死的消息傳來時，他在奶奶和爹娘的墓前跪了一夜，他知道小夭會很悲傷害怕，他多麼想把小夭接回來，日日夜夜陪著她，就如她曾經陪伴他一樣，可是，他在王叔的眼睛裡看到了殺意，他終於理解了姑姑的話，他照顧不了小夭。

就在那一夜，他對自己發誓，對他所有死去的親人發誓，他絕不會再失去他最後的一個親人了！他要強大，強大到任何人都不能再傷害他唯一的親人，他會去玉山接小夭，他會保護照顧她！

人生真是諷刺，他是為了不再失去小夭而上路，可當他跋山涉水、歷經艱險地走到路的盡頭，他卻失去了她！

顓頊對他和小夭的親人輕聲說：「對不起，我沒有辦法遵守當年的誓言了！我必須讓另一個男人來保護照顧我們的小夭！他叫塗山璟，秉性善良，智計過人，對小夭一心一意，把小夭託付給他，一定不會讓你們失望，你們都放心吧！」

微風徐徐，四野無聲，野花雖然繽紛爛漫，卻難掩寂寞荒涼。

數千年，陰謀、奪位、戰爭、刺殺……所有親人都化作了白骨。但，不管如何，他和小夭活了下來，不僅都活了下來，還都活得很好！

顓頊轉身，姿態從容，腳步堅定，朝著灑滿陽光的山徑走去。

苗莆最後幫小夭整理好嫁衣，讚道：「好看！真好看！」

小夭看著水鏡中的自己，吐了口氣，自嘲道：「第三次穿嫁衣了！」

苗莆笑道：「這次一定一切順利！」

小夭問：「妳可知道到底請了誰？」

苗莆搖搖頭，「陛下和公子都很神秘，我只看出賓客肯定不多，因為廚房準備的酒菜不超過十人量。」

小夭鬆了口氣，「那就好。」

喜樂聲響起，侍女來催促新娘子。

苗莆為小夭戴上鳳冠，纓絡垂旒，珠光寶輝，小夭的面容若隱若現。

苗莆扶著小夭姍姍而行。

快進大殿時，小夭感覺到有人站在了她身邊，卻不好扭頭去看，正緊張，感覺有人隔著衣袖輕輕握了握她的手。

是璟！小夭放下了心，忍不住抿著唇笑起來。

兩人並肩走入朝雲殿的正殿。隔著垂旒，小夭看到黃帝坐在正中，白帝坐在黃帝左側略下方，顓頊坐在黃帝右側更下方。顓頊的下首，坐著阿念。白帝的下首，坐著阿獙和烈陽。

小夭愣住，竟然不顧禮節，掀開鳳冠的垂旒，脫口問道：「外公，你怎麼也來了？」

黃帝故作不悅地說：「什麼叫我也來了？妳不歡迎我？」

「不、不是，當然不是！只是我以為顓頊來了，您就不能來了，本來我心裡還很遺憾……」

黃帝笑道：「我和顓頊分開走，看妳行完禮，我就立即回去，不妨事。」

小夭看著眼前三帝齊聚的奇景，一面覺得很是怪異，一面又覺得很幸福。

禮官開始唱詞。隨著唱詞，小夭和璟一起行禮。

第一拜，拜天地。

第二拜，拜尊長。小夭和璟跪下磕完頭，黃帝和白帝虛抬了下手，示意他們起來。

第三拜，新人對拜。小夭這才真正能看到璟，她卻又不好意思看了，一直垂著眼睛。

禮官高聲宣布，禮成。

小夭暈暈乎乎，她和璟已經成了夫妻？那下面該做什麼？

侍者和侍女開始上酒菜。

白帝說：「待會黃帝陛下和顓頊都要離開，大家就不要拘泥於俗禮了。小夭、璟，你們都坐過來。」

璟幫小夭摘下鳳冠，拉著小夭的手，坐在白帝下首。

璟斟了酒，和小夭一起敬黃帝。敬完黃帝，又敬白帝，兩位陛下都笑著飲了。

去給顓頊敬酒時，小夭有點緊張，顓頊和璟都若無其事。

璟恭敬地敬酒，顓頊端起酒，對璟說：「我用了你的計策，你奪了我的至寶，這下也算互不相欠了。」

顓頊一飲而盡，璟躬身行禮，「謝陛下。」

小夭給顓頊敬酒，好似有很多話要說，卻又無從說起，她索性一仰脖子，先乾為盡。顓頊將酒飲盡，祝福小夭和璟，「夫妻結同心，恩愛到白頭。」

小夭愣愣地看著顓頊，她能聽出，顓頊是真心實意祝福她和璟。

顓頊溫和地說：「只有妳安好，我的天下才會有意義。」

小夭眼眶發酸，哽咽著說：「你、你……也要安好！」

小夭拉著璟走到烈陽和獙君面前。

璟行禮，獙君立即站起，想避開，小夭按住了獙君，璟說道：「我是以小夭夫婿的身分給兩位兄長行禮。」

獙君只得站著，勉強受了璟的禮。烈陽卻是金刀大馬地坐著，高傲坦然地接受璟和小夭的行禮敬酒。

獙君飲完酒，微笑著對小夭說：「妳娘和妳爹一定很開心。」

小夭和璟走到阿念面前，阿念忙站了起來。

小夭打趣道：「雖然妳是王后，可今兒是家宴，妳最小，應該妳給我和璟敬酒！」

阿念笑瞅了一眼璟，對小夭說：「姐姐、姐夫，你們這杯敬酒，我是吃定了！」

小夭斟了酒，璟給阿念敬酒，阿念笑飲了，說道：「祝姐姐和姐夫永結同心、白頭偕老！」

阿念倒了一杯酒，敬給小夭，話裡有話地說：「當年妳打了我一頓，給了我兩條路選擇，我們誰都沒想到，最後竟然走了第三條路！妳是個好姐姐，對我一直維護照顧，我也可以坦然地說，我是個好妹妹。」

小夭笑著聽完後，並未多想，接過酒盅，一口飲盡了酒。

等小夭、璟敬完酒，黃帝和顓頊略微吃了點飯菜，就準備動身，趕回神農山。一行人送著他們出了殿門，小夭突然叫道：「哥哥，能單獨和你說幾句話嗎？」其他人都走在了前面，顓頊和小夭落在後面。

小夭說：「聽說，在蓐收猛烈的攻勢下，共工的軍隊節節敗退。」

顓頊道：「傾舉國之力攻打彈丸之地，勝利是肯定的，只是以何種代價而已。本來我想以最小的代價，可豐隆的死逼得我只能不惜代價。」

小夭說：「哥哥，你、你……能不能放過相柳？」

顓頊很意外，說道：「他殺了豐隆，難道妳不想為豐隆報仇？」

「殺了他也不能讓豐隆復生。」

顓頊若有所思地盯著小夭。

小夭說：「我知道這個請求讓你很為難。但我從未求過讓你為難的事，這是我第一次求你，也是最後一次。」

「相柳就是防風邶，對嗎？」顓頊看似是在問小夭，神情卻很篤定。

小夭也不想再隱瞞，沉默地點點頭。

「原來如此！難怪我一直覺得有些事很奇怪，現在終於全想通了。難道你們現在還有交往？」

「我們已經恩斷義絕，我此生此世永不會再見他，他也絕不會想再見我！但不管他如何對我，我……我還是希望他能活著。」

顓頊輕嘆了口氣，「相柳殺了豐隆，我必須給赤水氏和神農氏一個交代！否則不能安撫中原氏族！不過，只要相柳肯放棄，我可以給他一次消失的機會。」

消失並不等於死亡，顓頊已是答應了她所求，小夭笑道：「謝謝哥哥。」

「妳先別謝我，爺爺和我曾多次招降相柳，我甚至允諾隨便他提條件，可他依舊不肯背叛共工。其實，一直以來，都不是我不肯放過他，而是他不肯放過我。如果他執意要決一死戰，我也不可能讓蓐收他們冒著生命危險退讓！他的命是命，所有將士的命也是命！」

小夭咬了咬唇，低聲道：「我明白。」

顓頊拍了拍小夭的肩膀，說道：「他有他的選擇，妳已做了妳所能做的，也算對得起你們相交一場了！不管結果如何，妳都可以將一切忘記了！」

小夭點點頭。

顓頊登上了雲輦，小夭叮囑：「你保重！」

顓頊凝視著她髻上的若木花，平靜地說：「我一定會的！」不僅僅是為了自己，也是為了小夭，他對瑱笑了笑，「小夭就交給你了！」

瑱彎身行禮，「請陛下放心！」

顓頊關上車門，吩咐瀟瀟：「起駕！」

雲輦騰空而起。

小夭目送著黃帝和顓頊各乘各的雲輦，各帶各的侍衛，各自趕回神農山。這就是帝王，縱然血脈相連、互相信任，卻不得不各走各的路，就好像只有燕雀才成群結伴，雄鷹從來都獨自飛翔。

小夭輕嘆口氣，從今往後，神農山就遠離她的生活，她不再是承歡於黃帝膝下的孫女，也不再是陪顓頊攜手而行的妹妹。小夭看了看身旁的璟，頭輕輕靠在他的肩頭，從今往後，她是他的妻！

第五十一章

相逢知幾時

如果她知道那是他們此生此世最後一次見面，
她一定會說點別的，
不管他對她多冷酷無情，她也不想說那些話！

清晨，璟坐在榻邊，叫道：「小夭，小夭……」

小夭迷迷糊糊地翻了個身，嘟囔道：「讓我再睡一會。」

璟說：「昨兒晚上，妳可是答應了烈陽和阿獙，今日要一起去為岳母和岳父掃墓。」

小夭揉揉眼睛，清醒了。

昨天送走了黃帝和顓頊，他們重回大殿，繼續喝酒。

幾百年後，阿獙和烈陽重回故地朝雲殿，在阿珩女兒的婚禮上，與故人白帝重逢，更多的故人卻已不在，百般滋味上心頭，都喝酒如喝水。

小夭陪著他們也喝了很多，即使酒量大，也喝得暈暈乎乎，似乎提起娘，還和烈陽抱頭大哭了一場。後來，好像是璟把她抱回屋子……

小夭猛地坐起，「我們成婚了？」

璟摸了摸小夭的額頭，故作納悶地說：「沒聽說醉酒會失憶。」

小夭結結巴巴地說：「昨夜、昨夜我、你……我們……」

璟含笑道：「昨夜妳醉得厲害，讓妳睡了。以後日子很長，我不著急。怎麼？妳很著急？」

小夭瞪了璟一眼，紅著臉開始洗漱穿衣。

穿戴整齊後，小夭和璟去找烈陽和阿獙。

用完早飯，四人一起去祭拜小夭的親人。

雖然璟早知道小夭的親人都葬在這裡，可親眼看到六座墳塋時，還是很震驚。

烈陽和阿獙一座座墳塋祭奠，小夭把璟介紹給外婆和舅舅們。

小夭看璟、烈陽和阿獙都神情嚴肅，笑道：「喂，你們別這樣！今日可是我的好日子，多笑笑！外婆和我娘他們也會喜歡看到我們笑！」

烈陽點點頭，對阿獙感嘆道：「阿珩的女兒是真長大懂事了。」

小夭撇嘴，「說得好像你很懂事一樣，這話阿獙說還差不多。」

阿獙忙道：「你們倆吵嘴，千萬別把我拉進去！我中立，誰都不幫！」

小夭挽住璟的胳膊，得意洋洋地說：「好稀罕嗎？我如今有人幫！」

烈陽看看小夭和璟，忍不住欣慰地笑了起來，小夭倚在璟身上，也是笑。笑語聲迴盪在山林間，墳塋四周的野花隨風搖曳，好似隨著笑聲起舞。

烈陽和阿獙又住了幾日後，告辭離去。

小夭和璟送完他們後，去軒轅城找父王和阿念。

反正五神山無事，阿念打算多住一段日子，陪陪父王，這幾日，她都隨著白帝去了打鐵鋪，幫點小忙，甚至跟著侍女學做菜。

小夭和璟到打鐵鋪時，阿念和白帝不在，苗莆說白帝帶阿念去那個號稱千年老字號的破酒鋪子喝酒去了。小夭不禁笑起來，對璟說：「看來父王打算給阿念講講他過去的經歷，我們不去打擾他們了。」

兩人在街上隨意逛了一圈，小夭帶璟去了一家飯館，點了一些軒轅的風味菜肴。

兩人正在安靜用飯，七八個士兵走了進來，領頭的官爺滿臉喜氣地大叫：「店家，上好酒、好菜！今日我請客，見者有份！小二，給每個人都上一杯酒，慶賀軒轅軍隊打了大勝仗！」

店內的人都興奮起來，七嘴八舌地詢問，原來是蓐收大將軍又打了勝仗，幾個食客笑道：「蓐收將軍最近不是一直在打勝仗嗎？」

請大家吃酒的官爺說：「這次是非同一般的大勝仗！九命相柳死了！你們這些商人肯定不知道相柳那廝有多凶殘厲害……」

猶如猝不及防間，被利刃穿心，小夭只覺雙耳轟鳴，胸口疼痛欲裂，手中的酒杯掉落。

璟擔心地叫：「小夭！」

小夭喃喃說：「不可能！不可能！他不可能就這麼死了！我一點感覺都沒有，我什麼感覺都沒有……」她才突然想起，情人蠱已經被王母解了，她的確不可能有感覺，頓時眼前一片發黑，身子向後軟去。

璟忙扶住小夭，「我們先回軒轅山，讓苗莆拿父王的令牌去打聽一下。」

小夭頭重腳輕，暈暈沉沉，心頭嘴邊翻來覆去都只是三個字「不可能」，都不知道自己如何回朝雲峰的。

璟吩咐著苗莆，又對她說了什麼，她卻什麼都聽不清。

苗莆匆匆離去，感覺中，好像只過了一會，又好像過了很久，苗莆回來了。

小夭立即問：「是假消息吧？」

苗莆說：「應龍大將軍說相柳戰死了。」

小夭厲聲尖叫：「不可能，我不相信！」

苗莆被嚇了一跳，不敢再說話。

璟端了一大碗烈酒，半強迫著小夭喝下，他柔聲問：「妳還要聽嗎？如果不想繼續聽，我陪妳喝酒。」

小夭扶著額頭，對苗莆說：「妳繼續說吧！」

「赤水族長死後，陛下命令不惜一切代價，全殲共工軍隊！蓐收大將軍集結二十萬大軍圍剿共工的軍隊。在軒轅的猛烈進攻下，共工的軍隊節節敗退，縮在深山不出，不正面應戰。蓐收大將軍堅壁清野，放火燒山，逼得共工不得不撤出山林。陸上都是軒轅的軍隊，不僅有蓐收大將軍的軍隊，離怨將軍的二十萬大軍也隨時可以策應，共工只能率領軍隊逃往海上。蓐收大將軍早料到共工只能逃往海上，早派了精通水戰的禺疆將軍率領水兵把守，準備截殺共工。

本來計畫萬無一失，可相柳實在厲害，竟然帶著一隊死士，以弱勝強，擊退了禺疆將軍，為共工開出一條血路。但蓐收大將軍、禺疆將軍一路緊追不放，一連追擊了幾日幾夜，最後，終於在海外的一個荒島追上共工。蓐收大將軍領兵將海島重重圍困，據說都動用了上古神器設置陣法，就算共工是條小魚，也逃不掉。禺疆將軍則帶兵攻上了荒島，和共工展開激戰……」

苗莆的聲音小了下去，「一千多人對十萬大軍，沒有一個人投降，全部戰死。禺疆是神族第一高手，卻一直打不過早已受傷的共工。後來，蓐收大將軍下令所有士兵萬箭齊發，共工被萬箭射殺。他死後，露出了原身，是九頭妖……蓐收大將軍這才知道上當了。」

小夭彎下身子，雙手捂著臉，肩膀在不自禁地輕顫，苗莆不敢再說，瑱一邊輕撫著小夭的背，一邊說：「妳接著講！」

苗莆遲疑地看左耳，左耳面無表情地頷首，她才有勇氣繼續說：「蓐收大將軍發現上當後，不但沒有生氣，反而高興地說『相柳死，最艱難的戰役已經打完』。因為相柳實在傷了我們太多的士兵，聽說很多士兵想拿相柳的屍體洩憤，可蓐收大將軍鞭笞了企圖冒犯相柳屍身的士兵，下令撤退。他們剛撤出海島，相柳的屍體竟然化作了黑血，噴湧而出，毒性劇烈，所過之處，草木皆亡、連土都變得焦黑，到後來竟然整個海島再無一個活物，所有士兵都很恐懼，連蓐收大將軍都覺得後怕，如果不是他敬重這位對手，不允許任何人褻瀆，只怕連他也逃不掉。」

小夭的身子軟軟地伏在榻上，如果說之前還不相信，那麼這一刻，她不得不相信了……這種事只有相柳才能做的出來。

璟對苗莆和左耳打了個手勢，示意他們出去。

璟把小夭擁進懷裡，柔聲說：「妳要是心裡難受，就哭出來吧！」

小夭臉色泛白，身子不停地打哆嗦，卻自己騙自己，喃喃說：「我沒事！我早有心理準備……剛認識他時，我就知道有這一日，我一直知道！」

璟提起酒罈，「我們喝點酒吧！」

璟給小夭倒酒，小夭端起就喝，一碗碗烈酒灌下去，小夭的臉色白中透出紅來。

天漸漸黑了。

璟說：「妳要是不想休息，我陪妳去外面轉轉。」

小夭搖搖晃晃地爬到榻上，「我能睡得著。」

璟看她非要和自己較勁，也不再勸，放下了簾帳，躺下休息。

小夭呼吸平穩，一動不動，好像很快就睡沉了。

半夜裡，小夭突然睜開了眼睛，直勾勾地盯著帳頂。

她悄悄起身，看璟依舊安穩地睡著，放下心來。她披上衣服，走出了寢殿，坐在玉階前。

宮牆外，一輪皓月，冷冷清清。

小夭想起了清水鎮的月亮，相柳死時，天上的月亮可也是這樣靜靜地照拂著他？他可有想起他們曾一起看過的月亮？

雖然東海與軒轅山遠隔萬里，但只要相柳願意，總能讓她知道。可是，縱然死亡，他都不屑於和她告別。在他眼中，她和他連普通朋友都算不上，一直都是交易往來，每一筆都清清楚楚地公平交易。

小夭突然想起了什麼，急急忙忙地在身上翻找，拿出了貼身收藏的狌狌鏡。鏡子裡面有兩段記憶，是他唯一無償留給她的東西了。

一段記憶是在清水鎮時，他因為受傷不能動。玟小六逮住機會，趁機報了長期被欺壓的仇，用灶膛裡拿出的黑炭在他臉上畫了七隻眼睛，加上本來的兩隻眼睛，恰好是九隻眼睛，嘲諷他是個九頭怪。

還有一段記憶是在海裡，玟小六和相柳達成交易，相柳帶著她遠赴五神山，為顓頊解蠱。解完蠱後，他們被五神山的侍衛追擊，為了躲避追兵，相柳帶著她潛入海底，那是小夭第一次真正領略到大海的瑰麗多姿。趁著相柳沒注意，她悄悄把相柳自由自在、隨意遨遊的樣子記憶了下來。

小夭深吸口氣，用靈力開啟鏡子，一圈圈漣漪蕩開後，卻什麼都沒有。

小夭一下子慌了，一邊說著：「不可能！不可能……」一邊急急地用靈力探查鏡子。可是，不管她尋找多少遍，都沒有了相柳的記憶。

他唯一留給她的東西也徹底消失了！

小夭難以置信，不甘心地翻來覆去地看鏡子，「怎麼會這樣？為什麼會這樣？」

突然，她想起了，在她昏迷時，相柳發現了鏡子中的秘密，還要她將一切刪除。等她清醒後，他卻沒有再提，她以為他忘記了，原來不知何時，他已經銷毀了一切！

小夭摩挲著鏡子，含著淚問：「相柳，我在你眼中，真就那麼不堪嗎？你竟然連一段記憶都不屑留下！」

「九頭妖怪！我恨你！」小夭猛地將鏡子狠狠砸了出去，一串串淚珠卻潸然落下。

在清水鎮時，她是玟小六，他是相柳，雖然總是針鋒相對，他卻會在受傷時，藏到她的屋子療傷，她也會不知不覺，把從未對人提起的不堪過去講給他聽。

在軒轅城時，他是浪蕩子防風邶，溫柔體貼、玩世不恭，卻認認真真、一絲不苟地傳授了她十幾年的箭術。

在海底沉睡了三十七年時，他們曾夜夜相伴，那大概是相柳最溫和的時候，沒有利用交易、沒有針鋒相對，有的只是一個帶著另一個在海底徜徉，一個偶爾說幾句話，一個永遠的沉默。

在赤水婚禮上，他來搶婚，要她履行承諾，還問璟要了三十七年的糧草，他付出的代價不過是失去了一個虛假的身分，她卻名譽盡毀。

從那之後，他是共工的將軍，她是顓頊的妹妹，兩人每次說話都刀光劍影。

最後一次見面，是因為豐隆的死，在兩人曾一起遊玩過的葫蘆湖上，她想射殺他，他利用璟的死煽動她為璟報仇。那一夜，他幾乎要盡了她全身的血，只是為了儲備一點療傷的藥丸。她恨他冷酷，發誓永不相見！

如果她知道那是他們此生此世最後一次見面，她一定會說點別的，不管他對她多冷酷無情，她也不想說那些話！

小夭淚流滿面，仰著頭，無助地看著天。

相柳，為什麼？為什麼？為什麼要這麼對我？為什麼連最後的記憶都不肯留下……難道百年相識，對你而言，都只是交易算計嗎？

相柳走得太決絕，沒有片言隻語留下，連屍骨都化成了毒水，再沒有人能回答小夭的問題。

璟從小夭身後抱住她時，小夭才發覺天已濛濛亮。

被冷風吹了一夜，小夭身體冰冷，璟用靈力溫暖著她的身體，「什麼時候起來的？」

小夭一邊匆匆地擦去眼淚，一邊心慌地說：「剛起不久。」

璟在她後頸上，輕輕吻了下。

小夭無力地靠在璟懷裡，半晌後，她低聲說：「剛才我說假話，我起來很久了，其實，我昨夜一直沒有睡。」

璟輕聲說：「沒有關係！縱然親密如夫妻，也需要一些獨處的時間，我知道妳現在很難過痛苦，更需要獨處。」

小夭不安，「我、我……」

璟捂住了她的嘴，「不要把妳的夫君想得太小氣，相柳對妳有數次救命之恩，我心中對他十分感激。」

小夭的眼淚緩緩滑落，濡濕了璟的手掌，璟卻一言未發，只是靜靜地抱著小夭。

小夭喃喃說：「雖然我一直警告自己他是顓頊的敵人，可我……我並沒有準備好！我好希望一切都是假的……他那麼狡猾，想活著總能活著！」

璟沉默不語，他知道小夭並不需要他說話。

「他就是太狡猾了，才不想活著！有一次，他對我說『其實，對一個將軍而言，最好的結局就是死在戰場上』，他為自己選擇了最好的結局！」

「什麼最好的結局？他就是世間最傻的傻子！他對得起共工，對得起所有死去的袍澤，可他對得起自己嗎？」

「我才是傻子！他根本不在乎，我為什麼要難過？我不要難過……」

小夭邊哭邊說，漸漸地，話少了，到最後，她蜷縮在璟懷裡，沉默地看著高高的鳳凰樹，一朵朵緋紅的落花凋零在風中，就如一幕幕逝去的往事，不管曾經多麼絢爛美麗，都終將隨風而逝。

小夭疲憊地閉上了眼睛，「璟，我想離開了！」

「我們去哪裡？」

「去海上！萬里碧波，天高海闊，相柳曾說過海外有很多無名小島，也許我們可以找一個美麗的小島安家。」

「好！」

小夭本想讓左耳和苗莆跟著白帝，等左耳學會鑄造技藝後，哪裡都可安身，可苗莆哭著要求：

「小姐去哪裡，我就去哪裡！」

左耳默不作聲，卻一直盯著小夭，顯然比苗莆更難纏。

小夭只得投降，「只要你們不怕苦，就跟著我和璟吧！」

小夭開始收拾行囊。其實，主要是清點結婚時收到的禮物。外祖父送了兩箱珠寶首飾，應該是外婆的遺物；父王的禮物是他親手鍛造的一柄短刀、一把匕首；顓頊的禮物非常實用，是軒轅城內的一座宅邸，軒轅城外的百畝良田；阿念的禮物是一捆扶桑神木；烈陽的禮物是一堆靈丹妙藥，應該是他幾百年來收羅的，連見慣了好藥的小夭都暗自咋舌；阿獙的禮物是一對用玉山古玉雕琢的同心珮、一個用扶桑神木雕刻的大肚笑娃娃，都是他親手做的。

小夭從外祖父送的首飾裡挑了三件喜歡的收起來，留作紀念；父王送的短刀和匕首既可做防身兵器，又可以用來削水果，留下；顓頊的禮物，小夭仔細看了一會後，收了起來；阿念的禮物也仔細收好；烈陽的禮物自然是要全部藏好；阿獙送的同心珮平日戴著可以頤養身體，關鍵時刻還可以當奇藥續命，小夭把玩了一會，順手給璟繫了一塊在腰間，自己也戴上另一塊。

最後是大肚笑娃娃……小夭一開始就很好奇，阿獙為什麼不用玉山桃木，卻用了扶桑神木，扶桑神木無火自燃，並不適合用來雕刻東西，也不知道阿獙究竟用了什麼法術，才能讓這塊扶桑神木不燒手。

小夭捧著大肚笑娃娃，對璟說：「阿獙可真逗，人家雕的胖娃娃就是頭大，他的娃娃連肚子都大，難道表示這胖娃娃是因為貪吃才胖的？」

璟笑看了一眼大肚笑娃娃，說道：「這是數萬年的扶桑神木，水火不侵、刀劍不傷，可不好做，阿獙應該費了不少心血。」

大肚笑娃娃沒什麼實際用處，但小夭覺得可愛，捧在手裡越看越喜歡。大大的腦袋，大大的肚子，穿著個石榴圖的肚兜，咧著小嘴，笑得憨態可掬，小夭忍不住也對著它笑起來。

這是幾日來小夭第一次展顏而笑，璟終於鬆了口氣，低聲對苗莆叮囑：「一定要把這個笑娃娃收好了！」

離別的那日天氣晴朗、微風徐徐，正是適合遠行的日子。

白帝和阿念送著他們來到了官道，道路兩側綠柳成蔭，不少人在此折柳送別，時不時有淒切的笛聲、嗚咽的哭聲。

左耳和苗莆一個挽著馬車，一個坐在車椽上，等小夭和白帝話別。

小夭對阿念說：「妳若在五神山待得無聊時，就來軒轅山看父王，但記住，永不要踏足中原！永不要過問顓頊的事情！」

阿念道：「妳放心！我依然如當年一樣喜歡顓頊，可曾經的哭泣讓我已經不再是當年單純的阿念。妳可別忘記，我連戰場都已上過，仗雖然是句芒幫忙打的，但所有的鮮血和死亡，都是靠我自己去面對的。」

小夭徹底放心了。

白帝問璟和小夭：「想好去哪裡了嗎？」

璟回道：「沒有，先四處走走，如果能遇到兩人都喜歡的地方，也許就會住下來。」

白帝半開玩笑地說：「定居下來後，記得告訴我們，千萬別一去就蹤跡杳然。」

璟笑了笑，什麼都沒說，和小夭一起跪下，給白帝磕了三個頭。小夭說：「父王，您多保重，我們走了。」

白帝暗嘆了口氣，笑著說：「你們去吧！」

璟和小夭上了馬車，車輪轆轆，匯入了南來北往的車流中。

小夭乘坐的馬車，普普通通，與所有行在路上的車輛一樣，絲毫分辨不出車上的人與其他人有何不同。

白帝的目力雖好，也漸漸分不清楚哪輛車是小夭乘坐的，只看到無數輛車在趕路。所有行人都是世間最平凡的人，小夭也變成了他們中的一個。

白帝心中滋味難辨，有悲傷，更多的卻是釋然。

小夭有著世間最尊貴、最沉重的姓氏，她的母親曾盡全力想掙脫，都沒有掙脫，她卻終於完全掙脫了。

小夭有駐顏花，璟是九尾狐的後裔，一旦離去，他們就會徹底消失。

白帝早已察覺到璟和小夭的心思，卻一直沒有點破，反而故作姿態，任由黃帝和顓頊以為小夭會留在軒轅城。

幾百年前，當小夭逃離玉山、流落民間時，大概就已註定今日的結局。她短暫的回歸，從五神山到軒轅山，從軒轅山到神農山，見證了大荒的統一，也許只是為了完成她母親的遺願，讓顓頊平安，如今遺願已了，小夭選擇了水歸海、鳥入林，再次回到她來的地方。

白帝帶著阿念，安步當車，慢慢走回鐵匠鋪。

正是軒轅城內最熱鬧的時刻，大街上人來人往，車水馬龍，各種叫賣聲不絕於耳。小夭有可能是那當壚賣酒的小娘子，有可能是在藥堂內打瞌睡的醫師，有可能是那搖著扇子追孩子的婦人……

白帝不禁微微笑著，等顓頊找不到小夭時，肯定會震怒，但他遲早會明白，小夭在芸芸眾生中，芸芸眾生就是小夭，只要這天下太平，他們的小夭就會快樂地生活著。

長相思（卷六）完

番外

願妳一世安樂無憂

相柳凝視著掌上的大肚笑娃娃，
笑娃娃眉眼彎彎，咧著小嘴，笑咪咪地看著他，
相柳的唇角也慢慢上彎，微微地笑起來。

群山連綿，層林起伏。

在一處靠近水源的山谷內搭建著一座又一座營帳。此時天已盡黑，本該篝火熊熊，營帳千燈，可是，為了隱匿蹤跡，漆黑的山谷裡，不見一點燈光，沒有一點聲音，只有一隊隊衣衫汙濁、神情疲憊的士兵來回巡邏著。

相柳悄無聲息地走過一座座營帳，如雪的白衣猶如一道微風，緩緩飄過營地，成了壓抑黑夜中唯一的明亮，每個看到他的士兵不知不覺中都覺得心情一鬆，精神振作了一點。

很多年前，曾有新兵不滿地對老兵抱怨：「那個九頭怪整日顯擺什麼？我們是去打仗，又不是去相親，非要穿得那麼扎眼嗎？」

已經歷經生死、親手焚燒過袍澤屍體的老兵們總是帶著滄桑，淡然而笑，「等打上幾次硬仗

後，你們就明白了！」

等新兵們的眉梢眼角也染上滄桑時，他們理解了老兵的話。所有士兵都害怕那道白色的身影，可在戰場上，只要那道白色的身影一出現，就會立即吸引敵人的注意，最厲害的攻擊都被他引走了，總會有更多的士兵能活到下一次戰役；在夜晚的營地，只要看到那道白色的身影，不管敵人距離自己多麼近，士兵都能睡得踏實。

當焚燒過一具又一具並肩作戰的袍澤屍體後，士兵們覺得自己明白了相柳為什麼總是一襲白衣——也許他只是太狂傲自大，想讓敵人能一眼看到他；也許他只是個好將軍，想讓所有浴血奮戰的士兵，不管多麼黑暗時，都能一眼看到他。究竟是哪個原因，沒有人敢去向相柳求證，相柳為什麼總穿白衣的原因成了營地裡永遠爭論不出結果、卻永遠被爭論的話題。

相柳巡視過了營地，走到山頂上，居高臨下地俯瞰著營地。

遠處的山林有隱隱火光，那是蓐收在放火燒山、逼他們應戰。最後決戰的一刻就要來了，所有士兵都清楚自己的命運，但他們依舊義無反顧地選擇這條路。天下太平、百姓安居，他們已經被時光無情地拋棄，成為了多餘的人，死亡是最好的解脫，也是最好的歸宿。

相柳在青石上坐下，拿出一塊扶桑神木的木雕，仔細雕琢著，一個憨態可掬的大肚笑娃娃已經成形，只眉眼還差了一點。

相柳仔細雕好後，上下打量一番，覺得還算滿意。他把大肚笑娃娃頭朝下，倒放在了膝上，打開底座，露出中空的肚子，又拿出一枚冰晶球。

晶瑩剔透的冰晶球裡包裹著一汪碧藍的海。幽幽海水中，有絢麗的彩色小魚，有紅色的珊瑚，還有一枚潔白的大貝殼，像最皎潔的花朵一般綻放著。一個美麗的女鮫人側身坐在貝殼上，海藻般的青絲披垂，美麗的魚尾一半搭在潔白的貝殼上，一半浮在海水中，她身旁站著一個男子，握著女鮫人伸出的手，含笑凝視著女鮫人。角落裡，一個男鮫人浮在海浪中，看似距離貝殼不遠，可他疏離的姿態讓人覺得他其實在另一個世界，並不在那幽靜安寧的海洋中。

相柳靜靜凝視了一會，以指為刃，在冰晶球上急速地寫下兩行小字。此際，恰一縷皎潔的月光穿過樹椏，照在冰晶球上，將男鮫人旁的兩行小字映了出來：有力自保、有人相依、有處可去，願妳一世安樂無憂！

一隻白羽金冠鵰從空中俯衝而下，落在峭壁上，嘴裡叼著一個玉桶，裡面盛滿了濃綠色的扶桑汁液，靈氣充裕到綠霧縈繞。白鵰毛球知道那扶桑神木看著灰不溜丟，實際一個不小心就會把牠的羽毛燒壞，牠小心翼翼地把玉桶放到相柳身旁，立即跳開了幾步，不敢出聲打擾，只是好奇地看著相柳的一舉一動。

相柳把冰晶球放進了大肚笑娃娃中空的肚子中，不大不小，剛剛容納下冰晶球，蓋上底座，冰晶球被封在了笑娃娃的肚內。冰晶為水、扶桑為火，水火相濟、冷熱相伴，恰好冰晶不再寒氣逼人、扶桑木也不再滾燙灼人，即使沒有靈力的一般人也能拿起扶桑笑娃娃。

相柳把笑娃娃浸泡到扶桑汁液裡。笑娃娃的身子和底座本就是同一塊扶桑神木，只要設置個陣法，過上幾個月，底座就會和笑娃娃長到一起，但現在沒那麼多時間，只能耗費靈力。

相柳以血布陣，用數十顆萃取了上萬年日光精華的日光石做引，催動靈力，玉桶內的綠色扶桑汁液翻湧起伏，猶如煮開的開水。漸漸地，汁液被笑娃娃吸收，越來越少，等汁液完全乾涸時，笑娃娃的身子已經完全和底座長到一起，看不到一絲裂痕，就好像整個木雕是用一塊實心木做的。

相柳用了四五成靈力，想打開笑娃娃，都沒有打開；他又抽出兵器，砍了兩下，笑娃娃也沒有絲毫裂痕，他終於滿意地點點頭。

毛球單腳獨立，歪著腦袋，像看瘋子一樣盯著相柳。

相柳凝視著掌上的大肚笑娃娃，笑娃娃眉眼彎彎，咧著小嘴，笑咪咪地看著他，相柳的唇角也慢慢上彎，微微地笑起來。

他把笑娃娃裝進一個袋子，綁到毛球背上，毛球咕咕問，相柳說：「去玉山，告訴瀲君，這是他送給小夭的結婚禮物。」

毛球瞪大鳥眼，噭一聲尖叫，不明白為什麼明明是九頭妖做的東西卻要說成是那隻狐狸做的，相柳打了牠腦袋一下，冷斥：「別廢話，就這麼說！」

毛球喉嚨裡咕嚕咕嚕幾聲，振動翅膀，騰空而起，朝玉山的方向飛去。相柳仰頭，目送著毛球越飛越遠，漸漸消失在漆黑的夜色中。

還記得清水鎮外初相逢，妳嘻皮笑臉、滿嘴假話，唯一的一句真話是：我無力自保、無人相依、無處可去。

數十年箭術，妳已有力自保，不必在危急時，只能用自己的身體去保護想守護的人；一個如意情郎，妳已有人相依，不必再形隻影單，與孤寡作伴；天高海闊，妳已有處可去，不必再被人追逼、無處安家。

相柳在心裡默默說：小夭，從今往後，我再不能守護妳了，妳要好好照顧自己，願妳一世安樂無憂！

茶蘼坊33

長相思
卷六
長相守，不分離

作　　者　桐　華

野人文化股份有限公司
社　　長　張瑩瑩
總 編 輯　蔡麗真
責任編輯　楊玲宜、蔡麗真
校　　對　仙境工作室
美術設計　洪素貞
封面設計　周家瑤
行銷經理　林麗紅
行銷企畫　李映柔、蔡逸萱

出　　版　野人文化股份有限公司
發　　行　遠足文化事業股份有限公司（讀書共和國出版集團）
地址：231新北市新店區民權路108-2號9樓
電話：（02）2218-1417　傳真：（02）8667-1065
電子信箱：service@bookrep.com.tw
網址：www.bookrep.com.tw
郵撥帳號：19504465遠足文化事業股份有限公司
客服專線：0800-221-029
法律顧問　華洋法律事務所 蘇文生律師
印　　製　成陽印刷股份有限公司
初　　版　2013年6月
二版 1 刷　2023年8月

歡迎團體訂購，另有優惠，請洽業務部（02）22181417分機1124

國家圖書館出版品預行編目資料

長相思. 卷六, 長相守,不分離/桐華著. -- 二版. --
新北市 : 野人文化股份有限公司出版 : 遠足文
化事業股份有限公司發行, 2023.08
面；　公分. -- (茶蘼坊 ; 33)

ISBN 978-986-384-928-5(平裝)

857.7　　112013716

ISBN 978-986-384-928-5 (平裝)
ISBN 978-986-384-916-2 (EPUB)
ISBN 978-986-384-917-9 (PDF)

野人文化
讀者回函卡

感謝您購買《長相思》

姓　名　　　　　　　　　　　　　　　□女 □男　年齡

地　址

電　話　　　　　　　　　　　　　　手機

Email

□同意 □不同意　收到野人文化新書電子報

學　歷 □國中(含以下) □高中職 □大專 □研究所以上
職　業 □生產/製造 □金融/商業 □傳播/廣告 □軍警/公務員
□教育/文化 □旅遊/運輸 □醫療/保健 □仲介/服務
□學生 □退休 □自由/家管 □其他

◆你從何處知道此書？
□書店 □書訊 □書評 □報紙 □廣播 □電視 □網路
□廣告 DM □親友介紹 □其他 ________________

◆你以何種方式購買本書？
□書店：名稱 ____________ □網路：名稱 ____________
□量販店：名稱 ____________ □其他 ________________

◆你的閱讀習慣：
□親子教養 □文學 □翻譯小說 □日文小說 □華文小說
□藝術設計 □人文社科 □自然科學 □商業理財 □宗教哲學
□心理勵志 □休閒生活（旅遊、瘦身、美容、園藝等）
□手工藝／DIY □飲食／食譜 □健康養生 □兩性
□文書／漫畫 □其他 ______

◆你對本書的評價：（請填代號，1. 非常滿意 2. 滿意 3. 尚可 4. 待改進）
書名 ____ 封面設計 ____ 版面編排 ____ 印刷 ____ 內容 ____
整體評價 ____

◆你對本書的建議：

廣 告 回 函
板橋郵政管理局登記證
板 橋 廣 字 第 143 號

郵資已付 免貼郵票

野人

23141
新北市新店區民權路108-2號9樓
野人文化股份有限公司 收

請沿線撕下對折寄回

野人

書號：0NRR4033